FROG

井蛙

褚婷 著

江苏人民出版社

图书在版编目（CIP）数据

井蛙 / 褚婷著. -- 南京：江苏人民出版社，
2020.5
ISBN 978-7-214-24951-7

Ⅰ．①井… Ⅱ．①褚… Ⅲ．①长篇小说－中国－当代
Ⅳ．①I247.5

中国版本图书馆CIP数据核字（2020）第101164号

书　　　名	井　蛙
作　　　者	褚　婷
出 版 统 筹	许文菲
责 任 编 辑	王　田
出 版 发 行	江苏人民出版社
出版社地址	南京市湖南路1号A楼，邮编：210009
出版社网址	http://www.jspph.com
印　　　刷	江苏凤凰通达印刷有限公司
开　　　本	718毫米×1 000毫米　1/16
印　　　张	20
字　　　数	240千字
版　　　次	2020年6月第1版　2020年10月第2次印刷
书　　　号	ISBN 978-7-214-24951-7
定　　　价	42.00元

（江苏人民出版社图书若有印装错误可向承印厂调换）

一、

暖暖远人村，依依墟里烟。狗吠深巷中，鸡鸣桑树颠。

——陶渊明《归园田居》

江南的冬本来就是猝不及防的。像是昨儿刚被花街柳巷的残阳沐浴了个和暖，今儿一早却又鬼都不晓得地飘起了碎碎细雨，寒风便乘隙倏忽地钻进了你的衣裳收紧了你的骨头叫你瑟瑟地添衣加裤了去。你方才知道，是冬来了。

"终究是不比北国的冬，"景媕站在房内，边看着窗外的院子里的那棵蜡梅树边搓着手，"冷都冷得那般深厚稳健。"

她在窗前踱了几步，湿冷的空气仿似被她的律动唤醒了哟，顿时认出了这屋子的主人来，嗅着她的发丝，钻进她的毛囊，吸附着她的周身不放了，弄得景媕好一阵哆嗦，她斜眼瞧见清早到家时母亲给准备的厚实的棉睡衣裤，也顾不上方才直嫌它土气赶忙换上了身便躲回了被子里，这被子里的气味还真是能让人立马就踏实了的，她紧了紧被褥，头埋得更深了些，没一会儿整个世界便只剩得自己均匀舒缓的呼吸声，她仿似就要这样睡了去，只听窗外高高低低铿锵有力的男儿声忽地乘风而来，驶进她的耳朵，搅了这番清净。

她掀开被褥，双眉不自觉地轻锁，三两步走到窗边"吭"的一声使劲儿推开了窗户，好让心中攒的那团小火也一块儿跟着飞了出去。开窗片时，一股子若有似无的蜡梅香气趁虚而入，逼着景婠嗅也得嗅，不嗅也得嗅地哧溜将它们吸进了鼻腔直冲脑门，那记忆中弥漫了每个冬季的蜡梅香哟。景婠有些晃神，雨似乎已是停了的，不远处像是父亲和几个村里的叔伯们穿着快过膝的长套鞋在河塘边用水泵机抽水，不知道捞上来的鱼虾蟹这会儿又要给谁送了去，景婠想着，她不知是不是让蜡梅的香气乱了心神出现了幻象，便搓了搓面定定神，记忆里原先的一台水泵机将这大塘子抽干得花上整整一个大白天哟，可眼前分明不知何时谁又给添置了一台，眼瞧三两时辰便能见了底。

昨儿坐了一宿一路向南的列车都还不曾这般清楚，直到这会儿，眼前这番名叫"熟悉"的景象，才切切实实地告诉了她，到家了的。

到家了。

眼前是一个坐落江南的普通村子，听父亲说改革开放前村里大多数农户都姓景，自是"景家村""景家村"地叫着了，至于为什么都姓景，景婠那会儿不想探究竟，现在更是没了兴趣，好在这地带也是依山傍水地广物博，景婠记忆以来这一片的小村子便尽是膏腴饶沃了，邻里相亲的也都是洋房，家家户户都把自己的日子过美了的。所以到现在这村里十之八九也都是景家户，早些年有个别个跟着儿孙享福举家搬去城里的，但比起大城里的八珍玉食，大多数村户还是惯了吃了大半辈子的景家饭，挪不动步子了的。

方才又在床上翻了十来个辘轳没睡着，景婠便套了大衣出了门，她忽地起了兴致，专挑了只有垂髫小娃和野猫阿狗才会去的鹅卵小路走了去，想再去看看那些青砖古巷、老屋旧物哟，这些年大队经济效益好（八十年代前“村”叫大队，改革开放后改“村”制，此处沿袭村里老人家的叫法），又出钱浇了些新路，残垣小路怕是要细细地寻了，想想也着实奇了，不久前知道自己考去了北京，欢喜劲儿的，暗自庆幸终于要离开这“山下远村”，奔着那“天边高原”去了，没曾想这才数数几月光景，竟又不争气地真真地惦念起来。

没走上多两步，天又作怪似的淅淅沥沥落起雨来，落得景婠当真没了兴致。江南的冬雨，细得犹如发丝，每一滴都能将好落进你的毛孔里去。

眼前一户红墙红瓦前有只家犬方才大老远地就冲着景婠吠个不停，愣是走到跟前儿才蔫了下来摇着尾巴颠儿进了小篷里，像是认出了景婠，景婠没好气地笑出了声跟着它走到篷前摸摸它的脑袋，“怎么才几个月，财宝就不认识我了，是不是年纪大了。”

“哟，嘎不是蛙蛙么！漂亮到则！听到财宝叫得不得歇我出来望望的，表讲财宝认不出，我啊认不出了哇！”

红墙红瓦的门被推开了，讲话的是前村的田姨，景婠想着怎么一不留神竟走到这儿了，小时候听母亲讲田姨是街上（镇上）人，年轻时家里是在街上开饭馆的，那会儿景志业，就是景婠父亲的堂兄弟，托了关系在镇上的公社（八十年代的镇政府叫“公社”）里头做个小文职，那时候镇上的饭馆不多，领导让景志业安排饭局，十有九回都安排在了田姨的饭馆，田姨生得俏丽，明眸皓齿的模样谁见了都欢喜得紧，一来二去，俩人便要好了起来，这一来，景志业便隔三岔五地用公社的公款来给田姨的小饭馆“走流水”，“走”着“走”着，让公社里几个进步青年发现了，可不得让公社里给开除了去，走之前写了份检讨，还把挪用的钱都还上了，身上没了钱，景志业一气之下带着田姨回了景家村，之后便跟着队里搞起了农业生产，说是“笔杆子底下出不了伟绩，不讲政治讲生产，生产才是真金白银咧。"只是这句话嘴边没挂了几年，又换了说法，罢了，这是后话了。

"让我看看让我看看，"田姨走到景婠跟前，抬手拍了拍景婠身上的雨，"小时候就漂亮，这下子到了大城市，更加好看得不得了了喂！洋气了洋气了，还是北京的水养人啊哈哈哈！"

景婠缩了缩身子，修长的脖颈儿不知是不是被雨落得，起了鸡皮疙瘩。她突然不想再熟悉这已熟悉了十九载的乡音，它的醇厚善良、毫不见外甚至让景婠觉得极具了村野气。看着眼前这个曾经村里公认的美人，毫不介怀地在她面前齿牙春色地笑着，岁月在她眼角凿出了蜿蜒的渠道，竟已绵延到了发丝。景婠不自觉地往后挪了一脚，她突然看到了自己被时光带走的样子，她害怕自己会不会也将在这暖暖远人村被岁月蹂躏直至老去。

"好了好了，赶紧回去吧，马上要吃饭了哇，你都不晓得哦，景忠国晓得你要回来，几天前就忙起来了哦，叫村上几个老婆子跟你娘去镇上买了不得了的东西，今天么，四五点钟就去火车站等你了外，刚才嗻，又把景志业叫去抽水，要弄螃蟹，还有你最爱的鲫鱼烧把你吃了哦！哎哟，好了好了，蛮好，以后北京念完书回来了，要好好养你爹娘，晓得哦？哈哈哈，去吧去吧！"

田姨回身进了屋，就这三两步路的，还不时地回头看看景婠，眉目里塞满了喜气。

景忠国就是景婠的父亲。

二、

　　它们有的在捕捞的过程中受了点小伤一时半霎连个身都翻不了；有的绕着水桶边焦炙地打着圈急不可待地寻找回家的路；有的居于水底，不知是已知晓自己的命途，听天由命去罢，还是蛰伏一时，寻求时机一搏；倒是几只小鱼儿，敏捷小巧的身子一时亲吻水面，一会儿又拍打出水花滴滴往兄弟俩眼睛鼻子里送了去，像是换了个新环境，反倒欢腾雀跃得很。

　　景忠国也是大队书记。不对，是村委书记。每次听人叫唤他"大队书记"的时候，他都得乐呵呵不厌其烦地"村委书记、村委书记"地纠正，这书记当了十几年，也就纠正了十几年，实则谁都知这改革开放后没了"大队"，改成了村民委员会，这称呼自然是要跟着改的，只不过大伙说顺了嘴也就这么叫了。可景忠国政治态度明确端正，当然不能在这么要紧的事上含糊了的。当这村委书记之前，景忠国是一名农具厂的工人，从小老太太就教育这一双儿女，致富要劳动，劳动就得吃苦。景忠国骨子里就是一老实人，自然是把老太太的话嚼烂了吞到心里去的哟，中专毕了业去了农具厂，头几年呀就这么没日没夜地干活，依他自己的话说是，劳动不是为了挣钱，那是为了活得踏实。有一回帮一民工友顶班连轴转了两天，一不留神让农器切断了左手的小指和无名指。一直没评上先进的景忠国在那年，终于评上了"先进工作者"。

评上了"先进"的景忠国，胸前别上了大红花花，大得都能遮住了脸去，他带着红花跑了几里路去了街上的照相馆，一路上叫人看得不晓得有多得意。照完相又跑了几里路回来，抽干了自家的河塘，捞尽了鱼虾蟹给厂里的领导们送了去，多了剩的便挨家挨户分了个干净，老太太心疼养了一年的蟹苗，更是心疼断了两根指的景忠国。景忠国有个亲阿姐叫景梅芳，生下来没多久就过继给了景忠国的大伯娘，也就是景志业的母亲，那女人拜了几年的菩萨烧了几十株香愣是没的生养，没了主意便向景忠国的母亲开口要了这个丫头，她说反正都姓景，定当自己亲闺女养着，菩萨看着呢。过了继这女人便给景梅芳改了名叫景招娣。谁曾想没过几年菩萨当真好心许了她俩大胖小子，小丫头自然没了人疼，老太太啥也没说便把自家闺女领了回来。景志业他娘当下汗颜无地，便说菩萨说了，都是你家囡囡带来的福气！老太太心里嘀咕：现在倒成了我家的囡囡了。她说这双儿女生得跟她毫无二致，都是老实疙瘩，愿只愿前半世吃的苦都是后半辈子的福根哟。

景婳从小听得老太太最常说的一句话就是"噶都是命"，什么叫命呢，命就是比如明明俩堂妯娌间因为景梅芳这事儿心生了间隙不容和睦了的，可景忠国和景志业倒是从小就坝篱相和得要命，拉都拉不开，弄得这边老太太不得不把对那女人的成见吞到了肚子里天天地都得你来我往地乐呵呵地过日子。

这不景婳踩着雨到家的时候，景忠国和景志业刚从河塘堤子上下来，手上的水桶里尽是刚从塘里捞上来的鱼蟹，它们有的在捕捞的过程中受了点小伤一时半霎连个身都翻不了；有的绕着水桶边焦灸地打着圈急不可待地寻找回家的路；有的居于水底，不知是已知晓自己的命途，听天由命去罢，还是蛰伏一时，寻求时机一搏；倒是几只小鱼儿，敏捷小巧的身子一时亲吻水面，一会儿又拍打出水花滴滴往兄弟俩眼睛鼻子里送了去，像是换了个新环境，欢腾雀跃得很。

小鱼儿不畏远方，诚美丽之处也。景婳喃喃着。

"刚回来又跑哪里去了，"景忠国边忙活边冲景婳笑，"准备来吃饭咯！"

"滋。"景婳刚进屋子，听见了鱼下锅的声音。

吃饭的时候见着放在跟前的往日里最爱吃的红烧群鱼，群鱼就是黄鳝、鲫鱼、河虾、泥鳅、昂刺还有一些普通话叫不上嘴的河里各路鱼虾仙儿一锅端了，那鲜味儿凤髓龙肝都是比不了的，景婳从小吃到大怎么吃都不腻，练得好一嘴吃鱼的本事，小刺儿再多也能从那小口里完完整整地给你剔出来。还有那煮红了脸的螃蟹，现在正是吃螃蟹的好时节，就再过两天，便不如此刻的鲜嫩多肉了，景婳爱吃蟹，就是这会儿吃得左撇右嚼都觉得没滋味儿，还沾了一身腥。

"蛙蛙，多吃点撒，不要学大城市人减肥，面孔瘦得个个都嗝进去了，噶叫好看啊，我望望是难看得要死。"

说话的景婳唤她阿姨，景忠国知道闺女要回来，一个月前便逢人就讲囡囡要回来了，到时候请邻里乡亲都来吃，可不现在堂前挤挤嗖嗖地摆了四桌圆台。这景家村都姓景，硬要扯关系，到这一辈远远近近的大小也都能够得上是亲戚，就是景婳搞不明白谁是谁，从小碰着女人唤阿姨，碰着男的唤阿叔，不出洋相便是了。

"蛙蛙学的嗲（什么）？"阿姨见景婳不说话又开了话匣。

景婳抬起头，觉得总是不说话也是没了礼貌的，"文学。"她本想继续讲下去，比如说到了大二再细分专业，她应该会选"中国文学"，可想想还是懒得再张嘴，她看着眼前这些疏疏亲亲的人儿，毋庸赘述罢。

"蛙蛙么从小就喜欢看书，一天到夜捧着个书看，就晓得有出息佬，噶高中个光景，文章么不要写得太好哦，我们小村村里的姑娘，省里得了特等奖哦，晓得哦，不得了哎！"

景媌高一作文得奖这事儿景忠国颠来倒去跟人唠叨了三年，喝多了就跟人炫耀，仿佛这是他的金字招牌。此刻突然又被念叨了出来，让景媌有些反感，她挪了挪手想在桌底下拉拉景忠国的袖子，可景忠国不知是不是喝得有些上头全然不曾知道，景媌有些急躁，她小声地喊了声："爸。"

"嗯，"景忠国侧过脸来，"好囡囡嗲（什么）事？"

景媌看着坐在她身旁的景忠国，喝了点酒脸上竟泛起孩童般红晕的景忠国，浓厚的八字眉，宽大的鼻墩子，一副老实人的模样生在了脸上。他鬓角有了些苍发，她没想过景忠国也会老，那个伏天下地冬日搬煤球，总有使不完的劲儿的景忠国哟，听母亲说在送景媌去北京的那个夜里他泣不成声，景媌看着她的父亲，似乎看到了他的眼泪成注，顺着脸颊的皱纹滑落的模样。

景媌看着景忠国，"么嗲（没什么），"原本拉扯景忠国袖子的那只手顺势环住了他的臂，"少吃点酒。"

景忠国笑了，"晓得的晓得的，不吃多。"回过头继续讲着自家闺女的"超众德才"，快知命之年的景忠国像是已忘记了弱冠时的"先进"，忘记了刚值而立便当上了村书记，仿似在他的功绩栏上，只得景媌才是他最傲人的成果。

村里人爱热闹，有的吃便家家户户地跑着吃，谁真管东家是什么缘由摆了席。台上老小几个男人都已喝得酩酊，摇头晃脑的就似酒罐里的神仙，好气又好笑。

景婳有些坐不住了，起身夹了几筷子菜，就着饭想扒拉两口离席了去。

"哎哟，蛙蛙，你噶筷子抓这么上，今后怕是要嫁得很远的咯！"

酒酣耳热时，席上也不知是谁给出了这么一句。

不知为何，一直被教育反对封建迷信提倡科学的景婳此刻到愿意相信了它。她突地觉得耳朵微烫，有些惊悸不安，像是怕心里那七七八八的想法一忽儿跳了出来让大家都发现了去。

就在她不知该如何回应的档口，一阵"嗡嗡"在景婳身上震了起来。

她急忙接起了电话遮住了红如烈日的面颊。

"你回来了？"

三、

美丽的东西是伟大的——并且在远处。

——易卜生《社会支柱》

景婳望着阿公的背又离自己远了些，便迈开小脚又匆匆跑了几步，也就这三两步哟，景婳的背上又开始浸润，太阳就像是裹住了她，汗珠一颗颗从她因为不断小跑而越发火热的身子里沁出，又因背着书包无法挥散，很快小小的衣衫已湿了一半。

立秋已过数月，天气丝毫没有转凉的征候。

财宝在屋前耷拉着土黄的脑袋，时不时吐吐舌头呼哧两声像是想让这炙热到静止的空气在它身边流动起来。它鼓了鼓腮帮，黑洞洞的眼珠子瞅着自己的爪子，两只耳朵努力向前耷垂，像是快要遮盖住了眼睛去，不知是不是也已对这包裹着整个世界的蝉鸣声心生了厌弃。景婳记得老太太说蝉是高洁之物，蝉鸣乃是佛音，心静人听蝉会听得愈发空洞了去，万物皆有音，听至万物皆无音。心乱人听蝉只会搅乱了脏器，污秽之气乱了血脉，恨不得发疯了去。

景婳想财宝为嗲要心乱呢。

见着财宝就是刚过了前村田姨家，那路才走了一半哟。出了前村再一里泥土路便到了镇上，景婠和阿公穿过镇街，好些人家在门口就叠起了锡箔纸。

"阿公，今天要供祖宗哦？"景婠想起了往年只有供祖宗的时候才会要跟着家中长辈叠锡箔纸。

阿公停了下来，转身蹲在了景婠跟前，"你家娘已经去跟你阿婆准备了，你先去学堂，些盼（过会儿）你回来直接去地里磕个头就好了。"说罢抱起了景婠加速朝前走了去。景婠被阿公单臂抱着，阿公的另一只手扶着景婠的背，这似乎是一个极安适稳定的姿势，就像景婠搭的玩具积木，齿缝之间卡得那么严实，怎么晃都不会掉下来。

"婠婠，阿公跟你讲，你要听清爽（清楚）佬，从今天开始，你要好好念书。写字，要横平竖直，走路，要有模有样，上课就是上课的样子，背挺直，小手在课桌上放好，不要开小差。书念好了，你就能去阿公去过的地方，你看阿公照片上那些风景漂亮哦，你不是叫也要去天安门看毛主席，只有嗲，只有用功读书，晓得哦。"景婠坐在阿公的手臂上，阿公的步子很快，她觉得衣衫的汗差不多干了，慢慢地也不那么热了，耳旁甚至有了风意。

"我比阿公还要高了呢。"景婠想，"好像站得越高，越惬意咯。"

景婠的阿公在镇上公社里当官，别人问起，景婠都这么说，具体是什么官，景婠也弄不清楚，只知旁人若提起景婠的阿公，那都是敬重了要低下腰去的。

阿公念得一口好诗，挥得一手好字，近的去过无锡、上海，远的去过北京、内蒙古，这在小镇上自然是不得了的，服服帖帖的文化人一个，景婠一出生，景家老太太便抱着景婠向亲家公给这个孙女讨个有文化的名儿去，阿公见得外孙女儿自然欢喜得紧，想承袭了他的官衣，往更远处飞了去，即手蘸了墨汁，铺了宣纸，写了个"婠"字。景家老太却也只是个无识妇孺，当真念不出这字儿，只不过心里倒也是乐陶的，想着定是个好名儿错不了。

这一上午景婠果真端正坐着，小身板子都有些酸痛也是咬紧牙挺挺直。老师说点名的时候景婠才稍松了松胳膊，她想着自己的名儿定是班级里最好听的一个了，只是不曾想老师念到景婠竟停顿了，当是时，轻声一语"景wa"羞红了景婠的脸，其时，角落里一男孩儿突地捧腹大笑起来，应是知道老师念错了景婠的姓名，景婠登地回头，她看见不远处景骁拳头垂着桌子，蹬着腿，嘴里"蛙，蛙"地好一阵嗤笑，气得景婠眼泪珠子跟落雨似的直往下掉，弄得讲台上那位女老师好不羞赧，急忙翻着字典，忸怩地解释道"婠"是多音字，当是有"wa"这个读音的，这会儿景婠哪还听得进去，耳里只进得景骁那声声刺耳的"蛙"。

景骁是景志业和田姨的儿，从小就没少让人省了心，顽淘得很，没事儿就爱往后村跑去逗景婠，十有九回都惹景婠哭了去。奈何打出生便是喝百家奶长大的景骁自小身子瘦薄，再加上生的白净，怎么看都是一副惹人往心里疼的模样，所以无论造了多大的祸事长辈们都狠不下心责罚。景婠只想着去镇里念书听阿公的话好好念出个头头来，没曾想竟与景骁这淘孩分在了一个班级，让人好不气恼。

"蛙蛙，等等我，蛙蛙！"上午只是新生报到，没多一会儿就放了学，景婠出了教室，就听见景骁带着笑意地追赶声。

她回过了头，只望景骁远远地跑来，呼哧呼哧地一路声响，小小的身子竟能喘着这么大的粗气，白皙的小脸如雪一般，给这赤日炎炎的天气里跑来了凉意，他追到景婠跟前，两只小手撑着膝盖，背部因为喘息而出现了小小的律动，几个气息后，景骁跳直了身子，小小的五官因为白皙的皮肤而变得更加立体，尤其是那双灿若星辰的明眸，眸子里像是真有一汪秋水，盛满了骄傲和美丽。景婠想，真真的随了他娘呢。

"你快点，我要回去地里磕头的。"景婠起步朝前迈去。

"我阿爹不在今年我娘讲不供了。"景骁跳了一脚，像是书包有些个滑肩，跳一跳肩带又回去了他那小细膀子上，还不费什么气力。

"你啊爹怎的不在家，那他在嗲地方？"

"在嗲深圳，你听讲过没？我是没听讲过这个地方，阿爹说寻钞票去了，那地方钞票好寻。"景骁小小的嘴唇一个字一个字轻吐着，虽还带着点方才小跑过后的粗声粗气，但说得是那般和缓，像是讲着一个不关己的人儿。

"今年噶秋老虎厉害佬，立秋噶么多日子还嘎老热。当真是"立秋雨，一秋雨；立秋晴，一秋晴"。街上只得几户人家还在折元宝，边折边念叨这天公，说也怪哉，景婠觉得这镇上的阿姨阿婆们都像是天上掌管节气的神仙，要不怎么能所有的节气礼数都晓得这么通透，反正她是记不清的。

六里地走得比来时似乎轻快了些。正午的阳光蒸得乡间两旁的河塘就要起了雾气，蘸饱了水的高高的水草直立在塘里，古老而新鲜，远处的河面晃晃悠悠，水面都被铺成了金色，粼粼闪闪，有气无力地耀着星星光点。几只蛙停在荷叶上纹风不动，它的头那样尖，嘴巴那样宽大，两只凸起的眼睛带着两道黑灰的花纹伏在背上，腿不晓得折了几道弯总归长得很，像是轻轻一跳就能跳到远得寻不见它的地方。它定是在找寻方向伺机跳跃罢。偶尔会有"蛙，蛙"的叫唤毫无防备地直钻耳朵不知是不是它在给自己鼓劲儿，在这满是蝉鸣的空气里，倒是出人意料地洋洋盈耳。

四野好静，四野静好。

"不许叫我蛙蛙，不许告诉别人，晓得哦！不然我不跟你玩了！"景婠自然是冲他嘟着嘴，只不过没有了适才那般的气愤罢。

"蛙蛙，蛙蛙……"

1993年，秋。烈日杲杲，有小蛙伏于荷叶，路远处美好，心之所向兮，曲髀伺起。

"几时回的？"

"今儿啊。"

"哟，北京待了半年，北京话都学会了，不错，那看来还蛮适应。不用我瞎担心了。"

景骁这话，错也不错。景婠自己也不曾觉得自己说话的调调有了变化，比如她爱说"北京"叫"北国"，又把"今天"说道成了"今儿"，只不过这也不是北京人的毛病，这是学文人的毛病罢了。故而她想纠正，又不想纠正。

"课程怎么样，有意思吗？"景骁边走边侧着头望着景婠。

"有些有意思，有些没意思。"景婠轻咽了下唾沫，像是想起了什么，"你知道吗，教我们《古代汉语》的老教授看着木凸凸的，没想到还挺有趣，矮矮墩墩的长得就跟小日本似的，说起话来像坏了老破枪，机关炮似的语速，一会儿突突突的，一会儿又跟子弹卡壳儿样的，笑死个人的，有一回说到'转注和假借'，里头举了《大雅·棫朴》里'周王寿考'的例子，不知道是不是前面说得太用力了，一个字儿一个字儿吐枪子儿吐得弹尽粮绝了，到了这边儿，那个'考'字，怎么都发不出，在嗓子眼里'kkk'的，急得他哟直挠脑瓜子，哈哈哈，你不知道，就那'考'字儿才是重点呢！我描绘不出，反正景骁你要见着，定会笑得起不来身子。"

景婠越讲越起劲，倒像一只欢喜的小黄鹂，眼睛里都是脑里的那番情景，"反正后来我们班同学背地里就都喊他'老枪炮'。哦对了，还有听说我们下学期开《美学》，讲师是个真正的大美人呢，听闻有满族八旗血统，保不好还是个格格呢！"

景骁低着头看着脚下的路，这条路走了十几年，倒是越走越短了。

景婠倏地停住了小嘴，她意识到自己正在说着景骁不感兴趣的事儿，还七七八八讲了这么多。

"让我看看，北京的水到底养人不。"景骁笑着轻拨景婠的细肩，倒正如他说的，想好好看看这个半年不曾见的丫头。

眼前的景婠，出落得这般亭亭，高挑细瘦的身子，泛着红晕的白玉般的脸颊还逗留着方才念念叨叨时的兴奋，一双明眸并不大却仍如水杏清炯炯，笑起来像极了月牙，尖而翘的鼻子像是被雕琢过似的安放在了恰恰好的位置，那丹唇素齿似是被线条勾勒过，不然怎的这么深刻哟。

有美人兮，宛如清扬。

她的春山八字，像是两缕浓厚的丝绸，从眉心往脑穴的方向捋开去，那般柔顺亮泽；细看又如青翠山林，葱葱郁郁的样子像是在两旁争着枝繁叶茂，有极了生气。它的形状既不似柳叶也不似横眉，细了瞧行云流水到眼末处不叫人察觉地延绵，真真的眉如远山。景骁当真只看得见她的眉，自小便欢喜极了她的眉。

"要不是你找我，我又要被那些阿姨阿叔们讲笑了。"景婠扭过身子朝前走去，不让景骁再端看着了。

景骁小跑了几步追了上去，带着周身的空气围住景婠。

"吃螃蟹了？"景婠细抽了抽鼻，眉间有那么一小会儿的微皱竟也被景骁捕捉到了。

"是咯，好不容易回趟家，还不要吃个够啊？你怎没吃？"景骁抬起手臂往鼻子上凑使劲儿地嗅了嗅，"腥到你了？我拿香菜洗过手了呀怎么还有味道……"

"还没来得及吃呢，你就找我了呗。"景婳兀自在前走着，景骁就在后头跟着，景婳想这六尺男儿走路怎么还这么慢，跟小时候似的，怎么跑也跑不到我前面去。

"过完年回去？"景骁一个小拽便把景婳拉进了路的里侧。

"嗯，初八光景。"景婳想说有篇王小波的赏析要写，想想还是收住了嘴，"你呢，什么时候回南京？"

"你回去我就回去。"

四、

　　她生了一丝畏怯，她畏北京的周道如砥还不曾比此刻的坑坑洼洼；又怯远方的一马平川实为道阻且长罢。

　　"蛙蛙你要填去哪里撒？"
　　"你呢？"
　　"你去哪我去哪。"

　　高考结束那年的夏最葱茏。那是怎样的生机，听着了空洞的蝉鸣竟鸣出了调调哟；望见了炙热的骄阳借着婆娑的树叶绘出了几里地的斑驳；风轻无雨，只需微微一嗅便觉绿意更浓。

　　万物吸吮。

　　景骁不知从哪的拾起个铁皮桶，奔着田边浅水塘子颠颠跑了两步去，三两下一起身，手里变多出了个四条腿的玩意，那玩意不知是不是撞了脑袋瓜子，木鱼了好一阵才晓得划拉起四条腿，想着挣脱了去，哪有那么容易哟，被景骁一甩手扔进了桶子里，又得磕了脑袋昏迷了去。

"你拿去，今天叫你娘烧把你吃。"景骁回身冲景婠露牙，白皙纤长的手握着铁桶，领口稍开的衬衣稍稍溅了些泥子，如此俊美的模样让姑娘们见了都不禁想将他的脏衣裳统统给他洗了去。

"手如柔荑，肤如凝脂，领如蝤蛴，齿如瓠犀，螓首蛾眉，巧笑倩兮，美目盼兮。"景婠不由地喃喃，说出口又觉得好笑，不曾想姑娘家的诗词写在了眼前的这个人儿身上，尽是妥当呢。

"一个人在说嗲，要不要吃，要吃再给你抓几只去。"景骁放高了嗓音，话一出来，可不又是一铮铮男儿家。

"不吃不吃，田鸡也是蛙类，早就不要吃了。"景婠收住笑，皱着眉头回嘴道。景婠生来碰不得这些虫虫草草，虽说是个乡下丫头，景忠国倒是实实在在地自小便将她当城里娃娃养的，就教她只管读书，这一点家中的长辈们倒是都认同得很，家家户户那些个打场中耕的细碎事情是不让她沾的。

"晓得了晓得了，你可怜你的同类。"又轮到景骁好笑起来。

挺着笔直的水草；时隐时现的青蛙；粼粼闪烁的河面；被阳光蒸到静谧的四野，还有一些来往稀落的自行车……新鲜得仿似今日头一次细细详详地瞧见，又古老得犹如重复了十几二十个年头。

"今天怕是最后一次下学走这条路咯。"景骁蓦然地一句话倒是醒了醒看得有些晃了神的景婠。

"等晓得了分数再想想看填哪里吧，我应该是填去北京，"景婠抬了抬头，"你晓得的。"

"那我也要填北京，反正你去哪我去哪，没的熟人我胆子小。" 清瘦的脸上微笑着笃定，"你晓得的。"

景婠突地放缓了步子，她甚至已经开始惦念起这条路来，她生了一丝畏怯，她畏北京的周道如砥还不曾比此刻的坑坑洼洼；又怯远方的一马平川实为道阻且长罢。

"那我是不是要开始学说北京话了。"景骁看着又在想东想西的景婠婠故意打趣她，"唉嘛，你可快别皱眉了，贼难看。"

"噗"，景婠一阵好笑，"你讲的嘎是小品里头的东北话好哎啦。"

是个可爱的年纪哟，这个年纪随随便便的哪句话都能笑到落了泪来。

正午的太阳跟这大地照了面，惹得钻心的烫，却是赶不跑这两个小小的人儿。

进了屋子，一些个十八九的男男女女在闲话，景婠挑了三两个还算熟络的悄声打了招呼便寻位置坐下了，窗外不绝于耳的新年的爆竹声让大家的兴致显得高涨了起来。

景婠见着林致与已经在席上坐着了，左右还有两个高中时玩得要好的同学，他的穿着还是那般简单，但寻常人穿起那黑黑白白又远不如他好看，他的胸脯横且阔，凛凛颀长的身躯让人望了便挪不开眼了。

"你怎的没叫我一道来。"景骁不知道什么时候坐到了景婠身边，扭头一双眼直愣愣地盯着她。

"我们班聚会，又不是你们班聚会，你怎会来？"景婠急忙收了眼，带着点怨气质问了他。

“你们班男孩子我哪一个不认识。”景骁说着话冲席上的林致与点了点头，“哪个讲不让带亲戚了吗？”

景婠朝景骁撅了嘬嘴，“谁是你亲戚撒？”转头向着几个女孩子走了去。

“我们还以为你不会来了呢。”一个戴着大圈耳环扣着尼龙帽的女孩子一边朝桌上的瓜果盘子里抓瓜子，一边悻悻地讲。

“跟你们有什么关系。”景婠心里头这样想着，自然没讲出来，扯了扯嘴角坐在了沙发边角，只给了个余光扫了一眼她这不入流的穿着。

“聚会嗲宁组织的呀？”“尼龙帽”嗑着瓜子的手顶了顶紧挨着她的“大黄毛”。

“林致与呀！除了他还有谁有这个财力的咯！”

“今天他请客？不用我们平摊啊？”“尼龙帽”嘴里咂巴着，倒也不影响她讲话，全身聒噪地没有一处闲得下来。

“要掏钱我才不会来的好哦啦。”“大黄毛”翻了“尼龙帽”一眼。

不晓得是谁打开了窗，一阵风趁机溜了进来淘气地卷起了景婠的头发，她两只交叉在胸前的手只得放了下来，轻轻地把发丝抚平，夹在耳后。

说来也奇怪，这咕噜妖风只挑逗了景婠一人。

开席的时候女孩子坐一桌，男孩子坐一桌，女孩子们还是跟自己高中时候要好的三两聚在一起，像是自动分了组别，与旁的同学也无攀谈。这当是景婠第一次参加同学聚会，便觉得好没的意思，倒是男孩子们那一桌，大人模样地吃起了酒来，没两口之后便好得像一个连的兄弟般了。

景婠起身够了够饮料，坐下给杯子里添了点，她本想帮着女孩子们都加一点儿，屁股刚离凳看着这一桌人三两地接耳，同窗三年这会儿竟陌生得很，便又尴尬地坐下了，她抬眼环了一圈，发现个个半年前还在一起寒窗伏案的脸上挂着村红的丫头们，此时都着急忙慌地烫了卷发，无一例外地蹬了一脚大皮靴，像是赶着变老成似的，怎地竟这般俗气，景婠轻哧了一声，嘴角微扬着挑了挑眉。当然也并不会有人发现她的这番小动作。

"景婠。"

"啊？"她不曾想林致与会在这会儿唤她，速及将方才那一脸的轻蔑藏到了那玉脂底下去，换了一副寻常好看的面孔出来。

"你也在北京吧？"林致与脸上出现了红晕，像姑娘家一般，大抵是吃酒吃得，"那等过完年我们一道回北京好哦？"

景婠不晓得他醉了没有，她感觉心里面有个小东西越跳越快，快要扑了出来让大家都发现了去，很快耳朵根子就开始烧了起来。

"好的呀。"景婠用手拨了拨头发盖了盖耳朵，又急忙拿起了调羹低头喝汤去。

"哟——"，一阵长吁从桌上升了起来，听着像是七八个舌头聚着打起架来，可不就是方才这些个三五一堆互不作声的丫头们，这会儿倒是听了个仔细，怎么就都生了好一副三心二意的本领。景婠抬头一眼轻瞥，仿似看见了她们长年之后的样子，像是镇上天天蹲在门口的老婆子们，手里头盘着些琐碎，嘴里头嚼着东家西家的这个长那个短，用来虚度大片大片的空白时光去。

这声"哟"反倒让景婠抬起了脸来，她笑而不应，嘴角的弧度像是计算好了一般，她既不忸怩，也不张皇，她必须表现得大气，因为她觉得自己和这群孩子们不一样，她也不允许自己和她们一样，无论在哪个方面，无论在什么时候。

景婳侧身挪了挪凳子，好让服务员好走一些，抬眼时看见了直勾勾盯着她的景骁。

她方才的那般从容倏忽掉了一地，碎得连渣都瞧不见了，她迁缓地舒着气，她甚至不敢去看那是怎般的眼神，她不明白自己为何像个偷了油的老鼠，竟想找个地洞哧溜钻进去。

五、

　　她夷犹，她熟悉着眼前的"熟悉"，又期望着远方的"陌生"，此时指尖流过的热水都温暖得像是放缓了血液流动的速度，让人安静了去。她用水拍打着脸，有些东西不便往细了想，往细了想你就出不去了。

　　往后几天里，景婠倒是真同了林致与去街上把火车票给买了，她想着有个同行的人总是好的。然后就是跟着景忠国和景婠她娘前村后村的吃过节饭，也去了次城里走了走亲戚，初三前村，初四后村，像是定下的规矩改不得，年年如此，过年这事儿，有时无趣，无时又变得有趣。但乡下的年味自然要比城里浓的，城里如今连个炮仗都不许放了的，那哪能叫过年哟。

　　几天里换着人家吃的差不多的饭菜，来来去去那几样，来来去去那些人，光田姨她们家就吃了两顿，倒是景骁回回不在，也不晓得是有意无意，没的景骁，景婠又觉得好没意思。景婠想着问道问道，想了几个来回又作了罢。

　　走的那天，堂前满屋子的肉圆子香气，红烧，景婠娘做了满满当当一盆子，景婳看着这个女人从一大早就在刀板上剁肉，双手撑在面杖来回碾冰糖，左手取一个油面筋大拇指顺势捣出一个口子，一同右手夹着肉馅往里头塞去，望见景婳的时候拿着筷子的右手便扬了起来往外挥。这个女人像是有些胖了，几年前村里来的宣传队给每户发的印着标语的围裙，扣在她看着臃肿但并不暖和的棉袄外头，已经显得有些挤挤嗖嗖。

女人在这一隅忙活着，景婳便坐着望她。她那双能看到心里去的好看的眼睛哟，如今爬满了皱纹却也隐约绰绰，端正的鼻子下方是她特有的即使大笑也失不了韵味的樱桃口。她的鬓沁出了细微的汗，拿着锅铲的手偶尔会腾出空来提上额头掖一下，动作稍稍大了去周身的赘肉便隔着棉袄都想要跳出来。

岁月没有偷偷放走任何一个人。

女人起了锅，肉圆子挤挤压压塞满了一盒，又用块棉帕子裹了个严实不叫它走了气味。

"妈，我吃不完，学堂也没有冰箱啊，会坏的。"

"哪个叫你一个人吃的，吃不掉你把同学们吃，都是自家的猪肉，肉么不要太好哦，外头的肉哪里好吃，她们平时哪里吃得到。"女人双手在围裙上蹭了蹭油花，转身进去收拾灶头。

景婳正当迟疑，景忠国端了盆红烧鸡疾走进来，味道串得很，闻着就知道也是刚起锅，他唤景婳娘把红烧鸡也给丫头装好带去北京，回头说道，"你前两天不是讲你田姨烧的红烧鸡好吃，昨天跟她讲要她今天挑一个小仔鸡杀杀掉烧把你吃，这个天北京冷，可以吃两三天的不要紧的。"

景婳想说北京学堂里有暖气，放不住的，望了望景忠国的样子，又什么也没说，点了点头帮着收拾灶头去了。

她稍稍往上拎了拎袖口，打开笼头把切菜板放进了池子里头，她左手攥住菜板把手，右手就着自来水在菜板上来回撸，水是热的，景婠甚至想多帮着洗一会儿。她娘在左后身清理案面，一只手要撑着大腿弯腰才不那么吃劲；景忠国在堂前打电话，话里听着是叫景志业把闺女送去火车站，因为景志业在年前又换了辆不错的车子。

景婠恍惚觉得自己一下子有些跑远了的。她夷犹，她熟悉着眼前的"熟悉"，又期望着远方的"陌生"，此时指尖流过的热水温暖得像是放缓了血液流动的速度，让人安静了去。她用水拍打着脸，有些东西不便往细了想，往细了想你就出不去了。

景志业将景婠的行李从后备厢里提了出来，林致与便赶忙上前接了过来，景志业望着俩人进了站便开车回了，车上的时候景婠问志业叔景骁什么时候回学堂，他说景骁老早就已经回去了的，景婠一霎心绪纷繁，显得有些郁郁。

"去北京的人还真多。"景婠收拾好东西坐在了下床铺望着正在铺床的林致与，这是软卧车厢，他俩在一个屋子，都买的下铺票子，她突然想到这还是第一次跟一个男孩子睡一个屋子，这个想法一下子让景婠红了脸恨不得要跳下车喘两口气去。

"你要吃茶吧？我去帮你接点来。"林致与站起身向景婠索茶杯。

林致与站起身的时候小小的空间顿时就像被塞满了，景婠坐着都望不见他的脸，眼前就只剩得那束着皮带的健实的长腿。原来那个在学堂里坐在景婠前座的肤白如玉的小男孩，如今也长成了一个日行千里顶天立地的大男人了哟。

"不是听人家讲你去国外了么，怎么在北京我都不晓得。"林致与接了茶回来，景婠便找话问他。

"嗯，北京找了个学堂读个 2+2，大三再过去，先前加拿大的那个学校不太好申，哎无所谓，一样的，谁叫我成绩够不上呢，考得好谁愿意去国外撒。"

景婠晓得这话是讲笑了的，林致与是景婠高中同学，成绩哪样她还能不晓得？但他倒是适合出国的，上学的时候林致与就时常跟父母亲出去旅游，年纪小小的不晓得跑过多少地方，趟趟回来都要给同学们带东西的，景婠那时就羡慕得紧，多多少少是有些欢喜这个男孩子的。听讲林致与父亲在他小的时候就跑到海南去寻钞票了，供他出国总是轻轻松松的。

"对了，你跟景骁那样要好，我以为他会跟你一同考去北京的。"林致与见景婠没说话便又寻了话讲。

"谁晓得他撒，明明讲好了一同填北京的，回头又跟我讲他阿叔跟他说北京不好玩，风沙大，对了，景骁有个亲阿叔老早一直在北京上学堂的，早些年回来了的。景骁讲他怕风沙把他的脸吹得老了，就没得小姑娘欢喜他了。"景婠微微皱眉，讲到这件事心里又不免有些起了火。

"蛙蛙，"走道的灯暗了下来，窗外这片江河山川在燥腾了一天之后渐渐进入夜色，林致与忽地唤了声，这声"蛙蛙"在这驶向远方的列车里听着竟然让人安适起来。

"嗲？"景婠抬起头，昏黄的空气里她寻不见林致与的双眼。

列车员进来告诉大家到了休息时间车厢内要熄灯了，明天早上六点五十分会准时到达北京站。

林致与没有再说话，景婠估他是睡着了的，她挪了挪身，坐到了贴窗的位置，她左手撑在了桌板上托着下巴，想着得细细瞧瞧这一路夜色；

一忽儿斑驳阑珊得很，瞬息又只剩点点星光，片刻眼前又亮了起来甚至出现了高架桥，转瞬又跟盖上了幕布似的让你什么都瞧不见了。

　　"外面可真大呀，大得眼睛都装不下了，"景婳看着窗外细语，"心也装不下了。"

　　景婳爱搭火车。

　　躺着的时候小身子在缓缓地有节奏地晃悠，晃得人没多久就要睡了的，火车和铁轨亲密地咬合声，哐当哐当的；门外窸窸窣窣的脚步声；不远处茶水间少些人讲话的声音；像是应该嘈杂得很，却意料外地让这夜显得更加静谧，这就像是"鸟鸣山更幽"罢，景婳这样想着，想着想着就要这样睡去了……

　　恍恍惚惚中，像是有人说了句什么，又像是没有。

六、

我不去想，是否能成功，既然选择了远方，便只顾风雨兼程。

——汪国真

"开门。"

南方人口中的北京就是"干到则"，确乎空气中是少了很多水分哟，不用报站就晓得是到了北京的，北京站同其他地方的火车站是不一样的，下了火车除了"干"还能闻到一股"老派"。

景媚是欢喜这种"老派"的。

林致与送景媚到宿舍楼下后便自己回了，他的学堂同景媚的学堂在这么大一个北京城里倒也离得不远，他要送便让他送了，也算顺了路。就是大小箱子再撞击那些个盆盆罐罐的肉圆子红烧鸡，轻铃哐哪地上了五楼，有些个狼狈就是了。

然而离了家，哪又有不狼狈的道理。

景媚来回在几个小口袋里寻钥匙没寻着，想着也不会在大箱子里，便敲了敲门。

"开门。"敲了一会儿里头没人应,怕是几个姑娘还不曾回来,凑上耳附着门一听,又觉着里头像是有动静的,景婠便唤了一声门,手又一同叩了叩。

北京的高校大抵都是老校区,宿舍楼的设施都老旧得很,一层楼也就一个厕所大家同用的。过道里来回走着学生,看着也都是春节后刚回来,忙忙碌碌地归置家里头带来的这个那个,景婠又在门口站了少顷,有些个难堪,里头确实是有声响的,但就是不来给她开门罢了。

"开门!"506,景婠又望了一眼,稍稍提高了喉咙,来来回回的女孩子们也有不禁往这处看的,看得她好不羞赧。

景婠被一大家子人金丝银线从小宠到大,当然也是有她的小性子的,要是放在家里头,这会儿小姑娘必定双手叉着腰,气呼呼地直叫唤了,可到了跟前,在这个住了半年的宿舍门口,跟里头那些算不上熟稔更不能算陌生的大城市出来的丫头们,却是连一个字都要想好了才讲出口的。

"开门!"景婠又提高了嗓音,里头虽说是带着气的,但旁人听着依旧是个婉雅的姑娘在喊着门罢了,每个字都喊得那么分寸。

"哎呀,我说呢,就听着有一人儿在喊,我当别的寝的人呢,我这儿收拾屋子呢,真不知道是你。"过了一盼,睡景婠下床的北京姑娘总算是开了门,"我就听着一人儿说什么'开 meng,开 meng,哎哟,姐,是开 men,不是开 meng,你那么说我们都不明白呀。"说着话放下了手里的衣服眼睛看着另外两个姑娘向她们讨委屈。

北京姑娘叫何沐,说着让人好不羡慕的一嘴京味,她们管"宿舍"叫"寝",景婠倒并不觉得北京话好听,整个舌头放肆地在嘴巴里头绕着,都快卷上天了哟,怎么听怎么害臊,她觉得哪儿的话都比不得她江南的吴侬软语,那等轻娇柔媚,都不用启齿,便把话都说透了。

景婠顿时羞红了脸,想想也是过分了的,当真这前后鼻音能叫她听不懂了景婠的意思？再说方才她记得自己是叩了门的，是声音太小了没得听见？景婠不晓得自己是在替何沐辩白还是替自己解释，甚至觉得自己将来要选中国文学，前后鼻音分不清楚总是不太好的，开始怨起自己来。

她委屈得不得了，这再寻常不过的"开门"两字就像钉子一样钉在了脑子里，锈住了脑袋瓜子这辈子都别想剥下来，她拉上了床帘，鼻子酸得厉害，紧跟着落起泪来。她想告诉景骁她的狼狈，她晓得景骁定会替她骂道骂道，可这刚要拨通便想起了他的不守信，又气急败坏地将电话一手摔了出去，闷头认认真真地泣了起来。

一上午景婠闷着气换了床单被套，理了衣物，又打了点儿水，到中午便拿着那盆肉圆和红烧鸡找隔壁宿舍里的一个浙江丫头下楼去食堂吃饭了。

"知之。"浙江丫头叫童知之，知之知之，听着像蝉一般，景婠自然是喜欢蝉的，又知道她是浙江来的，离她可近，第一眼见她便跟寻着了姐妹似的亲近。

现在确定又多了个原因——她两个都属吴语系，讲话不用太在心。

"嗯？"童知之吃着第二个肉圆，都来不及望着景婠，"对了，你这个肉圆这么多我们是吃不掉的哇，你把几个何沐她们吃吃。"

她听着这话莫名又窜了一肚子火，夹起一个大肉圆就往嘴里头送，"不要。"

景婠一口气吃了四个肉圆子，吃到第五个的时候满肚子的猪油味儿直绞肠子，童知之睁大眼睛看着她不晓得她是吃错了什么药摁住她的筷子叫她不要吃了，景婠讲四个不吉利要多吃一个的，其实脑袋里头都是家里那女人系着围裙前前后后的身影，叫她怎忍心浪费了去。

"中华人民共和国的大学生，怎么还迷信上了。"

景嫚冲着童知之乐，嘴一抿，挤出了一嘴猪油花花。

上楼的时候，每一层的楼道里都已经换了新的海报。有的是不算知名的小团体来学堂里搞小演出；也有国画大师做巡展这当是其中一站；有天文系的教授开了大课叫闲来喜爱望天的孩子们都去；也有电视里才能看到的著名主持人受邀来参加活动。反正各门各道都有。

景嫚回回看到这张张活动海报心里头都莫名地舒意，整个人精气神像是被吊了起来，尽管她也不曾去过里头任何一个，但只要看到这些海报，就总能切实感到自己是离家远了的。

景嫚凑上前，这会儿海报上头印着诗人汪先生过两日会在公教 101讲学，景嫚对诗歌倒无多少研究，汪先生的作品自然也未曾读过，对于诗歌这种文体，景嫚向来觉得无味，她认为普遍的现代诗歌用于表述情感时因为过度的文字修葺而显得甚不真切，因为用力地表现灵魂而丢了灵魂，反不如古时唐诗宋词，虽规规整整，倒也磅礴。

"去吗？"童知之问道，"去听听？不是马上要学诗歌了么，再说了，好歹是一位名人呐。"

景嫚倒是没有见过名人的，只不过童知之这样讲也是有道理，马上要学到诗歌，听听总是没有坏处的。

回到宿舍，景嫚不晓得是什么心思，像只喜鹊似的换了副面孔向姑娘们讲了汪先生要来学堂讲学的消息，方才的委屈自己忘不得，倒是做足了样子希望旁人不放在心上。

几个姑娘自然怡悦不已，眸子里霎时像点了灯般的亮堂起来，蚂蚁闻着蜜似的朝景嫚这凑，拉尖了嗓子喊，"真的假的！"

“真……”话到了唇齿边，景婠这下做了记性，怕自己发不好这恼火的前鼻音尽让大家笑话了去，立地换了种说法，“不假。”

汪先生讲学那天，几个姑娘一个大老早就去公教占座了，生怕没得位置要站几个钟头，景婠想着还没到正式开学的日子总不会有那么多人的便打发童知之先去了，自己去浴房洗了个澡回头又打扫了下屋子。

到了公教的时候离讲课开始还有一刻钟，三百人的101大教室已经没得空位了，景婠垫脚寻了一会儿童知之，她两旁也坐上了同学，尽是不熟的脸孔，童知之看到景婠的时候翘起嘴摊了摊手，景婠摇摇头示意她不要在意，在这种时候替她占座总是不太好的，要被人讲的，怪只怪自己来迟了。

她顺着童知之的方向向前看去，一个同学旁边的座位上分明放了一只书包，一看就是占座用的，她看了看时间还有三分钟，不管不顾地直往那个空位低着头碎步跑去，拿起书包便往抽屉里一塞随即坐了下来。

景婠望了望坐在旁边的正在伏案的同学，他低着头把弄着手里的圆珠笔，像是并没有意识到身边坐了一个人。

“同学你好，请问这里有人坐吗？”景婠悄声地问。

“有没有人你不是都坐下了么。”说完偏过头像是朝景婠笑了笑。

怎地会有这样的人，讲话这般难听，景婠心里想着，可随后那个笑竟又让她一丁点火都冒不起来了。

他的笑跟寻常人哪能一样哟，景婠认识的男孩子不多，要讲景骁的笑是光耀的，林致与的笑是沉稳的，那眼前这个人的笑定是邪魅的，莫不是他的眼睛安静自然地弯起，你定不晓得他切实是笑了的。

怎地会有这样的人。

"这个是你的书包吗？"景媚指了指刚被她一股脑塞进抽屉的帆布包。

"你觉得我像是用书包占座的人么？"他索性丢了笔整个身子侧了过来，端端正正地让景媚瞧了个清楚，他穿着淡蓝色的长袖衬衫，一条宽松的灰色运动裤，一只衬衣角塞进了裤子，另一只却没有，一头栗色的头发像是被谁有意无心地抓弄过，这么个邋遢打扮看着却出乎意料的精神。

他说罢竟又猝不及防地笑了起来，眉眼间自然地像是熟识了多年的老友。

怎地会有这样的人。

"我的意思是，"景媚慌张收回目光，"如果不是你的，那这个位置一定是有人了，那我……"

"我坐一天了没见着人，放心吧，如果主人来了，我让给他，你就跟这儿坐着吧。"

"你不是来听讲座的？"景媚拧头诧异地盯着他。

"我只是今早来自习的，不知道这儿有讲座，懒得挪地儿了。"

他讲起话来亦有一股让人耳朵发痒的京味，景媚又想起了前两日站在门外的尴尬，此时便又羞于开口了，点点头当是回了他。

"我不去想，是否能成功，既然选择了远方，便只顾风雨兼程。"教室里同学们像是排演好似的一起朗诵起诗来，接着便是铺天的掌声，鼓得人周身正气。

景媚这才往前头望去，汪先生已然含着笑意站在了讲台上。

汪先生是戴着眼镜的，可是这依旧没有掩盖住他眉目间属于一个诗人的特有神采，里头有远方，景婠是看得到的。

"这诗叫什么啊？"景婠应是被这群起的豪言打动了，喃喃低语。

旁边的那位男孩子低头写了些什么，将纸推到景婠跟前，只是这个姑娘正细细地听着汪先生，不曾发现。

汪先生讲了诗歌的美，诗歌的力量，讲了人生的美，人生的力量，自然也讲了诗歌带给人生的美，诗歌带给人生的力量。

他说近的都是现实，只有远的才是诗。

见了汪先生，景婠开始相信人是相由心生的，他那般的儒雅，心中应是装了个辽阔天地。

她想着回去定要去趟书店，将汪先生的诗都好好地读个透去。

她突地起了兴致，想当即写几行字一会儿下了堂叫汪先生点评一番，便向旁坐那位男孩借纸笔，她发现桌上怎地多了一张作业纸，上面写着《热爱生命》几个字，想了一会儿不明其意足足愣了好一盼。

他望景婠呆愣得很，不禁又好笑，左手撑着桌子掩了掩稍上扬的嘴角，右手拉过纸又写了些什么推还了过去。

"我不去想，是否能成功……——《热爱生命》。"

景婠这才想起方才低语定是叫他听见了，不明缘由地红起了脸来，心里道，"他应是不感兴趣才是，又怎会晓得。"

"谢谢同学，你叫什么名字？我叫景婠，文学院大一。"景婠不再作声，在那行字底下又写了这一行字。

"黎吏，新闻，大三。"

"黎吏，"景婠嘴里头念了一遍，光是做了个嘴形并没有发出声来，她想给他取名字的人定是跟她阿公一样，想着要让他做官去的，这一霎她竟为这个臆想出来的二人之间小小的相似而高兴起来，自己却不曾察觉。

景媪拿起笔定定神，急速写了几行字，讲座便结束了，汪先生站出讲台朝大家微倾了身子，得体得让人立马想低头找自己的毛病去了。

到底是诗歌给了他魅力，还是他赋予了诗歌灵魂。

景媪看着刚才随意涂画的并没有写完的那几行字，作业纸的边缘是撕扯的齿印，怎能将这样的东西拿给汪先生看，她不禁将它揉成了团，顿时又抹开平展在桌子上，随后放进了抽屉。

她看着讲台上被同学们围得望不见影的汪先生，停顿了片刻转身走了，回身的时候找见了童知之，她看了看黎吏，他依旧在伏案，像是根本就没人打扰过他，台上的，台下的。

"遇上你

我的心便驶进了迷雾里

可到了迷雾里

我却

寻不见你"

七、

当眼前这个"哀"字处处都是，倒也不觉得哀了，到了傍晚依旧是这番动静。人来了，动，人走了，静；有些人，动，有些人，静。

村里头搭起了戏棚子。

戏棚子前头放了十来个长条凳，讲是晚上七点开始，三五个坐着等的都是些孩子，最大的也就十来岁，除了他们哪有旁的人来看。孩子们有穿白褂子，手拿白布帽子的，也有穿着寻常衣服的。说是戏，又哪来的戏，就是一块方形白幕，放着个《狼牙山五壮士》糊弄糊弄装装样子罢，村里头有人过去了，都要放戏。

景志业他娘过去了。死了。

景婳也穿着白褂子，戴白帽，这天大清早开始，整个村子就被八音叫醒了，景忠国带着景婳娘和十岁的景婳一个老早就往前村奔去了，景梅芳搀扶着景老太在后头跟着，老太太一步一个哀叹，说怎地就这样死了，死得多叫个冤屈。一头又用手轻拍着景梅芳手腕子，叫她一会定记得多磕几个头，总归也做了几年她娘。

一路走过去，风卷着雨丝拂在人面上不疼不痒，就是这冬日里的风尽是让谁宠的坏脾气，打着圈地旋转，专挑着衣服缝往里钻，屋外头的人都是双手紧着衣裳交叉固定在胳肢窝里朝那地方走。怪了，这村里头只要是有人过去了就总会落雨，像是一种仪式。

拐了弯到前村第一家就是景志业那户，大老远就望见进进出出的都是些穿白衣戴孝的人。屋外的棚子早就搭好了，连着主屋的正门口有一个，前院空地上也有两个，前院的两个棚子底下置的都是些圆桌凳子，应是给来吊丧的亲友腾个吃丧饭的地方；正门口的棚下面坐着的是几个吹家伙的厉害人，景婳说他们是厉害人，厉害人吹一天八音不觉得吵闹，不觉得疲累，更不觉得悲泣。景婳这是头一回听八音，就把她给吹得悲泣了。

景婳娘左手牵着穿着白褂子的景婳，右手护在她后背上将她往里赶，嘱咐着进了门看见姑奶奶就跪下磕头。

遮天盖地的又一阵哭喊声随着景忠国这一家的进门一同开始了，听着像都是从嗓子眼里出来的，景婳娘叫景婳不要瞎讲话，丧礼上没的哭声过去的人会走不安心的。景婳跪在地上的时候才发现同样也跪在一旁的景骁，十岁的景骁涨红了眼，鼻涕眼泪分不清地糊了一脸。

景忠国起了身拍拍景志业的肩，堂兄弟俩又一同湿了眼睛，景志业昨天夜里坐了几十个小时的火车刚回到了家，他紧皱着眉，像是在愤怒，又像是在忏悔，脸上的皱纹、眼泪、胡茬都像是快要把这个人蹂躏了去，只不过是一副叫"男儿"的躯体在将他生生硬撑罢了。

景婳娘随了份给田姨便一同帮着她去灶头烧水了。景婳分明看见了躺在那儿的姑奶奶，前几日还叫叫骂骂，如今连大气都没的再喘了，她不知怎地心头下起了雨，默不作声地流起眼泪来，她想着那个把"菩萨讲菩萨讲"的挂在嘴上的女人，应是被菩萨唤去了罢。

十岁的景婳，第一次看见死人。

"作孽的，"吃丧饭的时候景老太瘪着嘴，拿起手的筷子几次三番

井 蛙 FROG

重新放回桌上，"作孽的哦，就是讲人怎地就会突然没了，没的道理啊，哪晓得是嘎种样子哦，哎哟，作孽的作孽的，饭啊吃不下了。"

哭丧声、八音声在这个屋子上头交替了一整日，当眼前这个"哀"字处处都是，倒也不觉得哀了，到了傍晚依旧是这番动静。人来了，动，人走了，静；有些人，动，有些人，静。

大人们都在忙活，景媊在这生生地情景里也没了主意，便去寻景骁说话，田姨在灶头上忙这忙那，景骁便拿了一张小板凳在一旁蹲着，景媊将他拉出来就往戏棚子方向跑去。

"蛙蛙，人怎地就会死掉呢。"景骁闷着头，两只穿着白球鞋的小脚无力地踢着小石块，蹭在地上走路。

"我奶奶听人家讲，姑奶奶是夜里头进厂子里偷了一蛇皮袋子灯泡，回头路上掉到粪缸里头淹死的，"景媊望着景骁，用手捂了捂鼻，像是闻到了气味，"把姨奶奶捞起来的那个人讲还捞到一大袋子灯泡呢。"

"你瞎讲！"景骁朝景媊怒吼，眼泪从那双好看的眼睛里决堤而出，甩开景媊的手朝回头跑去。

"要不是你一天到夜清闲在家里头，娘怎会去偷便宜卖！"景志业按着火，声虽然压在了嗓子眼，却也能听得见近乎咆哮的怒气。

"你倒不要把这种罪名扣在我头上，我承担不起，娘是因为厂里这几年效益不好大裁工，嫌她老了手脚慢把她裁掉了，她心里窝火还讲要烧了厂子，她那么晚去偷东西我哪里能晓得？我没了娘我不难过？倒是你，1993年你去了深圳后回来过几趟？给娘带过好东西没？你有一天安生日子吗？公社好好的工作让人开掉了，去下海一去就是五年没音没信，你是老大你对娘没有责任吗？"

讲话的是景志业的亲弟，景骁的阿叔。景骁听了景媊的话本想来找

38

景志业求个明白，没想还没进门就听见兄弟俩这番动静。

"你懂个屁！"景志业突然大声，他涨红了脸，眼泪滚出眼眶烫过他面部的青筋，"现在镇上哪个厂子不裁工，别说镇子上了，城里那些大厂子不也合并的合并倒闭的倒闭，娘这么大年纪了这有什么想不开的要去报复？分明就是怕没的钱拿养不了你罢！她怎么过不是过！你说到我，我告诉你，我本来这次回来就打算把房子重盖了再弄个大铁门要多风光有多风光，叫娘过个好日子。你知道我炒房赚了多少钞票哦？你懂嗲叫炒房？我就知道我景志业看准的时机是错不了的，你就知道读书，读到北京嘎老远，结果呢？人家大学生那时候个个有分配，你读北京都没的分配，为嗲？我就问你略，为嗲？还不是因为你没的轻重，非要跟人家学什么上大街喊口号！回来这么多年，工作么没有，你让娘操了多少心你自己有数哦？"

景骁有些害怕了，他头一次瞧见景志业那般面孔，愤怒，激动，甚至狰狞，阿叔没有再讲话，寻了张凳坐下抽烟，景骁并不知道景志业去深圳做的是什么生意，只听他前时经常把"农村生产是鼠，出门下海是虎"当口号似的挂嘴头上。景骁转身跑开不想再听了，因为叔父俩有些话当真听不明白，又怕再听下去不明白的都明白了。

（往后没几天就过年了，爆竹声贺岁声把前几日的哀气赶得影儿都见不着了，像是换了个天地，这年除夕夜两个美丽的姑娘在电视里头唱了首好听的曲子，景媚一听便学会了，开学的时候拿了它去参加了镇里的小学生歌唱比赛，还得了二等奖，叫景忠国和景媚娘欢欣了好一阵。

歌的名字叫《相约九八》）

"爸，我想填北京，你看看哪个学校，我估估分，这两个都能进。"

景骁一手拿着铅笔指着志愿表问景志业，他想着在这个葱郁的夏天之后，他将和景婠一起坐上向北去的列车，身体里的血液就像被掺了蜜一样，呼口气都是甜的，十八岁的年纪，可不都是甜的么。

"你给我参考参考啊。"景骁看景志业抽着烟踘着背，默着不作声，又朝他丢了一句。

"不许去。"景志业脚尖狠狠地踩灭烟头站起了身，"哪里都可以去，北京去不得。"

"为什么呀？"景骁周身凝固起来，刚刚还在眼前的美好如玻璃一般被击得粉碎。"为什么呀？你这几年不是也在北京做生意吗？你去得我怎就去不得？"

"我是我你是你！你看看你阿叔，不许去就是不许去！"景志业摔下话就出门了，容不得景骁半句反驳的话。

景骁又急又恼，他像钉子一样钉在原地，手里攥着的志愿表渐渐被揉成了团，他的脑袋里窜过百十种法子，就为了那一个去北京的念头，最终他绷紧的身子像被放了气一样整个瓦解了去。

深眸意愁，眼里只得那一个人儿罢了。

"蛙蛙。"

八、

在稠人广众之中，感得的这种孤独，倒比一个人在冷清的地方，感得的那种孤独，还更难受。

——郁达夫《春风沉醉的晚上》

盼着盼着，来了北京的春天，北京的春天，叫人喜极恼极。

北京人嘴里的北京，大抵是"春脖子短春脖子短"。景婳倒是一直没多大明白"春脖子"的含义，只觉得北京的春天被它们覆盖着，席卷着，这色彩单调的北国之春，倒显得冗长起来。

风沙，杨絮。

从宿舍到教学楼走路十来分钟光景，这一路的杨絮就像是天上有几个皮娃娃在偷偷弹着仙人们的棉花，星星碎碎撕扯得到处都是，落了一片天地遭殃了凡间人 ，片片杨絮飘飘摇摇，一会儿快要溜进你的鼻子里逗得你直打喷嚏，一会儿又在趁你讲话时像要逃进你的嘴里，让人恼得只得加快步子往前走，到了地方你想拍拍衣服顺顺头发，才晓得它们识趣得很，根本没性子在你身上逗留罢。

这会儿上的是景媗最喜欢的《中国现代文学史》，讲师姓林，名桐意，苏州人，在这偌大北京城，亦算得上是景媗的乡里同亲。她人素如简，讲课时细声细语，再惊天地的文学史诗从她嘴里头讲出来，总是那般云淡风轻。

这节课在讲郁达夫的《春风沉醉的晚上》，林老师一头浓密的瀑布般的及腰黑发被一个褐色发圈无力地系着，发圈太小，在颈脖子以下的位置逐渐往下掉，很显然已经承受不住她的发量，慵散的模样像极了汉朝时的女子，温儒，修养。

"在稠人广众之中，感得的这种孤独，倒比一个人在冷清的地方，感得的那种孤独，还更难受。"林老师挑了一个选段来作赏析，她的声音太轻柔，但所有人倒都愿意沉下心来听得这种轻柔，这就使得这轻柔变得刚劲了，"看看他的同学们，一个个都是兴高采烈地在那里听先生的讲义，只有他一个人身体虽然坐在讲堂里头，心想却同飞云逝电一般，在那里作无边无际的空想"。

景媗望着林老师，她清瘦，素洁，她觉得这就是学文人该有的样子，江南女子的隽秀气，言语虽轻，却有掷地之力，哪能像何沐那般咋呼。

大学的课堂比中学的课堂，最大的不同就是能挑着位置坐，这对于景媗来讲很重要，她上林老师的课总喜欢坐前排靠窗的位置，听她做赏析，景媗就倚着窗撑着下巴闭上眼静静地听，只是春天的时光里开不得窗，不然杨柳絮可是都要钻进来的。

做到郁达夫生平介绍，景媗用手肘顶顶童知之，"你们浙江人，"随即像是得了什么便宜似的偷笑起来。

说来也真怪，不知什么时候开始，景媗开始有意无意地往心里添加了地域概念去，自然江南自古是多文人的，可她就尽想让何沐她们北方的姑娘们晓得这个道理，每次多讲了个江南才俊，就像是往景媗心里多垫了块砖，能把她垫得比别人高了去。

景婠倏忽觉得有人在窗外瞧见她笑了，一阵羞赧，定定神往窗外看，却又连个人影都没有，便撑着脑袋继续听林老师讲课。

"林老师，咱下节课就看个电影儿吧，老看文字多没意思呀！"何沐举个手便哧溜站起身来拉开嗓门冲林老师笑。

景婠撇过头讶异地望着她，怎地有这般厉害的女子，换作她，断断不敢这般跟老师讲话的。她有些看不惯，但又有些嫉妒。她嫉妒何沐跟谁讲话都能这么自我，这么畅快。

林老师笑着颔首，当是应了。景婠突地觉得好气不过，她想到何沐上回定是故意刁难她了，为什么林老师的口音她就听得明白，自己的就听不懂，装腔作势罢。

下节课讲了是要放电影，休息的时候景婠便拿着水杯出教室去盛水，刚一出门就被一面墙堵了个瓷实，定一看哪是什么墙，一个长相俊朗的男孩倚着教室门不知冲谁坏笑罢了。

景婠想这面目怎地这般眼熟，又不好意思再细细瞧，便握着杯子低头绕他走了过去，不料被这男孩扯着袖子又拽进了门里。

"哟，装不认识？"男孩盯着景婠，"刚才上课的时候笑什么呢，说我听听呗，一人笑多无聊啊，你们老师知道你偷笑？"

"嘘！"景婠红了脸，下意识把他拉到门外，这才着实看清了他的脸，不就是听讲座时坐自己身旁的那个男生。

"逗你呢，瞧你紧张的，怎么那么不禁逗啊？真不记得我了？"

"记得。"景婠嘟囔了一句，"不过，你怎么知道我在这上课？"

"谁知道你跟哪儿上课啊，我不说了么，刚路过看见你了，见你笑那么开心，我得进来问问到底什么事儿那么逗啊。"黎吏说着话手不自觉地插进了裤带，依旧是一条宽大的运动裤，上身穿着浅色毛衣，外头敞开着一件黑色的羽绒服，还是那般干净明亮。

景娟不适应如此这般的谈笑方式，她一时分不清黎吏是在讲笑还是当真，更不知该怎地回应他。

"行了不逗你了，周末有空吗小学妹，刚大一的话还没逛过咱大北京吧，我带你瞧瞧？"黎吏讲话的时候嘴唇就似两片叶子那般轻薄，笑起来的时候做出了一个刚刚好的弧度，顺便带弯了眉眼，好看得让人怎舍得拒绝。

"景娟。"

黎吏的这声"景娟"让她顿时想起了自己的名字，是这般好听，她听腻了"蛙蛙"，她甚至不想让任何人知道这个小名，只得"景娟"两个字被人唤着就好。

"周末我找你。"黎吏伸出手按了按景娟的脑袋，"瞧你愣得，去上课吧。"

景娟看着回身走远的黎吏，心里说不上什么滋味，更多的是惊愕，他说来就来了，想走便走了，好看极了的脸盯着她像是说了些什么，又像是什么也没说。

"你认识黎吏？"景娟刚进教室何沐便迎了上来。

景娟想问她怎晓得黎吏，想想又作罢，晓得又如何，倒是自己，说认识，只晓得他叫黎吏，学新闻的，说不认识，方才俩人也确实说上话了，她一时当真不知该如何回答，便不作声自顾自地坐下了。

夜里宿舍熄灯的时候，景骁给景娟来了个电话，她便拿着电话蹲在宿舍门口的走廊上听，景娟倒也忘记了先前景骁的不辞而别，张开嘴就唧唧哇哇说了个没完没了，她说北京春天到处都是杨柳絮讨厌得很；她说其实北京一点也不冷还没得家里冷，阴嗖嗖的叫人不好过；她说何沐，就是那个北京姑娘，张扬得要命，课堂上就直接叫老师放电影了；她说一个男孩，她刚要说到黎吏，便不再讲话了。

景骁便安静听着她絮絮叨叨，景婳每每说着说着总要问一句"在哦？"他便安心地告诉她"在"。

讲完电话景婳就像写完家书般的踏实、舒意，她安静地躺下，每晚睡前她总习惯将今天的事儿记日记似的在脑袋里写画一遍，今天的日记应是开了朵花苞，惹得景婳梦里还含着笑意。

北京的春啊，比着"乍暖还寒，最难将息"的江南春，倒是多了份果断。

九、

北京有太多的胡同，胡同大多深远悠长，林语堂说："北平呢，代表和顺安适的生活，代表了生活的协调。"而你走进胡同，就能看到生活的协调。

春寒料峭，在北京是寻不见的。

阳光顾得上的地方，就能让人脱了冬衣雀跃着出门赏花去，而北京，是从来不缺阳光的。

景婠穿上了裤袜子，套上了条尼龙裙，外面又披了件大衣，她想着教她们美学课的那位"格格"就是这般穿着，定是没错的，便跑去问童知之，"怎样？"

童知之扶起眼镜上下端看了一遍，晃晃脑袋，"太瘦太瘦，这佬显得你太细了，不好看不好看。"

景婠怏怏地回到宿舍，又站在衣柜前探进脑袋寻衣服，她一边抱怨着衣服怎地这样少，一边学着黎吏穿起了宽大的运动裤，上头套了件浅蓝的毛衣，想着这样兴许也不错。

"不好看不好看，你又不是去跑步。"景婠又站到童知之跟前，没曾想这回又打了个回票。

景婠觉得自己好笑，平日里都是童知之向她求打扮，今天却倒了个。

几个来回之后，景婠最终还是牛仔裤白球鞋素外套出门了。

"盼望着盼望着，春天来了，春天的脚步近了。"景婠在宿舍楼下候着黎吏，看着和煦的阳光和几近耄耋却依旧青春洋溢的校园，心里头愉悦，嘴便跟着不自觉地念着，怎地突然背起了课文？景婠自己都觉得好笑，捂着嘴又乐了起来。臭毛病当真是改不了，一会儿见了黎吏可别张嘴就是名人名句唐诗宋词，省得叫人觉得学文之人矫情。

"怎么回回见你都在偷乐。"就听着黎吏悦心的声音大老远传来，不知为何，同样是舌头在嘴巴里来回囵囵的那个调调，黎吏的京腔却总是让人听多少也不腻。

"丫头天没亮就跟这儿等了吧，你看看脸都冻红了，着急见我？"

"去你的。"景婠又急又恼，她不知怎地辩驳，黎吏讲话总是这般横行霸道，让不得人回嘴。

"坐上来。"黎吏指了指后座椅，景婠这才发现他骑了辆捷安特自行车，景婠长这么大除了小时候坐过阿公和景忠国的自行车，旁的人的自行车还真不曾坐过。

事实上她又觉得坐自行车后座这件事很暧昧，但这个时候，这样的春日，她又期待这种暧昧。景婠高挑，稍一垫了脚就坐了上去，手紧握住凳框，害怕一个趔趄丢人现眼；肚子又稍稍吸着气，怕黎吏抱怨她太沉害他骑不动了，像是断定吸口气就能少个二两肉似的。

从学堂西门骑到东门这一路，景婠就看着自己的脚尖，脚尖飞过水泥路，又飞过石子路，经过西区食堂，又经过东区食堂。

到了东门，黎吏停了车，景婠跳了下来，"去哪儿啊？不是骑车去吗？"

"哈哈这是北京，不是村子，要是骑自行车，天黑了怕是也回不来。"黎吏说着又按了按景婠的脑袋，"还挺可爱。"

景婠埋下脸，心想这辈子所有的脸面是不是都要在北京人跟前丢了去，她低声嘀咕，"村子怎么了，我就是村里的丫头，你大城市的了不起，啦啦啦啦啦啦。"

"又在说什么呢，"黎吏笑着看着景婠，"我算看出来了，自个儿闷头说话和瞎乐是你的强项。"

听他这么一说，景婠笑出了声来，像是被身边的这个人感染了，不知哪儿来的勇气，她踮起脚尖，伸出手按了按黎吏的脑袋说："走着！"

"哟，谁借你的胆儿啊！"黎吏没想小丫头会来这么一下，有点惊，也有点儿兴，拉着她朝前走，就这一瞬，两人像是熟识了八百年。

在北京，坐上了地铁和公交，你方知道北京之泱泱众口，黎吏带着景婠坐了几站地铁又倒了一二站公交，虽说到北京也有大半年光景，可景婠倒确实还没的出过学堂呢，在北京有一种讲法，就是你站在北京的公共交通里，不用扶把手，也不会被晃倒了，因为那么多人绝对能把你挤扎实了，像塞粽子。话是这样讲，不过一路上黎吏倒是也护着景婠的肩，稍一晃动就使上劲将她稳住，免得她扁瘦的身子被压得透不上气来。

"早饭没吃吧，带你吃好吃的。"黎吏说话的时候总爱挑眉，一挑眉就挑出了一股子邪气，反倒说不上坏，只是景婠看得他这般便没的招架。

车在鼓楼停下了，鼓楼是一个坐北朝南的古楼阁建筑，楼体是朱红色，景婠觉得每个城市都有它自己的色彩，北京本就该是朱红色。眼前这建筑到没多大新奇，幼时景婠随景忠国来游过北京，也去过故宫、天安门，记忆中的老楼阁建筑都是这般，只要在它底下立着，就自豪自己是中国人。

黎吏带着景婠走的这条街除了些老北京们爱吃的铺子，还有些北京孩子自己开的小店，折腾些"潮流玩意"，路口的牌子上写的是"鼓楼东大街"。

俩人在这古色新起的大街上溜达着，不知是不是时辰尚早，好多家铺子都不曾开门，做生意的尽是些窜着蒸汽的早餐店。

"北京孩子都懒，这些个小店儿都得下午才开门呢，比不上你们南方孩子勤快。"

黎吏说这话倒是听得景婠一身得意。

"像我这样大清早带你来压大马路接受历史熏陶的北京孩子你上哪儿找去。"黎吏说话脸突然侧低下来望着景婠，他双手插着裤兜，挑着眉朝景婠笑。

这个怪人，做任何事都那么地自然，仿似在他的世界里任何的羞臊都能变成诗情画意。

黎吏拉着景婠进了一家卤煮铺头，景婠不曾吃过卤煮，甚至都不曾听说过，红腥黏稠的一大碗卤煮放在景婠跟前的时候，她都不知该从何下口。

黎吏帮着景婠加了醋，拿着调羹在里头搅和了一阵，"不烫了，吃吧。"

景婠稍稍舀了一调羹，用舌头舔了舔，一股说不上来的气味直冲鼻子，舔下去的那一小口汤料又跟中了毒似的翻搅着她的肠胃，好看的眉毛顿时被紧紧巴巴地皱在了一块儿，这嘴里只要稍微再进一口风都能把年夜饭给吐出来。

"这这这，这是什么呀！"景婠拿了张餐巾纸捂着嘴，生怕这嘴里头的怪味能让黎吏闻见。

身旁的黎吏哪还能听得见她说话，早已笑得闷下头去了，景婠有些气恼又有些好笑，顺势撒起娇来，"你在这接着笑吧，我回学校了。"

黎吏急忙抬起身子一只手按住了景婠的胳膊，"好了好了，这不是给你尝尝地道的北京小吃么，这叫卤煮，怕你不明白，这么说吧，就是你的心肝脾肺肾一块儿炖了。"

"我的？"景婠瞪大眼睛望着黎吏，一时没反应过来。

黎吏清了清嗓，比了个"猪"的嘴形，过了好一阵，景婠才反应过来，起身就要拍过去，黎吏一下子蹦了起来。

"老板，结下账！"

两个人穿过鼓楼东大街这条并不算宽敞的街道，黎吏带着景婠进了一条胡同，北京有太多的胡同，胡同大多深远悠长，林语堂说："北平呢，代表和顺安适的生活，代表了生活的协调。"而你走进胡同，就能看到生活的协调。

"你才是猪，'一只特立独行的猪'。"景婠又想起方才那幕，嘟囔着嘴，却倒也没在生气。

"哟，小丫头还挺有文化，喜欢王小波？"黎吏眼里突地亮了起来。

"这学期写了两篇他的赏析，所以多多少少读了一些，还行吧，挺喜欢的。"景婠心里头高兴，这种高兴和汪先生讲学时他告诉她那首诗叫《热爱生命》时的那种高兴是一样的。

"王小波那么京派，你能读得了他，看来你挺喜欢北京啊。"黎吏说着也高兴，高兴的时候总喜欢伸手去来回呼撸景婠的头发。

景婠能感受得到他的这份高兴，高兴亦是会被渲染的。

"丫头读过啥，说与我听。"黎吏来了兴致，说话加了些可爱的腔调。

"《黄金时代》《白银时代》《青铜时代》都……"景婠晃着脑袋续着黎吏的调调装腔作势起来，"不曾细读，挑着些感兴趣的读罢了，不曾深入，不曾深入。"

"那不知丫头对'革命爱情'有何见解，要不……"黎吏一个跨步侧过身来面对面朝景婠站着，"咱也'革命'一个？"

"去你的，我看王小波是假风流，你是真……"景婠拖长了音吊足了黎吏的胃口，她凝着眼前这个人，竟觉得与王小波先生有了几分相似，用北京话说是"又贫又坏"，但倒也"真实"。

"丫头明说。"

"'知识分子有话从来不明说，嫌这样不够委婉。'"景婠仰着头伸长着脖颈晃着脑袋，双手别在身后朝前走着，像一个教书先生。

"哈哈哈哈哈哈。"黎吏笑了起来，读惯了王小波的人哪能不晓得这句话，他看着眼前装模作样的可爱的丫头，听见了自己的心跳声。

这条胡同叫"南锣"，北方人叫胡同，南方人就叫"巷"，景婠眼里"巷"跟"胡同"是一样的，差不了多少，只是你身在南方，眼前的"胡同"就变成了"巷"，身在北方，眼前的巷，不是"胡同"也得是"胡同"了。

景婠称此为"地域代入感"。

"怎么样丫头，感觉？"

两个人在"南锣"里头晃悠，这条胡同路宽不过六米左右，胡同两旁是些老院子，也有些有腔调的人开的些有腔调的古怪铺子在里头耗光景，剩余的就是些北京小吃或是"游客必买"了。

"嗯，跟我们那古镇的街道差不多，你知道这是脚踩在北京，就觉得它很大气，一砖一瓦都能让你想到历朝历代皇亲国戚的事，如若这是脚踩在江南，就觉得它很水秀，怎么闻都有一股子水粉气，风刮来的都是琵琶舞曲。"

地域代入感。

景婠这回答倒是让黎吏不曾想到，这一上午工夫，便让他觉得这丫头越来越有意思了。

从"南锣"里出来，俩人晃了一会儿便到了"荷花市场"，路上景婠挑了家看着挺地道的小店吃了一碗炸酱面，堵了堵时不时往上翻的卤煮味儿。

十、

这时春阳烂漫，照在一草一木上寸寸皆是光阴。

——钟晓阳

隔天一大早景骁来了电话，因为昨天一天景婳都不曾跟他联系，语气倒像是有点个问罪的意思，景婳正睡个迷蒙，敷衍了两句便挂下了电话继续钻被窝去了。

年少的早晨永远是那么好睡，透过窗帘挤进来的阳光，夹杂着十七八种慵懒的味道，像是给床上的人儿点了迷魂香，沉醉在酣甜的梦里，哪还舍得醒来哟。

童知之来敲门的时候，景婳已经醒在床上好一盼了，她脑袋里不时地回忆着昨天的"一日游"，后来他们在荷花市场里头听了小段北板大鼓，压了压烟袋斜街，他陪着她，她也陪着他，聊了许久的王小波，聊得酸累，就在什刹海边上喝了咖啡，说起来这还是景婳第一次喝咖啡，在家的时候也曾有不认识的叔叔给景忠国送过那种一盒盒袋装的速溶，可景忠国不让景婳碰，讲是吃五谷杂粮长大的小丫头不要喝这种洋东西，对身体也没的好处。昨天点咖啡的时候才知道，原来咖啡还有这么多花样，什么"美式，摩卡，卡布奇诺……"景婳装着很熟络的样子昂起头随便点了杯美式，一口下去苦得直往肚子里咽，她当然不想在黎吏面前露了个"土丫头"的样子，端起杯子有模有样地品了起来。

黎吏伸出一只手将景婳那杯咖啡端到自己面前，给她加了糖，又倒了些牛奶，接着用根棒子在里头拌了拌，又放回了景婳跟前。

景婳看见他的嘴角分明是有笑意的，她分不清这是不是嘲笑，她太害怕这是嘲笑。她想说些什么。

"真舒服。"黎吏挺直身子伸了个懒腰，像是故意要打断景婳，他望着湖上的波光粼粼和游水的船只，身子往下赖了半截，闭上眼晒起了太阳。

"高中的时候下了课，碰上天好总爱来这儿。"黎吏说话的时候也依旧闭着眼。

说这话的时候景婳心里头觉得闹腾，她心想北京的孩子可真舒服，整个高中三年，别说北京这么大了，她们读中学那小县城里，她也就认识学校而已，哪天不是鸡叫起，鬼出归，哪有旁的工夫出去晒太阳找乐子。

春阳烂漫。

湖面上时起的微风会刮来有些恼人的杨柳絮，它们在你眼前飞舞着，像是稍一吸气就要钻进鼻口里，说也奇怪，虽飞絮漫天，但它们却并不会想要真的缠住你的发丝和衣襟，偶有一些飞到跟前，在你扬手想要挥开时，又识趣地飞走了。

"春天，又到了万物交配的季节。"黎吏睁开眼，冷不丁地说了这么句没羞没臊的话，惹得景婳不知该说什么只好一直清嗓子。

黎吏看着脸颊泛红的景婳，嗤了一声，用手指了指空中的杨柳絮，景婳方才明白过来。

"你又在瞎琢磨什么呢丫头？"

黎吏嬉笑着盯着她，他忍不住地就是想逗她，眼前这个小姑娘，一举一动都告诉着对方自己十八年来民淳俗厚的生长环境，她被保护得那么好，似浑金璞玉却不自知。她努力装出的那一副曾经沧海不服输的模样，叫人怎忍心拆穿，只得不留痕迹地护着她这般难能可贵的烂漫就是了。他就想这么做。

"没什么，你老不好好说话。"

景婳习惯地昂了昂头，眼前这个男孩，他总是这样干脆直白，他见得多，懂得广，里里外外都是景婳不知道的世界，似乎他的生长环境和自己的截然不同，她不知道原来人竟也可以这样地说话做事，这个大男孩，就像是这北京春日里漫天的杨絮，果敢，张扬，他暴露着他的思想，在你的周身轻挑着你的肌肤，有着在天地间翻云覆雨的勇气和搅乱你心境的本事。景婳此刻也想化作这恼人的杨絮，到了他的世界，变成他的样子，和他一起淋漓畅快去。她就想这么做。

童知之敲着景婳的床杠子，才把她从回忆里头拉出来，她撑着床板直坐起身子，挠了挠头发。

"你们宿舍就你一个啊？"童知之边挖着冰淇淋边探着脑袋问她。

"你说这大城市超市里怎么就一年四季都有卖冰淇淋，没冻死你。"景婳随意套了件衣服，"何沐这周末回家了呗。"

"哦对，我忘了，北京人就是好，想什么时候吃爸妈的饭菜就可以什么时候吃。"

童知之拉着张凳子坐了下来，"你快下来洗洗弄弄，陪我去中关村吃饭。"

"哟，写稿子了哇？有钱了？"景婠喜眉乐眼地跟童知之打趣，想想她们文学系赚外快的方法也真是少得可怜哟。

"功课还读不来，哪有时间写稿子，"童知之白了景婠一眼，"家里那边来了个同学，今天上午刚到的北京，讲道理总是要请人家吃个饭的撒。"

"男同学。"景婠勾了勾嘴角。"男朋友。"

"哎呀平时怎么不觉得你这么八卦，你快点洗漱换衣服，请你吃饭还不高兴啊，啰哩啰唆，快快快。"

"你男朋友来了叫我去是不是不太好哟，他这么老远来还看见个电灯泡会不高兴的，嘎佬不太合适哇。"景婠边翻着衣服边讲。

"我叫你去那就是合适，哪里是什么男朋友不要瞎讲了哇，你快点，回头我再跟你细讲好哦啦？"童知之的冰淇淋说话工夫已经见了底，她咬着塑料调羹催促景婠。

景婠心里头是高兴的，倒不是因为什么八卦，只是童知之叫她陪她去做这样的事情，她心里头晓得那是拿她真心当了好朋友的。她挑了件中规中矩的素色衣服跟着童知之出门了。

春日的周末总是有那么多欣喜。

童知之个头小，跟景婠坐在一起矮了小半截脑袋，不过妙在她皮肤白皙，五官小巧精致，细看却也不输景婠半分，自是有一股江南女子的轻灵之气。

席间童知之向景婠介绍了她的那位男同学，"史毅，我高中同学。"

"也是初中同学。"这位叫史毅的男孩儿又没头没脑地添了一句，算是补充介绍了他们二人的关系。

童知之脸部细微的不满被景娟察觉了去，但转眼工夫就微笑着招呼大家吃东西了。

史毅穿着一件紧身黑短袖，外头套着一件黑夹克，平凡人相貌，面颊深处有一些青春痘没褪尽留下的印子，起身的时候景娟又发现他腿上穿一条紧身黑色牛仔裤，脖子上一根长条的银挂饰随着他身体晃来晃去，她不由地捂嘴笑了笑。

"等下子回学校去学活拿一下表格不要忘记了，要提醒我。"童知之边吃边讲，从开席到现在，她拢共讲了三两句话都是跟景娟讲的，像是没的旁人在。

"表格，什么表格？"这下倒弄得景娟一头雾水。

"奥运会志愿者申请表啊，都发了好几天了，你宿舍人没的人跟你讲啊？"

景娟心里头有点不高兴，虽然她明明知道同何沐那个女孩子一个宿舍相处了这么久还是有种说不上来的生分，并且她也已经习惯这样与她面上和气，实则不尴不尬的共居模式，但人在他乡，还是希望从他人身上更多的感受到的是互帮互助的温暖，而不是像这样事不关己高高挂起的冷漠。

更何况这个人是她要相处四年的室友。

"你们明年要当奥运志愿者啊？"叫史毅的男孩子突然兴奋起来，像是抓到了一个自己可以聊的上话插的上嘴的话题。

他看着童知之，"我仔细想了想我那个书也没什么好念的，还不如在北京找个事情做做，这几天我就在中关村这边转转，望望有什么好干的活哦。而且这样也方便……"他咽了口水，"方便照顾你。"

话一出口，童知之的脸瞬即就变了颜色，一会儿红一会儿白的，往日的伶牙俐齿都吞进了肚子里。

回去的路上，童知之告诉景婠，史毅算是她从小到大的同学，念中学的时候史毅是学校里的霸王，老师不让戴首饰就他一人挂条银链子，帅气得很，放学的时候童知之总会看见他单手扶着他那辆单杠捷安特从车库出来，走路带着风。他像是精通各种电器，经常换着不重样的随声听，CD机，童知之坐他前头，每天就问他借着听，时来时往，俩人应是生了些情意，在这样的年纪，不明说自然是最好的。

"可是你知道吗，我听他说要来北京，我就是高兴不起来，"童知之挽着景婠，"说实在的，来北京之后，越来越觉得他土气，上次过年回家见了他一次就有这种感觉了，倒不是我嫌他，可是，他是一个专科生哎，还照顾我，他要怎么照顾我，修电器？就算我们好了，在一起了，以后还不是我帮衬他的多，我毕业还想留在北京呢，总不能跟着他在中关村卖电脑哦。"

"哟，没看出来啊童知之，小小年纪想这么老远。"

"你不想老远？不想老远行哦啦？不行的哇！"童知之说得手舞足蹈起来，"虽然我们学校是不错，但你知道现在就业有多难哦？我们这届有那么多毕业生你又不是不晓得，各个都想留在北京，哪里可能的哦！你不要讲你毕了业想回老家，那你跑那么大老远到北京来上学干吗，在你无锡上上不也是蛮好。所以现在各方面都要为以后做准备的呀，喏，一会儿我们去拿志愿者申请表，有了北京奥运志愿者的经历，以后就业加分的哇！"

景婠看着正在向自己描绘蓝图的童知之，突然觉得就像在看另一个人，她并不觉得这个人有什么不好，相反，她喜欢这样的真实勇敢。

"其实我也知道我这样对史毅不公平，我也知道他来北京很大原因是因为我，哎，看他发展吧，"童知之双手环住景婠的手臂，"人呢，清楚了目标之后，总是要向前看的，你说是不是。"

　　一路上景婠眼前尽闪着史毅脖子上挂的那根银链子，它在催人入睡的午后暖阳下耀着星星点点的光，闪得人昏沉。

　　景婠仰着脖子，这时春阳烂漫，照在一草一木上寸寸皆是光阴。

十一、

她突然觉得自己是块玻璃，好心人给的光照得她五色斑斓，她信极了自己是颗钻石，可惜稍稍一个晃动便震得她细碎了一地玻璃碴。

"他肥胖的身子向左微倾，显出努力的样子。这时我看见他的背影，我的泪很快地留下来了。我赶紧拭干了泪，怕他看见，也怕别人看见。"

林老师像是刚洗过头发，一头青丝如瀑布般地悬垂下来，她穿着软底皮子的单鞋，捧着书，在302教室里踱着步，她走路像是从来没有声响，只是发香飘来，才知她的经过。她从不刻意打理她的发，洗过便散着，没洗便束着。

她在读朱自清的《背影》。

林的苏浙口音很是轻柔，洋洋盈耳。读到每句末处，她又会习惯性地低沉下来，变得浑圆有力，每每上完她的课，耳朵里回旋的尽是她的袅袅余音。

"过一会儿说，'我走了，到那边来信！'我望着他走出去。他走了几步，回头望见我，说，'进去吧，里边没人。'等他的背影混入来来往往的人里，再也找不着了，我便进来坐下，我的眼泪又来了。"

眼泪又来了。

《背影》，初中课本里就已经学过，时隔多年，在这样的午后，这样的教室，从这样的人儿嘴里头念出，仿似更添了什么作祟的情感，叫人鼻头一酸，眼泪直淌。

景婠脑海里头自然是有背影的，她想起为她打鱼摸虾，在大队里忙前忙后的景忠国，也会想起灶头堂前那个臃肿迟缓的阿娘，还有背着她上学走了好几里地的阿公……

坐一旁的童知之像是发现了什么，吸了口气差点儿尖叫出声来，她边从抽屉里拿面纸边压着嗓子，"你不会吧，这《背影》不是都会背了吗，有什么好哭的呀，哎哟赶紧擦擦，丢人死了。"

景婠接过纸巾，她不晓得这是丢人的做法，赶紧拿纸掖了掖，她低头环了下四周，她发现就连何沐分明也红着眼，玉容泪阑干，梨花春带雨了哟。

还有几个平日里血气方刚的男儿汉，哪个不是低着头悄悄拭泪，年少离家的华年男女，又有哪个心中没有让人忧思难忘的背影哟。

景婠望着这些个半大人儿，南南北北的，突然都有了亲切劲儿，这种情感就仿似乡下人家的酒桌，村头村尾的甭管是谁，能端起酒杯的哪个不是弟兄。

"都怪我的普通话不标准，竟读得让大家落了泪。"林老师合上了课本，拈花一笑。

林的话语似微风拂岸，让刚才洗面的人儿转瞬又欢欣起来。

"学文之人真是矫情，"景婠心想，她觉得好气又好笑，自己怎地如此多愁善感，专业课没好好学这学文之人各式的臭毛病还没学就染了一身去。

只是此刻台上台下坐了一屋子学文人，一屋子的多愁善感，这样的矫情又让景媚觉得高尚起来，落花成雨，落雨成诗，矫情就矫情罢。

景媚勾勾身子推了点儿窗子，好让这粗犷的春风替她扫去泪痕，没曾想这窗户一开，又一个背影冷不丁地从脑海里窜出来，赶也赶不走了。

想想这黎吏也着实有一阵没联系她了，约莫四天，还是五天。罢了，是六天，这她哪里能不晓得，谁都晓得景媚上林桐意的课爱挨着窗子，现在只得她自己有数又多得一个理由，想起也真是躁急得很，是他嫌自己不够漂亮吗？虽讲自己是个乡镇姑娘，但从小到大哪个人不讲她洋气，她要是不讲，说她是城里人相信多数也是愿意相信的哟。要不就是……

景媚不想往那方面想，但心底里仍有一个声音在大胆地告诉她黎吏就是在嫌弃她是个农村姑娘，什么都不懂，什么都没见识过，尽出洋相，连个咖啡都没喝过，可人家大城市的孩子竟拿这玩意儿当早餐，是啊，学习不够好可以加把劲儿，皮相不够佼佼那也可以想点儿法子捯饬捯饬，可这生下来便定了一辈子的根基怕是怎么着也改不了了。

她竟因为这脑子里这胡思乱量出的"封建血统论"而沉沉稳稳地叹了一口气。

自小在村里或者乡镇上各方面都很出挑的景媚面上看着是个谦善拘谨的村丫头，可景骁说她那股子谁都不愿意瞧的傲气八百里都能闻见。她突然觉得自己是块玻璃，好心人给的光照得她五色斑斓，她信极了自己是颗钻石，可惜稍稍一个晃动便震得她细碎了一地玻璃碴。

这是景媚十八年来第一次痛恨起了景家村，痛恨起了自己的搬不上台面的家世，父亲是村委书记又怎样，拿到大城市里来一说人家怕是要在背后笑掉了牙齿哟。这样的痛恨和不甘竟然只是因为一个只认识了几个月的男人。

拳头大的心像是突然被谁握在手里绞毛巾似的绞了一阵，痛着哩，景媚想到景家村，想到了景忠国，想到了阿娘，想到了田姨，甚至想到了财宝,这些真真切切的人呐,是那样真真切切地对她好哟!她怎敢怨恨,怎能怨恨得起来!

懊悔,酸楚,景婳紧着眉头止不住地哭了起来。

下了堂林桐意将景婳留了下来,景婳寻思着定是方才走神叫老师察觉了去,手脚都显得局促起来,她走到讲台前,等着林桐意收拾完课桌与她教导一番课堂纪律。

"想家了?"林桐意一边悄声地问一边走去关起了教室门。

"啊?"景婳一阵糊涂,定定神才晓得林读《背影》的时候看见她哭得凶,定是以为她想家了,"哦,没有,还好还好。"

"咱们地方来的孩子想家不要太正常哦,我刚来那光景,也是想得凶,比你凶,嘻嘻。"林换上了点"苏州普通话",景婳听着惬意,也就放松了许多。

"你知道我是留校任教的哦?"林继续讲,"我原来也是在这个学校念书的,你看现在我们又多了层关系,不仅是你老师,还是你师姐,多跟同学们沟通沟通,每个人身上都会有你想要找到的那层关系,当然,只要你愿意。"

天晓得林桐意这种两耳不闻的讲师是怎晓得景婳在班级里有些不合群的,当然景婳自己也不认为孤芳自赏有什么不好,她很想讲看起来不合群的孩子是不是有可能也在害怕别人瞧不上她们,很想说在大城市这种只愿意跟同类相处的生活方式也算是种自我保护,很想说她觉得其实人为什么非要和不同样的人打交道呢。

事实上她什么都没有讲,只是点了点头。她想着在她看来并不是什么问题的问题当被老师单独留堂说道了出来的时候,那在怎样辩驳都是乏意的，因为不管它原先是不是问题现在都已经形成了问题。

"晓得哦，我觉得大学四年实际上是人生中最好的光景，却又稍纵即逝，好好享受大学生活，日月既往，不可复追哟——！"林兴许是站了许久腰身有点吃力了，她一边用手支撑着脑袋一边又缓缓地重新坐了下来。

"毕了业回老家哦？我看你无锡人，离我可进了，长三角好啊，河湖交错，苍翠袭人。我都很久没的回去过了。"林一直望着窗外，过了好一阵才开口言语，又像是自言自语。

"哦，我毕了业想留在北京。"

林桐意听了这话像是回了过神，浅笑道："我呢，其实不爱教书，小时候你晓得我们那边的老师，各个都凶，一个搞得不好就是要打手心，所以我从小对老师这个职业印象就……啧啧，讲出来你定不信，我的人生规划里是从来就没有老师这一项的。"

林桐意说得深切，景媜听得来了兴味，"那您怎地去做老师了喂。"

"后来念大学，学堂里最后一年分配实习，进了机关给领导写材料，阶级社会的大染缸，我这样的人又怎能融入得了呢？方枘欲内圆凿，岂能入乎？所以啊，实习结束我就做了一个必要的选择，与这文字作伴，此生不踏出校园，又何尝不是件幸事。"

景媜不免有些失意，如此才气踔绝的女人，竟在人生的道路中选择了一条最不甘愿的路，她突然想起了路遥在《平凡的世界》里说的那句话。

"生活啊……叫人怎么说呢。"

"选择的时候尽量去做必要的选择，没有必需的选择。"林抿嘴的动作像是在坚定什么，看得人似懂非懂，"留北京一定是你的必要选择，不是你的必须选择。"

景媜疑犹了，她没想到自一九九三年入学第一天起如铁锥子一般定在心里的目标被林桐意用一节课间的时间动摇了。

　　她思虑着，她这哪能称得上是目标哟。她想着班里头的同学：童知之是有目标的，她的目标清晰明确甚至做好了规划；何沐更加不用讲，现在虽不讲什么名门望族，但与生俱来的北京户口足以让她在这个城市通一辈子绿灯；想想自己，自小只晓得要好好念书考到大地方去，可到了大地方往后究竟要做什么怎么做还是真没有细想过。

　　寻思到这里景婠不禁又暗自埋怨起来，乡镇的教育竟是如此的惨败，一年年地教了些只会傻读书的书虫，每到七八月份题名之际大红灯笼大红榜子上尽能看到哪家的娃娃又长脸了，谁还会管这些娃娃有没有想法，有没有正确的三观，学堂要的是升学率罢了。哦对，景婠不禁自讽起来，瞧瞧自己，还教了这遇着什么事儿都是埋怨周遭的好本事呢！看看吧，看看何沐张扬的个性，黎吏生花的谈吐，景婠感叹如果她也是大城市的孩子，是否也会像他们一样，知道自己要什么，并且可以在任何人面前大胆地讲着每一句话呢？

　　林桐意拍了拍课本，往后挪了挪凳子，像是要起身，看见景婠深思的模样，脸颊微红，不只是羞了还是恼了，便捂嘴笑了笑，"是不是觉得老师这价值观有点儿不够积极不够优秀了？"

　　"不不不，不是这样的林老师，"景婠连忙摆手。

　　俩人一起往出走着，景婠像是寻着一个失散许久的老友不愿将这来之不易的谈话结束。

　　她想着来北京后的点滴，想到黎吏，便想向身旁这位"老友"诉诉，没头没脑地又不知怎地开口，只好唯唯诺诺地问了句，"林老师，您有爱人了吧，或者男朋友？"

林桐意也是稍作木然，随即便爽快地回答了景婳，"还没呢。"

这下轮到了景婳狼狈，她在心里责怪自己怎能如此地没有礼教（礼教乡镇上的老师也是教过的，因此怨不得别人）。

"爱情对我来说也是同样那句话，选择必要的，没有必需的。"林桐意拂了拂景婳的发，"北京还是干燥得很呐。"

回宿舍的路上景婳有些悻悻然，可也有些得意，她得意林桐意看样子是将她视作了朋友，因为她讲了些朋友之间才会讲的话，这让她在北京干燥的气候里委实温润了不少。

就在景婳思东想西的时候，手机震了起来，它在口袋里欢快地舞跃着，恨不得立马告诉她这一定是黎吏的电话，她按捺着小兴奋，又想到这小子消失了这么多天没的消息，干脆使起了性子，"你就打吧，等你打第三个电话再接！"

在这第一个电话快要挂断的时候，景婳连看都没顾得上看地掏出了手机接起了电话。

"喂。"

这个电话是林致与打来的，他告诉景婳他和一个同学一道在中关村逛游，想来找她一起吃个饭。

"你，下来，跟我去中关村吃个饭。"电话跟预期有出入，景婳看起来像是失了心，像是田姨老早总是骂道景骁丢了魂一个意思。

"你请我吃？"童知之裹在被褥里头看小桌板上的电脑，笑得咯吱咯吱，定又是韩国那个综艺节目，那个节目里头的主持人是个细细眼的胖子，他的讲话、扮相倒是挺神气，她和童知之最近都欢喜看这个的。

四人坐在了中关村的一家披萨店，五十八元钱的自助，景婳和童知之都想来吃很久了，却又哪里舍得这个钞票。地方是林致与挑的，说好的景婳请客，林致与还是抢着把单买了，景婳嘴上说着"怎么可以怎么可以"，但私下确实悄悄松了口气，林致与敢情跟他那个做生意的父亲学了不少为人处事的门道，有钱人家的孩子到底还是会做事情，毕竟让景婳在童知之面前有了大面子。

"景婳还是漂亮啊。"林致与这夸赞来得正合时宜，让景婳复杂了一天的心境瞬间顺畅了些，觉得自己又变回了那颗钻石，闪着耀人的光。

突然她觉得自己是多么荒唐好笑，她的自信都是别人给的，而何沐，黎吏……他们像是在骨子里就生下来发动机，这个叫自信的东西能源源不断地产出，自己赋予自己。

心念着来吃的自助餐也没了胃口，整顿饭景婳左脑黎吏右脑林桐意，眼睛腾出空来的时候也是送给了手机，哪还听得进去大家伙儿聊什么，就听得童知之说，"啊？你大三要出国？去哪儿啊？回国后去哪儿啊，还回北京吗？……"

可能是因为景婳的朋友，林致与对童知之耐心得很，紧凑地回答着她的每一个问题。

景婳突然想起不久前也是在中关村，那个脖子上吊着大坠子的叫史毅的大男孩儿，她看看林致与，想着在学堂的时候觉得他是那般耀眼，如今坐在对面，仍是偏偏风雅，可他的光芒景婳却渐渐看不见了。

熄灯前童知之踮脚趴在景婳的床头，七拐八拐地问了些林致与的情况，走的时候像是又不放心地问了句，"他喜欢你吗？那你喜欢他吗？"

熄灯了。

景媚望着黑漆漆的天花板，眼前又出现了史毅脖子上的那条大链子，晃得人晕乎，只好沉沉地睡了过去。

十二、

景婳的血脉里像是有一辆列车，耳畔的这句挑逗给列车施发了号令，以极快的速度往脑袋顶上冲，不晓得该如何停下来，搞得她阵阵酥意，脸一下子晕红到了耳朵根子。

"你帮我糊弄一下，叫个到，我有点事儿要出去一趟。"景婳刚准备出门就被喘着大气的童知之按住双臂交代了个艰巨的任务。

"喂，喂！'老枪炮'的课我怎么糊弄啊！喂！"没等景婳反应，童知之已经没影儿了。

可不是，"老枪炮"的《古代汉语》还真没法子糊弄，节节课点名都有新花样，这不，眼瞧着他推了推眼镜在点名簿上记了个什么。

一上午没见童知之，这课上得索然无味，下了学看着旁人三三两两地商量着去哪个区的食堂吃饭，想想这大学生活竟也是这样乏味得很，除了上课就是吃食。

平日吃饭都是与童知之一道的，这会儿工夫一个人去挤挤攘攘地打个排骨再挨着不熟识的人低头闷吃，景婳想想还是做了罢，索性也就不吃了，比着之前在老家，景婳发现现在自己能做得了的最大的主就是一日三餐了，吃，或者不吃，吃排骨还是吃肉圆子。想起在家的光景，哪顿饭不是景忠国要看着景婠吃完才能去上学的，就算要迟到那也不例外，景忠国的原话大约是"学可以不上，饭一定要吃完"。

想到吃，景婠又想到了阿娘做的菜，红烧带鱼、红烧鳝段、雪菜昂刺鱼、糖醋排骨、青椒豆干……哪样不是她爱吃的！要说最爱吃的还是那一大盘群鱼，鲜美多汁的鱼虾哟，恨不得现在就立马吃上一口。来到北京这地方，这倒好了，这些景婠平日里最爱吃的河鲜哪还找得着影，饭堂的那些菜像是只给北方孩子吃食的，稀里稀奇的做法叫景婠对吃饭这件事儿变得兴趣寥寥，能饱就行。

脑瓜子里头正当被这珍馐回味无穷着呢，眼前这不是童知之又是谁？

景婠发现自己竟已走到了学生活动中心，童知之在"学活"门口不晓得是跟谁在讲话，看样子是有些气怒。她走近了些想叫唤她，才看清了同她讲话的人，是个身形挺拔缺略显消瘦的男孩，男孩的脖子上挂了一根闪亮亮的大链子。

史毅。

景婠推了推童知之，"你怎么在这儿啊，一上午干吗去了，'老枪炮'的课我可没本事帮你糊弄啊，回头你给他补个假条好些。"

童知之像是没的听见景婠同她言语，面颊一阵阵泛红，她抿着双唇，跟史毅就这么面对面站着，半天不讲一个字。

景婠站在二人旁边显得有些不恰当，她便拧过头去看了看周围，这才发现史毅跟着在学生活动中心门口铺上了摊子！这学活门口一直到是有些快要毕业的师哥师姐们把他们用过的旧书课本笔记拿出来当便宜卖，所以史毅夹在中间景婠不曾看到也正常，再看看他这摊头上铺放的卖品，叫景婠差点没呼出了声！这下她终于明白童知之做什么要这样气恼！

那一件件一堆堆没羞没臊的不是女性用品又是啥，主要是一堆内衣文胸，在这一排书香册林之间是有多么的刺眼！

"那个，史毅，你在这儿卖这些我们学校可能是不允许的，他们会来赶你走的，你赶紧收拾收拾回去吧。"

"可不是吗！上午都有保安来讲过了，他还跟人家保安吵起嘴来了！脸都让你丢干净了！"童知之一开口就是满嘴的埋怨气。

"我又不讲我认识你！景媗你都不晓得，我们老大给我们分配地方的时候我还是争取来得你们学校，还不是为了能找时间看看知之吃个饭什么的，"黎吏像是受了一上午的委屈终于见着个明白事理的人赶紧找景媗替他评理，他讲着脸又转向童知之，"你说你这人怎地不懂别人的心意就晓得脸面脸面，你是个明星还是啥，有什么脸面？"

"而且，你看看，"他顺手抓起了一把胸罩往景媗面前送，"这个都是好产品的，它能按摩，还能预防好多病，按摩了你的身体里面，有好多经络血管什么的，反正你天天戴着，你的胸部这些东西就能通了，通了就健康得很，不生病的呀以后！"

史毅着急忙慌地飞着唾沫星子，看得出他想把这些一股脑告诉大家证明自己没得错。错就错在童知之太爱面子罢了。

"还老大，你老大是谁，一个月就认了个老大了你怎么还跟高中没两样，一天到晚就晓得社会上那些小痞子的行当，你老大教你在大庭广众下卖胸罩了，肯定也是什么乌七八糟的人！更何况还是在校园里头！"

童知之两只手臂环抱在胸前，斜眼看着史毅骂骂咧咧。

"还是在我们学校！"她想想又加了一句。

"多少钱一个啊？"正当三人窘迫，还当真有人来询价格。

说话人边问着价边挑着嘴角，这般邪魅。他轻转过身子，脸一点点地凑近，在景婳耳畔停留了下来，这样近的距离，她能感受到他顺缓的呼气，"你喜欢这个？我买个送你，穿多大的？"

景婳的血脉里像是有一辆列车，耳畔的这句挑逗给列车施发了号令，以极快的速度往脑袋顶上冲，不晓得该如何停下来，搞得她阵阵酥意，脸一下子晕红到了耳朵根子。

景婳还在尽量地让自己平息，只见说话人却俯着身子笑开来，"说什么都能当真，小面皮子可真薄！"说着黎吏用手便过来捏景婳的面颊。

这么久没联系她，景婳自然是气恼的，可好不容易见了面，景婳又不忍心将这样坏的情绪带出来而搞砸了它。

"八百八十八块钱一副，帅哥拿去送女朋友！"这一上午尽忙着和童知之掰扯这不到现在才有人过来做生意，史毅显得很兴奋。

"哟呵，还挺吉利，发发发，你这倒是发了，我倒穷困了。"

"什么你这，这么贵？"景婳瞪大了眼珠子愣是没想到，阿娘给她买的文胸都是几十块钱的，虽不贵但也软乎舒适得很，上回逛了趟西单商场，看上一个打完折百来块的都不曾舍得买，他这倒好，地摊货还敢开大口了。

"他是我们师哥，比我们大两届，逗你玩儿呢，他不要这个。"景婳连忙替黎吏解释了一嘴。

"可是，帅哥，我这货真的很好的，我们老大说都是我们组织自己研发的产品，不是三无产品的，很可靠的，真的你放心买了送女朋友不舒服来找我退就是咯，关键它可以按摩活络血管神经的，有的女孩子不是那个走亲戚的时候会胸痛，穿这个，一段时间马上就好的嘞！真的不骗你的呀！"

黎吏拽着景婳的胳膊把她往外拉，走了两步说，"你朋友？"

"谁？你说史毅？就是那个卖内衣的？不是，他是童知之的高中同学，童知之是我同班的。就那儿，站他旁边那女孩儿。"

"你怎么看？"黎吏背了个双肩书包，看上去很沉，把他的肩往下拽，两个手臂无力地插在裤兜里，连这副疲颓的模样景婳都思念得甚。

"什么我怎么看……"，景婳低着头，脚在地上来回磨蹭，"当然不买了。就算是童知之的同学，可是这也贵得离谱。"

"景婳同学，一阵不见你你这智商是不是又下降了。"黎吏嗤笑，"我是问你，你这朋友进了传销了，被骗了，明白吗？他说的那个老大，估计是他的上线。"

"传销？"景婳懵了一脸，"传销组织"她倒是在新闻上播过也听大人们聊过，确确实实怎么回事儿景婳还真不明白呢。

"不过你也别慌，他这不没被限制人身自由么，估计也不是什么特危险的组织，我去问问他。"

景婳还在想着"传销组织"是个什么事儿呢，黎吏就已经跑去跟史毅搭话了。

黎吏几句询问下大体知道了史毅的情况，他们有过一个月的封闭式"洗脑"体验，史毅口里的那个"老大"见他们"思想觉悟"较高的一批人必将有一番"作为"，便提早让他们"下水"了，看来这个卖内衣只是"热身测验"，毕竟还没让这帮孩子继续发展下线，内衣应该并不是他们的主打产品。史毅的身份证在"老大"那儿压着，这倒也不是难事，派出所补办一张就行了，倒是他这脑子，一时半会儿还真没谁能给他洗回来。

景婳望着黎吏出神，她想他怎么能知道这么些事儿呢，懂得可真多呀。

"怎么了丫头，这眼神儿，几个意思，特崇拜我是不是？"黎吏来回晃悠着脑袋，跟景婳逗趣，"我们家以前就是干传销的，哥明白着呢！"

"又瞎讲……"景媗鼓囊着嘴，想想还是问出了嘴，"你，最近都干嘛呢？"

"你看，想我想疯了吧快，哈哈哈哈哈。"

"谁想你了，这不是闲聊天呢么！"景媗后悔极了没沉得住这口气，这下好了，七八心思都叫黎吏捉住了。

"我不大三了么，这暑假要搞个实习，找地儿呢，我有一姐在上海，我让她给我联络着，申请、预备，忙着呢，哪儿比得上你们闲快。"

黎吏这么一说解了景媗好长时间的心头结，她觉得他这些解释是故意讲给她听的，心里头一下子痛快了。

"你们这朋友，要我帮忙吗？"黎吏双手依旧插在裤兜里，用胳膊肘顶了顶史毅的方向。

"你能帮忙？那，那会不会太麻烦……"景媗自是不在意史毅被不被什么传销组织洗脑的，她心里头自有她的小心思，想借着这事儿一来二往多见见黎吏罢了，想到这她竟偷偷地感谢起史毅来。

十三、

一句话的意义，在听者心里，常像一只陌生的猫到屋里来，声息全无，过一会儿"喵"的一声，你才发现，它的存在。

——钱锺书

她们走进一个狭小的木门，里头的灯光忽明忽暗，一条条白皙细长的腿优雅地踩着高跟鞋从景婳眼前晃过，女人们的妆容妩媚精致，男人们举着杯尽情地放纵着自己的大脑和身体。

五道口。

这是景婳第一次来酒吧。

黎吏在吧台跟酒保讲了些话便拿了几瓶啤酒过来了，"喝吗？还是喝饮料。"

景婳倒是不怕吃酒的，记得小时候阿公喜欢酒，床底下总是有箱啤酒放在那里，刚开始景婳只当是带气的饮料了，就晓得有点苦，晕不晕的也没个数，放暑假大人们不在家的时候，景婳便会去悄悄开上一瓶咕嘟咕嘟喝起来，自当是解暑了。

"喝啊，为什么不喝？哪有来酒吧喝饮料的道理？"景婳想着难得有件不在黎吏面前露了乡下娃娃的怯的事儿，她为什么不做。

"我不会喝，我就喝饮料吧。"童知之摆着手，认真地拒绝了这些酒精。

"哪有会不会喝的道理？当喝水就是了，喝水你不会？"景婳觉得童知之有些扫兴，她不想让黎吏觉得她的朋友尽是些无趣的人。说着便往嘴里下了一大口。

"不喝不喝就是不喝，我看你们喝就是了。"

"哟，丫头你慢着点儿，别拿啤酒不当酒，这玩意儿后劲儿也米得足。"黎吏看着景婳，没想到这么个文弱姑娘喝起酒来还真跟汉子似的，"一会儿别喝多了让人拐跑了。"

一同来的还有黎吏的一个同学，他还特地叮嘱景婳把史毅带上。

"你看我那同学，金融学院的师哥，他牛掰着呢，你朋友那事儿，对他来说，小儿科，今儿就能给你把丫脑瓜子洗成出厂设置，干干净净不留痕迹。"

景婳看着坐对面的"金融师哥"正在给史毅声形并茂地说道着什么，只见史毅的脸一会儿拧巴，一会儿释然，一会儿又猛劲儿点头，看样子是向着众望所归的方向发展。

"其实他这真挺好解决的，这'传销'，有黑有白，碰见黑的进去就甭想轻易出来了，这白的呢，就是简单洗脑，让你给他发展下线，'金字塔'销售模式，来钱快。你朋友这就是一'白'传销，容易。再说了，咱们在座的这么些个中华人民共和国一等学府的大学生，讲理还说不过一个小传销头目了？放宽心吧，交给咱学长。"

黎吏说完垫了垫身，举起酒瓶朝远处示意了一下，昏暗中见得一个坐在台上架子鼓边的女孩子冲他笑了笑，看样子这地方他常来。

景婳不晓得黎吏嘴里的"黑的白的"，也没有接触过这黑暗下的五光十色，这个世界是不是真的这般纷杂，可说纷杂，从他嘴里说出来又是那样轻飘那样淡然，像是知晓了所有，又所有都不曾在乎。

架子鼓女孩儿在台上赚足了所有人的目光，景婠私心地认为她风头盖过了主唱，他们演绎了一首好听的英文歌曲让在座的人拊掌击节，景婠之前没的听过，歌名叫 *God is a girl*。

演出时间结束的时候史毅拎着酒站了起来，"我敬你们。"

景婠从未在夜里出过校园，白天的时候感觉春天像是要走远了，可到了晚上，竟又偷偷地溜了回来看望这些晚归的人儿。

酒吧门口有一些外国人在碰杯，可能聊着北京，聊着中国同他们家乡的差异，乡镇的师资条件有限，景婠的口语并没有被系统地训练过发音，在醉意阑珊的夜晚，她多想借着这微微的酒意上去攀谈呢，可他们的语速这样快，只得几个词语被捡到勉强听懂而已。

有一个学生模样的女孩子干脆就蹲在地上东摇西晃地吐了起来，一些经过的行人望了一眼紧着衣服快速地走开了。

原来北京的夜晚是这个模样，有气无力的街灯和明晃晃的月光联起手来，照出了最真实的他，她，和他们。

"丫头饿吗？咱俩续个摊儿？"黎吏把衣服的帽子瓠在了头上，蹦了蹦双脚，北京的夜里果真是凉。

"那你们去吧，给我把景婠安全送回来就行，这家伙有点多我先把他送回去。"童知之关键时候谁都不见得有她机灵，景婠心底里谢了她几十遍。

俩人上了出租车，"师傅咱去望京花家地！"

"得嘞！"

黎吏说的地方有点远，开车开了半个多小时，景婳看着飞驰的夜色，又不觉得远了。交错的高架，炫美的路灯，无一不在昭示着这座城市的欣欣向荣，白天他稳重厚实，到了夜晚又千姿绰约。她开始喜欢它了。

黎吏说的宵夜竟然是在大马路边的烧烤脏摊子，景婳没得吃过这样的东西，黎吏说北京人管吃烧烤叫"撸串儿"，倒是形象得很，老板堆了些炭，上面只了个铁皮架子，一手熟练地翻滚着串，一手拿着个扇子米回呼扇，那肉香味哟，都快要钻进已经熟睡的人的鼻子里去叫他起来吃食吃食了！

"老板，再来瓶儿啤酒。"

"老板，再来二十个大腰子。"

"老板，五十个小腰三十个肉串儿，多加点儿孜然！"

这么一个脏摊，挤挤嗖嗖的竟然全是人，黎吏给景婳寻来一个马扎，"再喝点儿？"

"行！"景婳第一次见着这样的场景，又是一个"第一次"，她心里头感谢黎吏总是愿意带着她多少进出他的世界。他们口中说的那些景婳从没吃过的东西到底是什么味在这样的夜晚怎能不想尝一尝哟？！

吃完几十个串儿，景婳拎着瓶"燕京"学黎吏坐在了路边的马路牙子上，俩人也不讲话，时不时地碰一下酒瓶子看着对方傻乐呵。

景婳看着身后烟雾和香味串杂的烧烤摊，酒瓶碰在一起友好的撞击声，听着每个人嘴里絮叨的那些"时事""家事"又或者"大小麻烦事"。

这不正是一番人间滋味。

回学堂的车像是开得很快，一下子就到了的，景婳怯怯懦懦地看着宿舍大门却挪不动步子。

"怎么了？"黎吏看着她。

"我怕阿姨记我一笔。"

"嗨，我当什么事儿呢，你等着。"

黎吏说着就去敲了宿舍楼的门，过了好一阵，宿管阿姨披着衣裳，睁着惺惺忪忪的眼往门口走了过来，景婠双手紧张地揪着裤子站在原地不敢动。

"那个，阿姨您好，打扰您了真是太不好意思了，是这样，我女朋友生病了，肚子疼，我着急啊所以我这不，这不我带她去医院瞧了瞧，呃没啥毛病就是有点儿吃坏肚子了，阿姨真是太不好意思了这大晚上的。"

景婠站在台阶下只望见黎吏又跟宿管阿姨讲了些什么，便招手让她过去了，黎吏望着景婠碎步走来，说丫头你的眉毛真好看。忙慌中她的脑海里给出了一个人像，这句话他也这么说过……

她紧着步子低着头道了声谢便木头木脑地走了进去，连句"再见"也没跟黎吏说上。脑袋里全是那三个字在天翻地覆哪还记得旁的事情。

女朋友。

十四、

财宝这角膜炎有点严重，眼睛甚至糊了一片，都看不清路了。看不清路那真是可怜的。

财宝老了。

景骁到家的时候望见田姨正在给财宝冲澡，田姨讲最近财宝走起步子来总是晃晃的，一个没留神就要撞到旁的地方去，老了老了反而倒跟个小巴戏一样的，走起路七冲八跌个佬。

记得景媚到镇上上学那光景，每天早晨财宝都会站在路口等她，见着景媚来了远远地便竖起了尾巴摇头晃脑地吠起来，走到跟前时，景媚就蹲下身子偷偷将景忠国给她带在身上的点心拿出来分给财宝，财宝就扒拉着景媚的裤腿，清澈见底的大黑眼珠子直勾勾地看着她和她手里的吃食，有时候景媚会故意跟它捣个蛋硬是不给它叫它眼馋，财宝就急得上蹿下跳蹭着景媚嘤嘤地撒娇。

"把这两瓶酒拎到蛙蛙家里去嗒，跟你忠国阿伯讲这是你爹爹从国外带家来的洋酒，专门带把他吃的。"田姨给财宝擦了擦身子顺了顺毛，"财宝你嘎个眼睛怎的回事哟，才擦干净又嘎么多眼屎，嘎老黄，有病菌的哟，你还看得清哦，难怪走路不对劲外，那个骁骁你去送了酒回来下午带财宝到镇上头医院去望望，问问医生啊要配点什么药水滴滴。哎，噶佬不对劲外，我们财宝肯定是看不清路了外，哎，噶佬可怜，我以后老了也是这样哦……"

"走，财宝，我们去给蛙蛙阿姐家里送酒吃。"景骁拎起酒招摇着财宝跟他一同去。

财宝昂起头，耷拉着的眼睛闪耀了一瞬工夫又垂了下去，全身的皮肉像是都挂到了肚皮底下，它站起身子晃晃悠悠地朝景骁走了过去。

"乖财宝，蛙蛙阿姐这次没的回来，她在老远的地方念书回不来的，"景骁抚着财宝的头，"你待在家里头陪阿娘，我一个人去送酒。"

财宝低垂着厚重多褶的眼睑当是应承了，老咯，哪还走得动哟。

景忠国看到景骁放假回来还晓得来看看他阿伯自然心里是欢喜的，想到自己娃娃到了那样远的地方去念大学不禁又开始懊悔起来……

"骁骁，替我跟你阿爹讲谢谢'景总'啊！"景忠国眉眼间满是笑意，"你讲这景婠，'五一'都不晓得回家来，哎，小鬼头大了真是留不住了，现在都不晓得送她去那北京上大学是好是坏咯。"

这些年景志业生意做得大，极少在家，得空回家了，村里头再也没有人喊他"志业"了，都是"景总景总"地叫唤。

"我阿爹那个生意是小打闹，哪是什么总，身边的小跑脚的瞎拍马屁罢了，阿伯不要取笑不要取笑，再讲了，我看他做这个房地产，早晚得泡沫了，哪里有那么大市场哦，我叫他不要在外头折腾了也要五十岁的人了，深圳待不住了哦哟又跑北京了，那时候我填志愿么说什么都不让我报到北京去，这下好了，他自己去了说，这叫个什么事，你说回村里头享享福多好，就是不听，瞎闹，纯粹就是穷折腾。"

景忠国哪不晓得他这个堂兄弟多有折腾的本领，小小的景家村哪里能拴得住他的脚，可还真别说，那时候下海还真是让他下对了，头些年不晓得哪里听来的风声借了笔钱去了深圳，没想到一下就让他给起了锅！前两年开始又看准了北京，这不天南地北地两头跑，着实攒了一笔厚实的家业。村里人都说这景志业是当初菩萨送来的子孙，灵光着呢，瞧这经商的头脑，吃得准，买卖干啥啥成，这是他景忠国比不了的。

景忠国让景婠娘先拌了盘黄瓜，切了点牛肉，一人倒了一小杯二锅头，就留着景骁吃口饭了。

"虽说我跟你阿爹是堂兄弟，以后这么贵的东西叫你阿爹不要送给我了，自己留着吃，这个共产党员干部，老想着小资产阶级的过活，总是会叫人家讲的，不成样子，再讲了，我也喝不惯这样子的洋玩意，还是我们中国人的二锅头好进口啊！"

景忠国说笑着，紧巴着眉头嘬了一口，这种全国上下都应在家欢聚的假期里，闺女也不知道在北京干啥哩，那样的大城市，给她的钱够不够花哟，哎，好歹景骁这孩子回来了，从小看他到大，同自家儿子又有嗲分别呢，景忠国这么想着，自然打心底里就更加疼爱起他来，他看着景骁现在也是一个大人模样了，不仅壮实，脸模子还是那般漂亮，越看越开心。

"骁骁你也要多穿点衣裳，这才刚刚五月份，还没到夏天的，春天要捂懂哦，你就穿一个短袖头子哪能行。"

"我年轻，没事，喝了两口热得慌，嘿嘿，"景骁有些不好意思，"阿伯你不要心烦，我晓得你想蛙蛙了，她那老远的地方这种日子回来一趟，来回就要两天，还不一定能抢到票子，机票么也总要一千块还要出点一张，她肯定想想也是不高兴回来了呀，这不还有两个月就要放暑假的，那时候你又要嫌她在家里头烦你咯。”

“哦，道理么是这个道理，就是看到旁人家小娃娃都回来过节么，我跟她娘两个人还是不太习惯吧，是景婠同你讲的？你们经常联系哦？”

“联系啊，天天联系！蛙蛙啰唆得很，嗲事情都要跟我讲的，放心吧阿伯。”

景骁嘴上说着这些话心里头酸紧，他没有告诉景忠国事实上他同景婠其实好一阵没有联系了。

没几下工夫景婠她娘已经上了一桌子菜，景忠国看着这些菜，又在想要是景婠在家的话定将它们吃得干干净净。

“你方才讲暑假，丫头前两天打电话来她讲她暑假想去上海实习你晓得哦？叫我给她问问有嗲关系能让她进杂志社实习实习。攒个工作经验么也是好的，这个么我倒还是支持她的，再说上海离得近想回来也是方便佬。”

景骁哪会晓得，他心里头埋怨着，端起酒杯跟景忠国碰了下就灌到了肚子里，辣得直烧心。

“咦对了，你梅芳阿姑不是在上海嘛！哎呀呀！我找她问道呀！”景忠国高兴地拍打着脑门，“年岁大了怎么记性这佬差，自己嫡亲妹子在上海都不晓得了！”

景梅芳是景忠国的嫡亲妹子，前头讲景梅芳刚养下来没多久就过继给了景志业他娘后来又要回来了，按照道理上讲也能算是景骁的嫡亲阿姑的。

景梅芳生得俊，俊得出名，高中毕业就被镇上公社里头下来的人挑了去送到省里头当兵了，据说在百花千放的女兵里头也是个万里挑一的美人哟。省里头的文艺兵总是能跟着到各个地方去演出，景婠小时候隔三岔五地就能吃到梅芳阿姑寄回来的各式样的特产。

景梅芳出去外头的时间早，景骁对她的印象倒是寥寥，就记得小时候听他娘说过景媚的阿姑厉害得很哩，有一回带了个外国人回村到景老太跟前去说要跟他相好，景老太气得将他们赶出了屋子，茶水都没留得外国人喝一口，她娘笑着说这景老太也太不在乎中外关系了。

后来景梅芳自然是没得嫁给外国人的，听讲也是"大环境"不允许，挫折了他们的跨国爱情，大概意思是部队里头对景梅芳进行了严格的审查，写报告，打申请，政治谈话、思想汇报……时间跨度长，手脚拘谨，任务繁重，景梅芳不愿意为洋人牺牲自己的政治前途，还没等组织审查结束，自己先举手投降了。

回头的时候景骁带着财宝跑了趟镇上医院，到家发现景志业也刚刚回来。

"阿爹，跟你讲道个事情。"景骁赶着财宝进了它的窝，在景志业跟前打起转来。

"嗲？又要去北京？不许去。看看你小叔，去了北京成了疯子，那地方不是我不让你去，太乱，你以为嗲人都适合在那种地方闯荡啊，你就踏踏实实把书念完来接我的班，不高兴接班么我也不逼你，给你找个班上上，稳当点好晓得哦……"

景志业一边泡着新茶，一边絮聒。

"哎呀不是去北京，我是想，这个暑假你看能不能在上海托人寻个杂志社要两个实习名额来，我跟蛙蛙想去锻炼一个月。"

"杂志社？"景志业抬起头看着他，"你又不是这个专业的你去做什么？"

　　镇上医生说财宝是得了角膜炎，他给财宝开了点眼药水，并叮嘱景
骁叫家里人多给它用盐水擦擦，财宝这角膜炎有点严重，眼睛甚至糊了
一片，都看不清路了。

　　看不清路那真是可怜的。

井_{底之}蛙

十五、

骄人好好，劳人草草，苍天苍天，视彼骄人，矜此劳人。

日子就这么不紧不慢，却又大踏步地向前过着。它像一个刚出生的粉嫩的孩子，你分明看不见他的生长，但落花流水春冬夏，确实黄口小儿渐长成了。

林桐意的课依旧那样清雅如风；"老枪炮"的课还是那般活神活现；偶尔有些有名的或者还不曾有名的人开的讲座算是日子里的小惊喜；除此之外就是开学初饶有兴致报名的但并没有举办过任何活动的社团依旧形同虚设；景骁的短信从开学的每天不断到现在的两周甚至更久；林致与倒是经常会约上她一道吃饭，只不过景婠每次都会将童知之带着，童知之也欣然得很，像是如果童知之不在她反倒不知道该跟自己这个老同学聊些什么了……

在这样平淡无奇的日子里头，黎更成了景婠唯一令人开怀的念想，可他往往三五天没音讯，叫景婠又念又气，不晓得自己该拿他怎样才是好。

　　景志业给景婳打电话的时候景婳正和童知之在学校后面的"女人街"逛着，两人寻思着买件夏天的衣服穿，这条街尽是这些大学生转悠得多，东西自然都便宜得很，除了卖衣服的，还有些天南海北的小吃，什么成都的抄手，西安的泡馍，新疆的烤馕，稀奇得很。到了星期五下午没课，她俩就爱来这条街压马路，买不起衣裳三五块钱的小吃总是舍得的。

　　"我叔要来请我吃顿好的，我跟他说了，咱俩一块儿去，他可有钱了，说随便咱们挑，咱们吃他一顿好的！金钱豹怎么样？"景婳挂了电话兴冲冲地跟童知之讲。

　　"你叔？哪个叔？"童知之放下了手里的章鱼丸子扭过脸来问她。

　　"我叔就我叔呗，还能哪个叔，哇哦！终于可以吃到金钱豹咯！"

　　景志业带两个孩子去了金钱豹，这一屋子的玉盘珍馐看得她们欢呼着奔去拿盘子，包都来不及放下，生怕晚了一小会儿东西就要被旁人拿走了似的。

　　很快她俩拿的东西就堆满了一桌子，景婳看着这些好吃的切实放在了自己的跟前，才敢踏踏实实坐下吃了起来。

　　吃完饭景志业把两个丫头送回了学校，景婳进去的时候景志业叫住了她，景婳便挥手示意童知之先上楼去。

　　"小婳钞票够花哦，不够花跟阿叔讲，阿叔噶阵都在北京忙，有什么事给阿叔打电话，小丫头在外面要保护好自己懂哦，经常打电话回家跟你爹娘说道说道，不要叫他们担心，"景志业一边说着一边从文件包里拿出一沓钞票，应是事先准备好的，"钞票你拿着，就几千块钱也不多。"

　　景婳哪里敢接过手去，连忙摇头想要拒绝。

　　景志业像是知道景婳的顾虑，"不跟你阿爹讲喔，阿叔给你的就是阿叔给你的，刚好我在北京能照顾你点么也是应该的，我是长辈呢，好了拿着吧，你阿爹那个人死脑筋，不好给他晓得的，又要说我小资产阶级了。"

景婠有些忸怩，阿叔讲的话也毕竟在理，不拿也是误了他心意，推脱了几下便低头收下了。

"骁骁那小子跟你联系没？"

"啊？哦，没有呢，这几天都没联系。"

"他上次放假回家叫我找人在上海给你们寻个杂志社实习的名额啊，你晓得的哇？"

景婠先是一震，随即想到定是景忠国同景骁讲的，"嗯，是的，我同阿爹讲的，不晓得骁骁怎的晓得了。"

"嗯，这个事情，我还在问，就是骁骁么，从小就跟你耍在一道，考大学我没让他报北京么他怕是有点想法，你平时跟他联系得多，多给他说道说道，你也知道骁骁小叔当年在北京念大学学人家搞游行结果工作分不到不讲，嗲单位也不要他，弄得人现在神神经经的话么也不说赖在家里，像什么样子，哎，所以我么也有我的想法，"景志业指了指自己的脑袋，"有阴影了晓得哦。"

景婠这才弄清楚当初景骁与她讲好的志愿填北京的大学怎么后来又去了南京，为这事自己还与他赌气了好一阵，越想越抱愧。

同景志业告别了之后景婠看见了正在下台阶的何沐，她拎着个大箱子肩上还挎了一个大包显得有些手忙脚乱，便赶忙上前帮扶了一把。

"回家吗？"

"是啊周末了，把这些厚实衣服拿回去让我妈洗，再换点儿夏装来。"

"真好。"景婠心想着。

周一的第一节课是《古代汉语》，不像林桐意总是在上课前几分钟就在教室放着好听的音乐等着同学们，"老枪炮"总是踩着上课铃才会进来。

景媚起得有些晚，进教室的时候大家像是都在窸窸窣窣地议论着什么，可当她走进课堂中间坐下的时候大家又跟商量好了一般不说话了。

"怎么了？你们都在讲什么呀？"景媚小声问着童知之，"'老枪炮'怎么这么迟还没得来。"

说着话的时候矮墩墩的"老枪炮"已经夹着课本疾步进了教室，他表示自己迟到了两分钟的行为非常不礼貌为此向同学们道歉。

"故，诗有六义焉：一曰风，二曰赋，三曰比，四曰兴，五曰雅，六曰颂。……"

景媚听着"枪炮"在讲桌上抑扬顿挫，却怎么也听不进去，她总觉得方才同学们的低头私语与她有关。

"刚才他们在讲什么，告诉我。"景媚递给了童知之一张字条。

"所以应该说啊，古代的诗词创作呢，都逃不出'诗六义'这个圈，大家记一下啊……"

童知之斜眼瞅了瞅"老枪炮"，又停顿了一会儿，许久在字条上写了几个字。

——"他们说，你傍了个大款，还是个半老的大伯。"

景媚看到递过来的字条的时候，瞬时怒不可遏，差点就从位子上跳起来了！童知之一旁按着她指了指讲桌上，这才让景媚稍稍平静下来。

她双手紧紧地握着拳头，柳眉倒竖，整个人看上去像随时都会炸开似的，她在努力回想着，她晓得同学们口里说的大款定是志业阿叔，可是究竟是谁看见的并且还讲出这样没得天理的话。

她突然想到了！

定是她！不是她还能是谁！

她愤愤地看着坐斜后排的何沐，瞋目切齿！

何沐也叫她看得从不明所以到鄙夷不屑，嘴里头轻吐了句"神经"，便听"老枪炮"讲课了。

景婠的举动叫"老枪炮"尽看了去，他弹了弹袖子上落下的粉笔灰把手别在了身后走下了讲台。

"景婠，《小雅·巷伯》这段你来念一遍。"

景婠收拾了半桶情绪，颤抖着站了起来，她捧着书本用尽气力大声地念道："骄人好好，劳人草草，苍天苍天，视彼骄人，矜此劳人。"

景婠故意将这段语句吼三喝四地念给何沐听，这句话大体意思是乞求苍天去驯服那些编造谗言佞语之人。

景婠读完像是已经解了半肚子火，她想何沐不可能晓得她大声念它的目的。

想不到就在这时候斜后方传来了"哈哈"的大笑声，景婠拧头一看，不是她何沐又是谁？！

"景婠，我说你这普通话也该下点儿工夫了，是'jin'此劳人，不是'jing'，你这以后还怎么学汉语？"

景婠怔在了椅子上，是啊，凭她的本事，她怎地同何沐辩嘴，那个牙尖嘴利的何沐，况且在这样几十双眼睛的课堂之上，她又怎有胆量再多言语一句，景婠觉得自己像个砸了自己脚的杂耍，众目昭彰，自取其辱罢了。

课间的铃声从未像今日来得这般逢时，大家伙也一言不发地散去了，景婠将眼泪在眼眶里收着硬是不肯放它们出来，一滴也不行。

"老枪炮"夹着书打开了教室门，门口一个身影斜靠着门框，那是景婠再熟识不过的了，她放下课本，飞奔了过去。

"黎吏，我们谈恋爱吧！"

"你说吧，你想现在就答应还是我追你一阵再答应。"景婳颤动着身子，方才的委屈又作了一把祟，将她的眼泪一滴不少地推出了眼眶。

"怎么了丫头，受欺负了？嗯？"黎吏探着脑袋，看着梨花带雨的景婳，"我就说你这丫头冷不丁地抽哪门子风呢，谈什么恋爱啊，看样子是受欺负了想让我给你撑腰去呗。"

"不是，我……"景婳不曾想自己那些在肚肠子里翻滚了几十遍的那些话，出了口却成了另一番模样，"我就是，想跟你学普通话……"

"怎么了，不是好多人为了那个，学英语，对，为了学英语，然后去找美国人英国人谈对象么，我想学普通话，特别标准的那种，分前后鼻音的那种。"景婳见黎吏没说话又急忙追补解释了一通，"我觉得就你说的我还能听得下去……"

黎吏笑得温暖，他始终也没讲话，就这样看着挂满泪痕小嘴叽叽喳喳说个不停的景婳，他摸了摸她的头，随即勾住了景婳的脖颈儿往出走去。

公教后面的这条小路景婳从未来过，因为有幢教学楼在施工，许多校外的工人来来往往，灰尘也大，学校里几乎不会有人过来这条路散步的。

"丫头你知道我们高年级师哥师姐私底下管这条路叫什么？"黎吏冷不丁地讲。

景婳心里头絮叨着谁愿意听你讲这条路叫什么，方才我说成那般明显的话都不曾表态，怪也怪自己太冲动莽撞了，小丫头家家的怎好开口向男孩子开口要求处对象，要是叫景忠国知道了都不晓得要怎样训斥她，不对，要是她阿爹晓得了哪还会训斥她，定是连话都不愿意跟她讲了……

　　"这条路叫……"黎吏拖长了声音卖关子，一只手依旧敲搭在景婠的肩上，看起来跟兄弟般亲近，"叫'保研路'"。

　　"啊？就是这条路啊，我听同学们说过，上学期有个师姐夜里从自习室出来为了抄近路经过这条路的时候被……"景婠吞了口唾液，"后来学校给她直接保研了……是这事吗？"

　　黎吏点点头当是回应了她，"所以啊，晚上没事儿别瞎跑，在寝室待着听见没。"

　　黎吏这样夹带着一点霸道又有一点关心的语气，究竟是怎的意思，景婠心里头突然紧张起来，这个暧昧的人儿，这些暧昧的话语突然变成了千万只小虫子在景婠心头上挠来挠去，她太想问明白他的意思他的想法，可眼下自己方才都已经算是没羞没臊地吐露了心迹，现在在追赶着纠缠是不是又太没女孩子的脸面了？

　　"嗯，听见了。"

十六、

年轻人的日子总是在盼着过，大抵是因为总有令人振奋的事儿就在不远处。

景婠想起了她梅芳阿姑。

那一天景婠放学回到家，一进门就赶着一个女人拉着一个"洋鬼子"在堂前冲着景老太叫唤，这个女人踩着一双血红血红的高跟鞋，鞋皮被擦得光光亮，鞋的主人一定是花了老多钞票才能拥有了它，只会在最重要的人跟前儿将它好好地扣在脚上。高跟鞋将脚背撑起了一个柔美的弧度，把白皙细长的双腿送得笔直，女人穿了一个呢子一步裙，配套了一件呢子无袖吊带上衣，大胆而自信。她说着话，时不时跺着双脚，细跟就撞击着地面发出"踢踏踢踏"的声响。

女人拽着"洋鬼子"转身向外走去，看脸孔应是受了气，看见倚在门框的景婠的时候又转而微笑开，她蹲下身子，两只手捏了捏景婠的脸。

"我们小婠都这么大了啊！哎哟哟，我滴个乖囡囡哦！"

可能是女人的香气太沁人，小小的景婠这一刻便喜欢上了这个阿姨。

"叫阿姑。"女人从包里掏出了个零嘴塞进景婠手里。

"阿姑。"

"婳婳不记得哦,这是你梅芳阿姑哦,也是哦,你阿姑去部队的光景你还在抄尿布的。"

景婳娘端了盆刚剁好的猪肉进了堂前,准备去后面的灶头包馄饨。景老太嫌在刚起的灶头里头弄这些腥气东西太邋遢,阿娘每次就在前面院子的井边上杀鸡,片鱼剁个猪肉,处理好了再进去屋里的灶头烧烧弄弄。

"阿嫂你现在还去厂里头上班哦?"景梅芳看见景婳娘在屋里头忙活又坐了下来跟她搭了几句,她这一坐弄得与她一同的"老外"像是没了主意,站也不是坐也不是,话也听不懂半句,景婳望着他的样子咯咯地笑了起来。

"上班哦,怎地能不上班。"景婳娘在景梅芳跟前来回忙叨,哪有歇个脚闲聊的工夫哟。

"阿嫂,你那个厂,没的发展前途,一个月也赚不到几个钞票,我想啊,你倒是可以去'电大'报个什么班啊,进修进修,现在多人进修啊,哪个不晓得以后工作还是要看文凭的好哦啦,进修出来就多了张文凭,你现在是嗲,高中还是中专,赶紧去修一个,你那个厂不是我讲,搞不好哪天又要倒闭来!这种企业真的讲不准的,一倒闭你没得工作怎弄?现在找工作哪哪不要看文凭?婳婳还小,以后她上学要用钱的地方多了去了哦……"

景老太没留景梅芳吃饭,景梅芳就带着"洋鬼子"走了,景婳觉得这个外国人不仅很有礼貌而且还很有意思,他在景梅芳跟景婳娘絮叨的时候还给景婳变了一个魔术,第二天上学景婳就告诉了班里头的同学家里来了一个外国人。

"洋鬼子"是景老太的叫法,她痛恨"洋鬼子"。她还说景梅芳穿的那身洋气衣裳简直看不进眼,胸脯都快叫人看了去自己还不晓得,怎地生来这样一个不听话的丫头,定是当年过继给那家带回来的毛病,看那家哪有一个安分人？

晚上景婳问她娘，"梅芳阿姑为什么会带一个外国人来家里？他们也会像你跟阿爹一样结婚吗？"

"小孩子瞎讲什么，你梅芳阿姑是个上进的人，梅芳阿姑是要跟外国人学英语。你以后也要像她一样要求上进晓得哦。"

景老太埋怨景梅芳每次回来都要把她气个半死，回来就没有个好事情。

其实景老太讲的也不全对，景梅芳走后没几天，景婳娘就去"电大"报了个金融班。她是个爱将事事都考虑在前头的人，听了小姑子的话寻思了几个晚上，觉得景梅芳在省城里头那么多年，看的听的必定是比她们这些农村妇女要多。之后没几年，景婳娘上着班的厂改制，辞了一大批没得正式编制的员工，景婳娘凭着那张"电大"的成人教育的文凭，在镇上新设立的"农村银行"找到了工作，那可是邻里乡亲没人不羡慕的"金饭碗"。

景婳方才跟黎吏冒失地表了那个白，又尴尬地编了个"学普通话"的理由给自己找补回点脸面，仔细琢磨还是多年前阿娘教她的说辞，想想也是好笑，景婳想离开的那个"景家村"，总是以各式各样的姿态拽着记忆来找寻景婳，甚至方方面面地影响着她，她曾经妄想总有一天会以脱胎换骨的样貌继续前进，可过去景家村成长的每一个瞬间形成的她的"魂"又哪是丢弃得掉的，丢了，还是她吗？

长大后景婳当然晓得了梅芳阿姑跟着老外并不是为了学英语，老外那时候在中国干着倒文物的行当挣了不少，后来发现这行业钱也不好挣了索性回他们国家结婚了。景老太说不得了了，"洋鬼子"又来抢中国了，抢完就跑了。

走到宿舍门口的时候一个男孩子叫住了景婠，仔细一看才晓得是严晁，严晁是景婠的同班同学，老家山西人，离北京不远。

"那个，景婠，我替何沐跟你说声对不起，她今天那话，什么前鼻音后鼻音的，确实过分了。"

严晁带着个黑框眼镜，身型高高大大的，肩背魁梧，一看就晓得是吃馒头片长大的孩子，结实得紧。开学初没多久，他就对何沐展开了热情的攻势，他说他们山西爷们就欢喜这样性情刚烈的娘们。这不还没追上手呢，一副男主人的架势说和来了。

他拎着一袋子的零嘴，有什么"奥利奥""趣多多"……都是景婠她们平时舍不得买的"大开销"，这么个一大袋子，估摸着得要七八十块钱，景婠早就听说山西人有钱得很，果然是个"阔佬"。

景婠当然没有要他的"贿赂"，敷衍了两句就转身进宿舍楼了。

"其实他们传你那个谣言，真不是何沐说的……"

景婠顿了脚，扭头想问问清楚，这会儿看见童知之穿着条新裙子快步地跑了下来不晓得要去哪儿，裙子是白色的底，裙摆处有两圈藏青色的边，像是眼下最流行的"海军装"，衬得她的脸既乖巧又伶俐。

"哟，这么好看，跟史毅约会去了？"

童知之挤了挤眼，朝景婠做了个鬼脸，"不告诉你。"

宿舍楼旁的绿植，春天孕育的花苞到了夏天，还在羞羞遮掩，看样子它们并不想争妍，躲在一片片苍翠之后，神秘地锦簇着，闪闪烁烁，撩得人心痒。

北京的夏天，没曾想，竟然是神秘的。

课余时间景婠总喜欢看书，各式各样的书，田野间的孩子行不了万里路，就只能读万卷书来满足他们青春期这样那样的幻想和憧憬了，以前看到有描写大学生活的地方，总是充满了期待。可书里写的也并非就是对的，是真实的。经历了才晓得，实际的大学生活远比不上书里头写的那般精彩。

"学生，我看你身条儿真不错，高高瘦瘦，模样也不错，特别适合做模特，给您我们公司的宣传单，来，这是我的名片。"

这天景婠下了学跟童知之在回寝室的路上走着，行到半路有个年轻女孩子凑上前来拦住她们的去路，讲话的人矮矮胖胖的，穿着朴素，看模样比她们大不了几岁，单肩背着一个布袋压得胳膊往下耷，里面像是塞满了宣传单，她说着半吊子的北京话，一点儿也不地道。

在这个城市，你总能看见因为想融入它而努力着的人。

景婠接过她手中的单子，上面简单地写了写这个模特公司的概况，背景图片是几个面容姣好的女人自信地摆弄着造型。景婠想到了梅芳阿姑，她突然觉得模样好当真在哪个时代都是个有用的法宝。

"学生，真的哦，我在这里几天了，经常一眼就能看到你从那个教室楼出来，你很洋气，形象是真好，你们大学课业我知道其实也不多嘛，兼个职就当赚赚外快嘛！也丰富丰富社会经历……"她又不可或缓地说了一气，像是读了几百遍已烂熟于心的台词，说得顺顺溜溜。

景婠望着童知之，眼睛里是有欣喜的，先不管这个人说的是不是半恭维的话，但作为一个女孩子，哪还有比叫人说她模样好更令人欢喜的事呢？

"哎哟，这些都是骗人的，她们这些人跟谁都这么说，赶紧走啦走啦，晒死了，北京太阳真毒。"童知之一边细声跟景婠嘟囔着，一边两只手环着景婠的臂弯把她往前拽。

景婠被童知之拽得往前跟跄了几步，随即又回头望了望那个女孩子，她看见她身后学校丹楹刻桷的大门向外无边际地敞开着，似乎是在向自己发出邀请一般，郑重，磅礴，它指引的世界虽知是人生地疏，可对在景家村长大的景婠来说却是那般令人怦然心动，与其说她想了解这个城市，不如说她是太想经历在景家村之外的未知的一切，好的，坏的，对她来说都是那么有吸引力，她攥着那张广告单，像是拿到了一张参加盛宴的门票。

年轻人的日子总是在盼着过，大抵是因为总有令人振奋的事儿就在不远处。

周末一大早，景婠便一个人上了去三元桥的公交车，这是她来北京后第一次一个人跑那么远的地方，她并不想让童知之晓得，是因为她担心她晓得了之后一定会叫她不要去，人在做了决定之后，总希望陪同在一道的是支持自己做了这个决定的人，而不是处处浇冷水的同伴，这样想来索性就不给她晓得了。

公交车上的挤挤攘攘将景婠悉心梳弄的头发都散了下来，当然这并不会影响她激动的心情。

下了公交车景婠便抬着头站立着，一幢幢拔地而起的大楼在车如潮涌的高架旁盘错扎实地屹立着，这些个大楼里头，万众的本地抑或异乡人是不是都在拿着文件来回穿梭甚至连打个电话回家的时间都没有，事实上景婳没曾进过这样高的办公楼里头，也不晓得里头竟然有着成百上千的企业单位，镇上虽说也有些大大小小的公司，但不是在街边，就是在巷子里头，两三层楼高，门口竖个"××有限公司"的大牌匾，哪一家不成了镇上的地标建筑谁讲谁知道。这样看来像是北京的地才是地，老家的地根本不要钱似的随随便便就盖屋子嘞。

景婳一早便将这家模特公司的信息存到了手机里头，按着上面的地址，她很快就找到了这家"艺梦模特经纪公司"。

一进门，景婳便看见了一群样貌姣好身材苗条的东北女孩子叽叽喳喳地三五个聚在一起聊着天，来到北京之后，由于班级里头的同学都是天南地北四面八方来的，听他们讲话时间久了景婳倒是多了一样本事，就是听你随口叨叨两嘴，就晓得你大体是哪里来的娃娃了。

说是公司，也就是一间四十平方米左右的开间，景婳环顾了一圈并没有见着接待她们的人，便自己寻了张凳子坐了下来，想必这些女孩子也是跟她一样来参加模特面试的吧。

"你带充电器了吗？我手机没电了。"

景婳一直在看着跟前这些个穿着大胆的女孩子，没留意身边不知何时也坐了位姑娘，她拧着头浅笑着，两个小虎牙放肆得可爱，酒窝深深地嵌在玉脂般的面颊上，就像盛满了开心的往事，见的人也会甜得荡漾起来；她留着齐耳短发，大而长的眼睛在柔缓的眉弓下计算好了一般留着不大不小的间距；细瘦高挑的身材，神气活现地在坐凳上摇晃摆动着，明媚可人。

"哦我也没带，我是充满电才出来的。"景婳兴许是望得出了神，半天才回了人家，她还是头一回见到短发这么好看的女娃子，把自己羡慕的模样全都长齐了。

"哎，我也是充满电出来的，都怪我男朋友，给我打了一路电话，弄得我手机没电了哇。"她摇了摇手机，又捶了捶大腿，像是这样一来就会多点电量似的，然后右手抠了抠上嘴唇，景婠发现她的小动作极多，却又无处不透露着可爱，她在座位上摇头晃脑了一番又轻声地自言自语，"倒头光。"（方言，形容一种败家子相）

"你是……哪里人？"景婠听见了她的窃语，一下欣喜地伸出手覆住了她的手腕。

"我吗？我江苏无锡人呀！你呐？"短发女孩儿盈盈笑脸。

"我也是的哇！"

在这样大的城市，两个陌生人之间会因为各色各样的不起眼的原因而从萍水相逢到惺惺相惜，而"同乡人"无疑是所有原因中最有分量的一个。

"我叫蒋怡娟。你觉不觉得我这名字太俗气了，什么娟不娟的，都不晓得家里长辈怎么想的，以后一定要把这个名字改掉，太土了太土了，都影响我找对象的呀，以后人家要给我介绍对象，一听这佬土的名字，还没见面就跑掉了。"

蒋怡娟嘴一边讲着，手一边来回比画，把先头空气中的陌生与尴尬都挥舞走了。

"啊？你不方才不是讲你已经有男朋友了吗？"

"哎呀，现在我们才多大哦，我才大一哎，以后的事情哪里现在就晓得呢，你呢你也是大学生吧，你大几了？"她不容景婠回答又唧唧呱呱地讲起来，"万一以后老娘混出名堂来了肯定是要把他换掉的呀！"

蒋怡娟做了一个"嘘"的表情，手机的电话又响起来了，转头跟景婠抱怨，"你说他烦不烦，小 ji 头，早晚要把他换掉。"随即她便起身去接了电话，生怕叫电话那头的人多等了半刻，景看见了她接着电话时那幸福的模样，哪里像她嘴上讲的那般哟。

听她讲电话的口音，景娟晓得这个丫头是无锡市里人，市里人讲话虽说能听得懂，但到底和自己的乡下口音还是不一样的。

蒋怡娟接电话的工夫，一个艳妆卷发的女人夹着文件夹进了屋子，女人三十上下，她进了门便站在屋子的正中间，拍着手示意大家听她说话。

"你们都是来面试模特的吧，我长话短说，每天都有很多姑娘来面试，我没有那么多时间招呼各位，我们公司送模特去参加各类商务活动是有个流程的。首先，我们会帮你们每个人拍一套样片，每次活动的甲方根据你们的照片来选择他们需要那些姑娘帮他们干活儿，这活儿呢，有平面和展示两块儿，我们公司的话呢，平面主要是服饰、汽车杂志类，当然也会有一些美食旅游杂志；展示这部分呢主要就是车模，再下来就是礼仪，我知道你们都是学生来兼职的，所以 T 台走时装的你们是走不了的那个是专业的，还有呢，我们是正规的模特经纪公司，如果各位电视剧看多了对我们公司的经营范围有是否违法的疑问的话，那烦请各位可以回去了，这方面我不再赘述。"

她讲话的时候一直在身上各个口袋里头翻找什么东西，最后在挂在靠背椅上的外套口袋里翻出来一包"中南海"香烟，旁若无人地点燃，吞吐起来。

景娟没有见过抽烟的女人，以前听景老太讲过村前小店的寡妇抽了大半辈子香烟后来得了肺病早早地去了，走的时候稀稀寡寡的村民在她炕头说她就是抽香烟抽的，女人哪里好抽香烟，香烟是男人的东西，女人家硬要用男人的东西就会阴阳不和，就会得病，他们不晓得是在替寡妇总结她这辈子的活法还是在替寡妇找得肺病的病因，总之寡妇也不曾听进去，说了句"这不是病，是命"就去了，之后村里头就再没有会抽烟的女人了，寡妇在的时候旁人提起她总是"抽香烟的女佬"这般叫着，好像除了会抽烟她就不曾有其他的行当，在景家村，他们背地里喊会抽烟的女人叫"女流氓"。

"拍摄照片的费用一人六百，先交再拍。"女人细长的手指夹着同样细长的香烟，倒有一种说不上来的和谐，"照片是你们的门面，今后但凡有了活动，上一个活动就是六百起，你们自己考虑吧，我叫 yoyo，你们可以叫我丫丫姐。"

"就晓得还是骗钞票的。"蒋怡娟不知何时已经站在了景娟旁边，她嘟着嘴，眉头拧成"川"字，恹恹然地像是早就看透这个行当一般。

六百块钱对于一个大学生来讲确实是笔不小的数目，景娟每个月的零花钱才一千多，出了这六百下半个月就只能每天吃面包了。

想到这儿她还是犹豫了起来，她习惯性地拨通了景骁的电话想与他商议。

"什么？蛙蛙你怎么想起来跑到那种鬼地方去？这不是明摆着变着法子骗你们大学生的钱吗？大学生的钱好骗呗都是父母给的不是自己赚的花了不心疼，而且大学生像你这样的傻姑娘多，不然你以为它们公司怎么能开到现在哦，一看就不是什么正经公司，什么模特不模特的，你阿爹晓得了还不要骂死你，辛苦送你去北京上学哪里是叫你赚这个钱的哦，你要是钱不够了跟我讲，我寄给你，反正我一个男的也花不了多少钱，听话，这种社会上的地方还不适合你，赶紧回去！"

景骁一听景娟在这个模特公司里头急得骂骂咧咧，恨不得即地订张票子过来北京把景娟从这个"鬼地方"拎回学校去，景娟本来就心劳意攘进退不是，再听景骁这么震耳地叫唤，心思愈加搅扰起来。

她烦闷地一言不发，急急地挂了电话，此刻她当然不需要别人这样的方式急于帮她认清现实，她哪能不晓得自己需要的只是一个清楚地看透她内心然后借用他的嘴巴将自己说服的人罢了。

景骁当然不是这样的人。她开始后悔自己给他拨通了这个电话，又在对方还没有讲完的时候愤愤地将电话挂断了，她是焦躁的，她也晓得这样做是不好的。

景婳自然是想尝试这份兼职的，比起心中对新奇的一切的渴望，六百块钱又算什么呢？更何况方才景骁那般言语，更让景婳笃定了这样的念头，她倒要试试看自己到底是不是真的能将这先掏出去的六百块钱赚回来。如果当真是骗子公司，那就当花六百块钱买了个人生阅历以后也留了个心眼；如果赚不回来人家甲方公司愣是回回相不中自己，那也算是认清了自个儿确实没这个本事罢。

景婳的心稍稍地平缓下来，她拿出银行卡，挪进了交钱的队伍，脚步看似坚定，双手却依旧微颤，排队的姑娘没几个，大多都站在一旁，打电话的打电话，接耳的接耳，窸窸窣窣，没有了方才的叽喳。

在银行卡被丫丫姐沾满烟草味的手指轻捏着迅捷地划过 POS 机，发出"哔"的声响时，景婳晓得，这个举袖为云车马喧喧的大都市就像一场人人都想参加的宴会，歌台舞榭觥筹交错，而她，已经早早地买好了门票。

交完钱的姑娘们就立刻被一个同样三十岁上下的染灰发的男人带去隔壁间化妆拍照了，他将景婳按定在一张化妆镜前，撸了撸袖管。

"化妆师不够了，我来搭把手吧，我是这个公司的老板，也是你们的经纪人，我叫张成名，你可以管我叫张总，也可以叫我张经纪，无所谓，哎你别动，眉毛得化歪了。"

景婳听他这么一说不免有些疑虑，她担心这个张总并不懂化妆，可是如果妆化得不好，一会拍照拍得不好看那她的六百块钱不就彻底打水漂了么，她撇着眼从镜子里望见其他女孩子都是由化妆师在给她们捯饬，心里有些愤愤，但嘴上又不敢多讲，还没进门呢这老板可不敢得罪，可话说回来，连老板都干上化妆这行当了，这公司规模可真不怎么样，这么小的公司能接到活动吗？

"你在这儿呐！找了你半天！"蒋怡娟拉着嗓子往景婳边上的凳子上用力一坐，只见隔壁刚刚下手的化妆师又拎着化妆箱碎步跟了过来，"一会儿你给我弄头发的时候，帮我稍微烫蓬一点晓得哦？"

她跟化妆师说话的光景，两只手还不停地在将脑袋两边的头发抓上抓下，不小心扫到眼睛或者戳到了睫毛，眼睛再夸张地挤巴挤巴，"头发蓬点显得脸小。"

景婳"噗"地笑出了声，"你的小动作可真多，跟猴似的。"

"呀！我男人也老这么说我，哈哈，等放假回了无锡我们可以一起出来玩！叫我男人请吃饭，带你见见他，你们肯定能聊得来！"

景婳不晓得这是不是客套话，只好先应承下来，南方女孩子大多娇涩，像蒋怡娟这般自来熟似的姑娘可不多，景婳望着她说话时露着虎牙的俏皮模样就觉得开心，觉得这趟可真不白来，再怎么说在茫茫人海中"捞到"一个同乡的这种缘分可真是可遇不可求的。

"这边这边，这边鼻影还得加重一点，"蒋怡娟指着鼻子跟化妆师比画了几下，又转过头来遮着半边面孔跟景婳细语道，"我男人烦人的时候真的挺烦人的，不过有的时候还就他管用，比如方才我讲要付这边六百块'包装费'的时候，二话不说，立马到账！"

说完她头一抬，眼神轻轻地上挑了一下，冲着景婳神秘而张扬地笑着，景婳倒一点没有羡慕的情绪出来，只是觉得眼前这个姑娘十分有趣，前后认识一个小时，便将内心的世界一股脑端出来给自己看了个底掉，并且她跟自己一样，都还是个孩子。

本以为拍照的时候会让她们换上些指定的服装，没想到张成名弓着腰敲着背，说不用换了就穿自己的衣裳，"现在大夏天的就穿你们自己的衣裳吧，我看你们也都是短袖短裤，能露个身条儿的差不多的衣服就行。"

这是景婠第一次在镜头底下被要求做动作展示，看见前头几个姑娘自信大胆地摆着一个又一个封面杂志上的明星才有的姿势，景婠的手脚就跟被上了镣锁一般，怎么也伸展不开了，她不是将手胡乱地撸着头发，手肘竟遮住了自己的脸，就是紧张地含着胸皱着眉一副黯然神伤的样子，张成名在一旁直起了腰摇了摇头，没好气地喊着"下一位，下一位准备"。

轮到蒋怡娟拍的时候，景婠哪里还有看的兴致，她闷闷地朝门口走着，想着以前那个在学堂里自信不疑，做事十捉九着，相貌、功课、校活动样样超群轶类的自己，像只是一个借住在自己身体里的陌生人，来了北京之后水土不服，连招呼都没得打就走了。

景婠想给黎吏打电话，她不明白自己为什么总是在拿不定主意的时候想找景骁商量，而在灰头土脸的时候又想找黎吏诉苦。

自从景婠上回向他开了那个口，两人也见过几次面，也就是吃吃饭聊聊些不痛不痒的话题，黎吏还是那个黎吏，依旧喜欢和她聊王小波，聊北京城，却只字不提景婠那个半开玩笑的"表白"。她是矛盾的，她想让他索性就提了出来道个明白也说个清楚，又怕他提了出来拒绝了自己让她彻底地断了这个念想。

她本想管他什么模特不模特的，来做个兼职也好，省得老窝在学校里头，到哪都想着黎吏。可这倒好，头先照片拍得那样，六百块钱白花出去了不说，兼职也是不用想了。

兴是景婠神魂荡漾的样子叫蒋怡娟瞧了去，照完照她三步两步地拎着小包跑到景婠跟前，小鬼头似的挤着鬼脸冲景婠乐。

"没事没事哇，我也不会摆造型，我刚听她们那些姑娘讲话她们都是舞蹈学院的，自然会扭腰翘屁股哒！不要想了哇，反正时间还早我们去吃好吃的好哦啦！多大事呀！"

　　讲着话蒋怡娟的手一直在面前来回呼扇，景婠看她这古灵精怪的劲儿哪还有闷着不乐的道理哟。

　　一路上蒋怡娟不停地说话，时不时还用无锡话骂骂咧咧，她说她觉得北京人骂起人来不过瘾，颠来倒去都没的几句脏话，还是无锡话骂起来毒辣解气，痛快得很。景婠在想要是景老太和景忠国瞧见了蒋怡娟的这副模样，定会叫她不要再同她在一道玩了，肯定要讲她是个"小泼妇"，可景婠倒觉得这个"小泼妇"还挺带劲的，想到这儿景婠突然不自觉地舒了一口气，随之有了一种她称之为"成长"的快感，在学校以外的地方，她认识了一个看起来还不错的朋友。

　　那天蒋怡娟带着景婠去了西单，她们吃了麻辣烫，吃了煎饼果子，最后还吃了麻辣香锅，景婠不晓得为什么北京的吃食都这么麻辣，吃的嘴巴下去直到胃里头都翻搅的难受，但她还是回回都抢着付钱，她想让自己在这个女孩面前显得平等，也想用她自己的方式从一开始便好好地珍惜庇护这段友谊。

　　蒋怡娟是外语学校的，地方离景婠也就两站路，她说今后每个周末都要约景婠出来玩，她说放了假回家一定要把她男朋友带给景婠见见。

十七、

没有一个女子是因为她的灵魂美丽而被爱的。

——张爱玲

"奶，给我点钞票好不好，不多的，就五十块。"

景媚这天下了学堂回来，弓着小身子在堂前堂后细碎步转了两圈，眼睛咕噜咕噜地扫着家里头的块块地方，确定了景忠国和阿娘都还没下班，立即扔了书袋奔着景老太甩着屁股跑去。

"要钞票做嗲？"景老太坐在井边上的石凳子上做活，皱巴巴的鼻尖上架着副老花眼镜，眼睛眯成了一条缝，她的头很小，可身子却很大，尤其是那腰以下的部分，浑圆臃肿的两半屁股压在石凳子上分明像是坐在了地上，哪还瞧得见石凳哟！

"明天不是'十一'嘛，季小菊喊我一道去市里耍耍，我算了一下中巴车来回一趟要二十块钱，剩下三十块钱买点小吃切切（吃），奶你讲好哦啦？"

景媚趴在景老太的大腿上，望着景老太眯着眼睛在穿线，眼睛眯累了就使劲一挤，牵引着脸上的皱纹也跟着挤在了一道，她左手的拇指和食指捏着一根怕是连她自己也看不见的针，右手拿着线，指甲厚厚的跟石膏似的，晃晃悠悠，晃晃悠悠地一遍遍地撞击那根针的边缘。

景老太像是并不着急将它穿过针头的那个小孔，线头松散了就放在舌尖上拧拧，直挺了腰身继续穿。

景婳瞧着心急，一手抢过景老太的针线，小手拧了拧线头，两三下就穿好了，她欢喜地扬着脸，景老太就摸摸她的脑袋，嘴巴里头讲道："我家囡囡呱呱叫。"她把线对齐后拧了个结，然后伸手就去够裤子口袋里的钱包，一边够一边将屁股艰难地往外一点点地挪高，钱包是景老太自己缝制的，手心那么大，她在钱包外头牵了条千股绳，拴在了裤腰带上。

景老太身上有一股子不算好闻的老人味道，不晓得她自己闻不闻得到，不过景婳倒是喜欢闻这气味的。

季小菊双手叉着腰站在中巴车站的站台上，她穿了一条紧身牛仔喇叭裤，脚踝露了一节也不知道是不是裤子太短了，上身穿了一件宽松的条纹长袖棉布衫，她今天没有梳马尾辫，而是把头发盘在了头顶上，倒一点不像初中生的样子，有像电视里跳芭蕾舞的舞蹈演员。

"景婳，你……你……你怎么一……一……一个人来了？"季小菊瞪着大眼睛喘着粗气，往景婳身后看去，"景……景骁呢？"

"景骁？昨天他讲要同我们一道的时候，你……你不是讲不让他来的么？"景婳望着鼻头红红的季小菊，一时懵了头脑。

"没事没事，没来……就……就算了，就我们俩去，我带你去我阿娘……先……先头经常带我去的购……购物中心，里头有不得了的好……好看的衣裳，你看我这些衣裳，都是在那里头买……买的！"

两个女娃子上了中巴车，景婳不晓得季小菊喊她去是逛商场买衣裳的，她下意识摸了摸袋里的五十块钱，心想一会儿就说没看到合适的便罢。

季小菊是景婳的同桌，是个小结巴，舌头也生得大，没个耐心的人是听不了她讲话的，自小学堂就没人爱同她一道。到了初中，景婳的同桌从男孩子变成了女孩子，不止景婳，所有同学都是这样，男孩子挨着男孩子坐，女孩子跟女孩子坐在一起，这个叫季小菊的女娃生了一双丹凤眼，细小的鼻头两边跟洒了些墨汁似的印满了雀斑，有一回景婳把收上来的同学们的作业交去办公室的时候，听见班主任还有几个任课老师在讲季小菊的家里头就是开镇上北边那个水泥厂的，总之就是个有钱人家的娃。

景婳听罢倒也不奇怪，她的这些同学家里头多数是有钱的，开厂、办企业的两只手再加上两只脚都数不过来，景婳也不羡慕，她倒是觉得当个有钱的土老板有什么用，各个都比不上景忠国坚韧方正的政治气场。

季小菊讲的购物中心景婳其实也来过几回，景婳娘所在的银行过一阵就会组织员工去市里头培训，要是赶上周末，她便悄悄地带景婳一起去，母女俩大多数时候只是牵着手四处逛逛，然后找一家"必胜客"或是"麦当劳"，景婳娘就看着她吃。

"呀，毛丫头切东西，手肮脏佬，到旁处去白相（玩耍），这里没有你穿的衣裳，清爽哦（清楚吗）？"

一个脸白得吓人，只瞧得见一张猩红的嘴唇的中年女人看见景婳手里头拿着方才出了车站买的酱豆腐干像是要靠近她柜台门口的模特，眼尖地出来将景婳往出搋去，景婳被她推攘着的时候回头望向她，烈红的嘴唇极速地张合，隐约露着一嘴恶黄的牙齿。

景婳摆去了她的大手，告诉她自己并没有碰到她的衣裳，从小阿公就教她在学堂里不该惹的麻烦不要惹，可不该受的委屈也不要憋在肚子里头。

只听的女人跟隔壁柜台的人膛笑着讲了句，"乡下宁（人）。"

景婳晓得市里人讲话跟她们是不太一样的，发音虽说差不多，但音调上本地人一听还是能听得出来的。对于女人这样的回应，景婳心里像被塞了些石头，稳稳地沉在肚子里，吐都吐不出来。

她想叫着季小菊一同回这个恶毒女人两句嘴，可季小菊不晓得是没听见还是装作看不见，在前头的柜台的镜子面前比画着一件又一件价格昂贵可是在景婳看来并不好看的衣裳，想想还是咽下了气。

她琢磨不透为什么连她们乡下的公共设施的墙壁上都写满了"推广普通话"的标语，而这些城里头的人却不知道呢？

"我刚来上课的时候看见模特社在招人，一会儿下课你陪我去看看？"

景婳偷偷地塞了张纸条给童知之，童知之回了一个大大的问号。

下了课，景婳就把她上个月去应聘模特兼职的事跟童知之讲了个大概，她想无论童知之支持不支持，她还是得告诉她，毕竟童知之是她在这个学堂里唯一的好朋友。

童知之一路觥然不悦的样子应是在怪她这么久才告诉她，她斜着眼看景婳，嘴里跟念经似的不停地在说，"你疯了，你疯了……"

一个月下来，景婳并没有接到丫丫姐的一个电话，她每天都在不停地看着手机，希望这个陌生女人的声音会在电话那端冷冷地告知她活动的时间地点，挫败感一天天愈发地强烈，可她并不愿意承认这世上是有一件事她想做而做不好的，她更接受不了的是她感觉自己像是交了份功课，而批阅的人甚至都不告诉她合不合格便将它弃之如敝屣。

童知之虽嘴上不解和厌弃，但还是陪景婳去了模特社，在填报名表的时候便被桌前的同学拦了下来。

"同学，我们社团女生的入团硬性条件是身高在 172 以上，请问……"

讲话的同学含笑如烟地让景婠放下了手里的笔。其实景婠根本不清楚这个社团是干什么的，也不晓得自己要加入这个社团的目的是什么，她脑瓜子里头尽是丫丫姐吞云吐雾冷若冰霜的模样，还有自己那一定百拙千丑的相片，她觉得自己像是掉进了一个满是妖魔鬼怪的盘丝洞，她急迫地寻找着出口，却在找寻的过程中因为过于心急而魔障了。

蒋怡娟倒像是生活里多出来的一份惊喜，在每个周末前都会准时给景婠打电话，寻她出来聚，每每知道蒋怡娟也没有接到丫丫姐的通知，景婠心里头又都会踏实片刻。

这周末蒋怡娟又约着景婠去了五道口的服装批发市场，她讲这里的衣裳比动物园西单什么的都要洋气些，她还说她们接不到活定是因为她们照相那天穿得过于沉闷了，看看那些舞蹈学院的孩子，各个鲜艳明媚跟朵花儿似的，再瞧瞧她们，她说女孩子啊，想要吸引别人，唯一的法子就是穿衣打扮。

"这个看皮相的社会没得办法的，你不好好打扮自己还指望人家能看上你啊，别说工作了，爱情也是啊，你没有好皮相人家哪里会看到你的内在美哦，就是这么现实哟，你学文的你总晓得咯，张爱玲不是说过的，叫什么来着的那句话……"

俩人在五道口的市场里一前一后逛着，这里头的衣裳都不让试，蒋怡娟就左拎一件右拎一件的贴身上比画，景婠自然晓得她讲的那句话是什么，她望着蒋怡娟，像是看到了长大了的季小菊，那个很多年前跟她在购物中心里一起吃酱豆腐干的季小菊。

"哎，景婠，你说我们两吧，身条都这么好，高高瘦瘦，穿什么都好看，这可苦了我家男人咯。"

"你家男人不应该偷着乐么，怎么能说苦了他呢。"景婳拿起一件紧身吊带，乳白色的针织衣身，肩带是链条状的，胸脯前头的 V 字领恰到好处，景婳第一眼便喜爱极了，穿上它，青春里的果敢明净都写在了脸上！

"苦了他的钱包呗。"蒋怡娟将看中的衣裳都让店员包了起来，买衣裳时利利索索的模样还真像季小菊。

从小景婳的衣裳都是阿娘替她买的，景婳生得高挑俊俏，件件衣服穿她身上也都精气神十足，玲珑得很，再加上阿公自幼便教育她现阶段、以及现阶段以外的长期阶段，根本任务是学习，时间久了她对衣裳啊，打扮啊，这些女人家的行当哪里还了解哟。

景婳没有像蒋怡娟嘴里头说的"我家男人"那般的男朋友，只好暗自算着卡里头的余额，她想到前些日子景志业给她的钱还剩余很多，但那本是她打算用来修电脑的。景婳手里头抓着那件吊带，她知道月初的六百元"包装费"已经没得踪影，这会儿又相中了这种叫景忠国瞧见定会让她扔掉的衣裳，确实是有些虚掷，但她又觉得蒋怡娟讲得有些道理，迁思回虑了一阵，最后还是咬着牙根买下了它。

出档口的时候景婳接到了丫丫姐打来的电话，凛若冰霜的口气恰在此刻听起来如天籁般响遏行云。

"后儿，周日，一个图书展销会的活动，你去拍幅海报，报酬八百左右，这个到时候再看情况，你那张侧脸皱眉的照片被人看上了，小丫头恭喜啊，开张了。"

景婳用尽气力按压住提到嗓子眼的那颗扑通扑通的心，这个电话，像是给了她一张在这个陌生领域通行的资格证书，她是兴奋的，因为她终于可以将这些日子脑袋里那些质疑自己的可恶的想法统统丢弃，留腾出一片意气扬扬。

"接到活了？？"蒋怡娟似信非信地望着她，在得到肯定的答案之后，有一丝羡慕的神情滑过脸庞，转瞬又诚挚地同景婠一道欢跃起来，"我说吧，要包装自己，你看你看，咱们刚买完，电话就来了吧！"

景婠笑咻咻地看着她，她当然晓得跟买衣裳没得关系，可还是悻悻地点着头，双手环住装那件白色吊带的塑料袋，一路上抱得紧紧的不松开。

十八、

她觉得自己像是一列火车，打个盹的工夫，竟不知被谁牵扯出了既定的轨道。

"蒋怡娟，蒋怡娟！"景媗压着嗓子用力地喊，车展场内的音乐声开得很大，景媗一只手撑着酸疲不堪的腰身，在展台的一辆汽车旁嫣然地笑着，趁着台下人流稀少的时候另一只手捂着半面唤着不远处另一个展台上的蒋怡娟。

"快快快，你帮我站会儿，我得去趟卫生间。"

蒋怡娟看着景媗手扶着腰面色欠佳的模样，知道她是生理期来了，"那我这儿怎么办？"蒋怡娟冲景媗指指自己的展台。

"哎呀我这儿对着正大门，不能没人啊，就一会儿，一会儿就来，替我顶会儿。"

这会儿正值中午吃饭的光景，来车展的人并不多，景媗僵着面还没等蒋怡娟应承下来就踩着高跟鞋快步往洗手间跑去。蒋怡娟提着长裙寻了寻丫丫姐的影子，确定她一时半顷地也顾及不到这边，才小心翼翼地站上去了景婠的展台，她悄悄地看着洗手间的方向，要知道丫丫姐讲过任何原因离开自己的展示区域都是有严重后果的，她可不想因为帮景婠站了几分钟而让丫丫姐臭骂，甚至失去了以后的工作机会。

薄暮时分，金灿而无力的晚霞透过更衣室的一扇小窗口倾泻在了每个姑娘脸上，比起早晨这里的叽叽喳喳，一天下来，大家伙儿累得连大气都懒得喘了。

"大家今天辛苦，不过这次的甲方大老板呢，是个大方好客的人，他今儿晚上在工体订了位置，让我邀请大家，有空的都去。"

最近丫丫姐换了发型，她把原先那一头瀑布似的卷发拉直了，上了黑色，站在这群小姑娘中，年龄体态都显得相差无二。只是次次同这些孩子们讲话的时候，丫丫姐的手里不是原本就夹着一支香烟，就是在东搜西索地找着打火机，像是没有了烟，这个漂亮女人就挺不起腰板说不了话似的。

她在屋角的垃圾桶盖上掐灭了手里的烟，转身冲大家眨眼，"重点这个大老板是个型男哦。"

更衣室里霎时尖叫声一片，姑娘们因为一个从未谋面的别人口中的"型男"而雀跃起来，又开始了今天早晨那般的沸腾。

"丫丫姐讲的那个工体你去过哦？"

景婠跟着蒋怡娟挤上公交车，一个跟跄往前一趄，蒋怡娟手里头的煎饼掉在了旁边坐着的人的大腿上。不过那人头倚着窗子动也不动，看样子应是睡熟了，车上嘈杂的人声和挤挤攘攘的肢体碰撞，甚至连这突如其来的煎饼果子都没能让他醒来，这个城市，总能在各个地方看见酣睡着的人。

"没去过，听说过。"蒋怡娟踅着手一点一点地拎起她的煎饼，系紧袋口放回了包里，"我听我室友讲的，她师姐有一次是过生日还是怎的，请她们去玩，一晚上花了好几千块的吧，反正就是喝酒的地方了，我男人是不允许我去这样子的地方的。"

"倒是你，有必要这么拼哦？例假来了还来出活动，站个一天腰不得断掉，当真差这几百块钱的哦。"蒋怡娟斜眼瞥了景婳，听她这样骂骂叨叨，景婳只觉得心里头和暖，没有半丝不高兴。

"我这次要是不来，你哪里能来得了。"景婳细声说着，把话含在了嘴里。

自从景婳接到第一个图书展销会的海报拍摄活动之后，几乎每个周末前都能接到丫丫姐的电话，大到七八百，小的三五百块钱，一个多月下来，细算着也应挣了一些钞票，只不过回回发了工资，景婳就拉着蒋怡娟去逛大街，请她一路吃喝，蒋怡娟吃的时候，景婳就看着她吃食自己不动嘴，她开始因为要注重自己的体型而不敢再放开食量大吞大咽，她觉得人都应该有目标，更应该为自己设立的目标而有所放弃和节制，她甚至觉得节制本身是一件有奔头的幸福的事。只不过这些挣来的钱先头的打算是攒着暑期去上海实习付房租用的，眼看着这学期快结束了，房租没得着落，衣柜里倒是塞满了各色各样的新衣裳。

"你不会是想去丫丫姐讲的那个大老板的局吧？"

"怎么可能。"景婳拿起了一件露肩黑金色连衣裙，站在镜子前比了比。

她伸手去触了一下自己的脖颈还有脖子下方的锁骨，脑子里是自己穿上这条连衣裙含笑如烟的画面。

"好看佬。"她想。

"你又去哪啊，这么晚嘞！明天课堂有小测哎！"童知之望见景婳打扮的鲜艳，便探出脑袋往门口喊了句，她发现景婳这阵总是神出鬼没，只不过她想旁人的事还是不要多管的好便也不曾问起她，这会儿又看见景婳头都不回地"嘀嗒"着高跟鞋眨眼间下了楼哪还听得见她叫嚷，便识趣地缩回了脑袋躲回帘头后面准备第二天的小测。

在酒吧门口的时候景婳给丫丫姐打了电话，不一会儿，这个身着皮短裙和紧身裹胸的女人便甩着手臂出来了，她披散着头发，那一头的厚重的大卷像是苍翠浓密的藤蔓，在光线底下盘绕纠缠，美得不可收拾。

"丫丫姐，你不是刚把头发拉直了吗，怎么又……"

"哈哈，这是一次性的，妹妹，刚才我去接了一点儿头发，你看，是不是感觉比白天看着多多了。"丫丫姐边说手臂边搭上了景婳的肩头，景婳觉得夜里的丫丫姐和白天不苟言笑的她是两个不同的人。

"你今儿带来的那个姑娘，怎么没跟你一起来，叫什么娟的，是咱们公司的么，我怎么没印象，她形体不行啊，背部都是弓着的，要不是你老跟我开口，我也不能让她来。不过我看她脸盘儿模子还行，下次有平面的活儿再找她试试吧。"

越往里头走音乐声逐渐地震耳起来，丫丫姐说的话也开始听不清了，她媚气地附在景婳的耳边讲了句话便爽朗地笑了起来，踩着节拍婷婷袅袅地穿过舞池，拉着景婳到一个卡座坐了下来。

"裙子不错。"

景婳双手拉压着裙子坐在了卡座的最外缘，她看着舞池里扭动着身躯摇头晃脑的男男女女，他们有些面无表情，有些妖媚妖娆，他们有的一个人埋着头拎着酒瓶随着鼓点在随意晃动，有的一群人乘酒假气地在肆意交换舞伴，时而尖叫欢呼……舞池外，随便两个不认识的人在这里，亦能把酒言欢直至酩酊大醉，在这个地方，你能闻得见这整座城的醉意，能感受得到陌生人荷尔蒙的气息。

景婠不由得抓紧了裙角，她觉得空气突然寂静了下来，她听不见这嘈杂的音乐和酒杯的碰撞，眼前只得自己的一颗心脏在空气上方剧烈地跳动，她看着身后这一桌并不认识的男男女女，恐惧感顺势包围了她，次次回回心眼里头那"尝试一下也无碍"的可怜的想法竟然让自己坐在了原本以为一辈子都与她无关的地方，她觉得自己像是一列火车，打个盹的工夫，竟不知被谁牵扯出了既定的轨道。

"你一人儿坐这儿嘛呢？数人头呢？"丫丫姐端了一杯酒坐在了景婠身边，"想什么呢，出来玩儿开心点儿啊，年纪轻轻的哪有那么多愁的。"

"没什么，就是觉得，有点儿不太习惯来这种地方。"

"这有什么不习惯的，多来几次就习惯了，你也别想歪了，正常的社交应酬，等你出了学校，这儿啊，家常便饭。"丫丫姐点了一根烟，"我啊，刚开始跟你一样，文文弱弱，娇气的样儿让人看着就喜欢。我问你，你猜我哪儿人。"

"你不是北京人吗？"

"哈哈，妹妹你别逗我了，北京人哪会做这吃力行当，不过瞧姐这北京口音，是不是特正，我就是你们说的那个'哎呀妈呀'那东北那旮旯儿的，辽宁的。"丫丫姐闷了一口酒，手摸了摸肚子，"这两天天天喝酒，小肚子都出来了，真要命。"

"丫丫姐，那，我能问一下你姓什么吗？"丫丫姐恰逢时宜的关心让景婠心头的恐惧感渐渐消失。

"我姓庄，全名叫庄大瑶，我们家那块儿，我周围的姐妹，基本在你这岁数都北漂了，考上大学的念大学，考不上的也赶着趟来呼吸北京的空气，干吗的都有，姐那会儿属于书读的还凑活的，考到了北京的服装学院，毕业做了两年模特，就和张成名合伙开了一家公司，不过说是合伙，钱都是他出的，嘻嘻。"

丫丫姐把烟灭了，又眯了一口酒，"张成名是我同乡，追着我来这儿的，我说开公司丫非要出钱。哦对了，哈哈，这个'丫丫'呢，就是我刚来北京的时候，听他们北京人骂人都是'丫''丫'的，我听着怪烦的，索性就起了这个名儿，让他们骂个够，想想那会儿也挺有意思。"

景娟不晓得这个叫庄大瑶的女人为什么要跟她讲这么多自己的经历，景娟不擅长听人讲这些个私事，她不晓得怎样回应这份看上去很亲近的信任关系，便倒了杯酒同庄大瑶碰了一下，仰起头全倒在了嘴里。

和景娟喝了两杯之后，庄大瑶便拉着景娟往里头走，坐到了一个中年男人的身边。

"介绍一下，这位是我们今儿活动的金主，方老板。"庄大瑶谄笑着给景娟和眼前这个男人的杯中加满了酒。

男人唇角稍稍地扬了扬，牵动着两腮，露出在这昏暗的灯光下依旧清晰的深深浅浅的皱纹，景娟想起了景忠国的皱纹，粗犷、干瘪，景志业的皱纹亦是黯淡、斑驳，可眼前的这个男人脸上的这些皱纹，像是塞满了励志的故事和不平凡的过往，是那般稳健、深厚。

男人惯用左手，他端酒杯的时候左手会不自觉地往上抬一抬，将腕上的手表尽量往后送去。他长着一张拥有深刻的五官的脸，不晓得是不是灯光的关系，他的眸子像是浅棕色的，长长的睫毛嵌在深凹的眼皮子里自然地向上卷曲。他穿着一件素色衬衫，整齐地放在西裤里，没有一丝褶皱，儒雅得体。

"不是什么老板，叫我方忠实，广东人，你好。"

这个叫方忠实的男人伸出右手，景婠慌忙将酒杯放下跟他握了握，他的手冰冷而修长，让景婠不自禁地将手迅速抽了回去。

方忠实的话很少，一整个晚上，都是庄大瑶在左右不停地找话同他聊，他只是笑着喝酒，时而也会微笑着点头示意景婠端起杯，几杯烈酒下去景婠开始有些飘忽，她发现他的笑竟然有一种使人听话的魔力。

回到宿舍的时候，宿管阿姨起身披着薄毯一脸不情愿地给景婠看了门，景婠也不敢多解释，怕嘴里头的酒气叫阿姨闻了去不晓得又要说什么了，低着头急急忙忙地跟跄着向楼上跑去。

"你醒醒，喂！怎么还睡啊！"不晓得是谁一大早在晃荡着床杆，景婠翻过身坐了起来，见是童知之手叉着腰紧着眉头望着她。

"今天是'老枪炮'的小测你不知道？"

"知道啊，怎么了。"景婠惺忪着眼，感觉头一阵阵晕乎。

"怎么了？那你为什么不去？"童知之放大分贝质问她，"你们宿舍的人怎么都不叫你啊？"

"什么不去？"景婠被童知之的话惊醒了过来，她望了望时间，已是正午。

十九、

你不讨厌，可是全无用处。

——钱锺书

被热流笼罩的校园寂静一片，只得偶尔三两个人影在空气中窜动，空空荡荡地迎来了暑期。北京的夏，只剩太阳在使劲儿，有树荫的地方，便凉快清爽，只是走在太阳下头的话，又得干巴巴地燥热起来，晒得人生疼，却也好歹好过南方的夏天，攒着空气中的每一份力量在发热，阳光跟空气中的水汽串通好了合起伙来，明目张胆地钻进人们的毛囊，走个两步便是一身大汗，收拾了一早晨的化了妆的姑娘们，一出门便狼狈得要了命。

"你说你这孩子，去上海干吗的呀，这不瞎折腾么不是，你爸那啥之前不是都给你在美国安排好了么，我跟你说啊，早晚都得去，别又想什么歪主意。"

黎吏见箱子挤挤满满的扣不上扣，索性又将理好的衣物一股脑倒了出来，重新收拾。

"我说的话能听见么,别给我装。"

中年女人见状轻叹了口气走到床铺前帮着忙收拾起来,她的手脚可比黎吏利索多了,还是方才那么多些东西,不一会儿就将箱子轻轻松松盖上了,还富裕了一些空间塞了些拖鞋衣架子之类的杂物。

"我看你这么多书这次也都可以带回家了,下学期你大四了也没什么课了就住家吧,你要不回家住,家里就妈一人也怪……咱分几次把东西带回去,别到时候拉不动,这么多书也挺沉的。"

女人朝床铺旁的书架走去,挑拣着一些她认为无用的书往箱子里放去。

"这么多王小波,你都看过了么。"

"妈,您就别管了,我自己收拾。"

黎吏听见"王小波",像是自己辛苦培育的一方园林叫人发现了竟要闯入践踏,惊慌不安地从女人手中把书夺了过去。

"景媗,这个咱们上了大学呢,跟高中不一样,高中啊,这个,任课老师啊,班主任,都会在后头盯着你,大学生学习呢,还是得要靠自觉,啊,这个……"

这头景媗站在班导的办公室里,两手攥得紧紧的低着头,手指甲一遍遍地掐着肉,也不晓得疼。

"你入学的成绩我看了下,在咱班里也算是前列了,咱们这个学校,你要知道,不努力,就会落后,大家高中都是跟你同样成绩优异的孩子,谁也不差着谁,是吧,在我手里头呢,像这种大一就挂专业课的情况是极其少见的……"

班导是个四十开外的中年妇女，高雅秀丽的妆容焕散着这个岁数女人的大气，她在"极其"两个字上加重了音，景婠下意识地紧闭双目，手指抠得愈深了些。

"听说你有次小测还缺席了，是有这回事吧？"班导站起身往自己的保温杯里头加水，"我有点儿不明白了，看着挺清秀安静的一个姑娘，这学习状态是怎么回事儿啊？"

景婠不说话，只是将头深深地埋着，她觉得此刻的一切糟透了，从小到大成绩那般优异的她怎会想到有一天作为差等生在老师面前被接受这样的谈话？她身子微颤，突然有一刻觉得自己灵魂出了窍，这个羞耻的女孩并不是自己。她的脸颊在烧，耳朵根子已然猩红，血液不知所措一遍遍地流淌直至冲上头顶，在每一个快要站不住面临崩溃的瞬间又找了个拐角缓冲了下来，她想这大抵是人本能中关于情绪的自救。

班导端着保温杯倚着桌子望着她，显然是在等她的回答，或者说是悔悟。过了一阵她突然又站定身子换了副笑脸冲景婠身后打了声招呼。

"林老师。"

"唉，陈老师，还没放假呢？"说话的声音如空谷幽兰，那时它真真像一瓶解药，只需一滴，便将景婠身体里的坏情绪统统驱散了出去。

"这不是，诺，给学生上上思想课呢。"班导放下保温杯，嘴拱了拱景婠，眉头轻轻地皱了起来，眼角流露了失望的神情。

"刚巧我找这孩子有点儿事儿，您这儿……您看你要是还没谈完那，景婠，一会儿等陈老师这儿结束了你来趟我办公室。"

"不不，结束了结束了，林老师您把这孩子带走吧，我这儿收拾收拾也回家了，假期快乐！"

林桐意和门里的人一边寒暄着一边带景婠走出办公室，"你怎么还没回家啊，赶紧收拾收拾回去吧，不回去等着挨骂啊，学校再好哪有家好，再说了这地方有你呆的呢，还得呆三年呢。"

　　林桐意散着及腰长发，发梢还有些水珠，少一晃动，扫过一片乌黑，景婠喜欢看林桐意洗过头发自然晾干的样子，有种原始的美，朴实、浓烈。她出了神，没想到林桐意将她从班导那儿带出来竟是让她早些回家去，心里头的悔疚又倏地涌了出来，更甚过方才。

　　她顿住步子，应是要讲点什么，可双唇像是被缝合上了，使劲力气也张不开嘴。

　　"怎么了？因为挂科？"林桐意撸了撸头发，来回几下，手上便绕了一圈发丝，她浅语道，"年轻真好，至少不会因为脱发而烦恼。"

　　景婠自是不懂所谓的脱发的烦恼是怎样的，她喜欢林桐意那一头乌黑的发，时而瀑布似的倾泻直下，时而细流般缠缠绕绕，她不希望林桐意有脱发的毛病，可眼下她自己的烦恼是那要了命的《古代汉语》，其实要了命的自然不是《古代汉语》，是什么自己也不愿说清楚罢了。

　　"景婠，你挂科呢，除了期末卷面成绩分数不高之外，还有就是平时成绩不合格，我看了下上半学期都还不错，主要是有一次小测你缺考了而且并没有向任课老师说明原因，那，这就是态度的问题了，对吗？你知道他，是个很严谨的老师。"

　　景婠晓得林桐意说的"他"是"老枪炮"，她不是没有在心里琢磨过去跟他道个歉要求补考，只是不知道谁给她的那份自尊心始终在作祟，她觉得这样的自己丢尽了脸面，乃至都走到了教室办公室门口，又拔腿跑了回去。

　　起初她只是无法接受人生中出现了"补考"这两个字，她悄悄地绕了过去，却没想到后方是"挂科"在等着她。

　　"我鼓励你们在这样的年纪尝试一切新鲜美好的事物，我的大学生活，你知道，索然无味，时常想起总觉得遗憾，但也不后悔，老师只是想告诉你，年轻人要有尝试精彩的勇气，也要有限制精彩的分寸，别留遗憾，更不能后悔，要知道后悔可比遗憾要命多了。"

她知道林桐意没有怪她，也没有像班导那样对她表示失望的神情，她爱听林桐意跟她讲"大道理"，总听人说学文之人讲话"有水平"，大约就是林桐意这般吧，把文艺气揉进了骨子里，春风化雨，润物无声。

跟林桐意道了再见之后景婠便盖着烈日怏怏地走进了宿舍楼后门，隔着走廊望见前门台阶下两首叉腰斜着脑袋，那条海军条纹裙在这样毫无风丝的夏日静静地遮盖着主人的双腿。

"你还要我说多少遍，我们没可能，就算我勉强同你在一起了，你觉得我爸妈会答应我同一个连大学都没上的专科生在一起哦？话虽讲得难听，但也是你逼我讲的，你不得不考虑，这是什么啦？这是现实。说白了，我现在感觉我们俩的差距是很大的，精神层次已经错开了，你还要挣扎什么呢？"

"可是我为了你来了北京，你高中毕业的时候不是这样讲的啊！"

站在童知之对面的男孩子压着怒火在做着一遍遍无用的挽留。

"谁都不晓得将来会怎样，你就算我当时年少无知，好哦？我也没有叫你非要来北京，你自己要来的怪谁，怪我？你看你，自己做的决定自己不负责反而怪到别人头上去，这就不是一个成熟男人的表现。"

童知之这个学期的专业课考了全班第一名，景婠看着她盛气凌人的模样，突然间感到有些陌生，她矮小的样子愈加立体，强大。

"也就是说你讨厌我了，是吧？"

"哎，你要我怎么说呢，说了你也不明白。"童知之双手散开拽了下裙边准备走，"你不讨厌，可是全无用处。"

童知之走后男孩再也框不住的眼泪滴落在胸前的大链子上，被不识时务的阳光照得晶莹剔透。

"骁骁在家里头吃饭好哦？"景婠娘在灶头抄持着锅铲，一边扭着身子来提高嗓门喊。

"吃的吃的，难得回来要同阿伯吃一杯的。"景骁一头帮景婠收拾着去上海的箱子，一头笑盈盈地应承着景婠阿娘。

"谁叫你答应了哦！不要同我阿爹吃酒，你多大岁数，他多大岁数啊！"景婠从景骁手里头抢过衣裳，"你去帮我奶摘杨梅去，她要泡杨梅酒的，别在我房里头了，女孩子的衣裳你哪里好乱碰的。"

景骁被景婠撵出了屋，他反倒是挺高兴他两人像是又回到了去上大学的日子，那时他没事总喜欢缠着景婠，景婠又总是三五时地将他赶走。说好一起报考北京而没有履行到的疙瘩在他们心里也被时间带走了去，就同世上所有的事一样。

吃饭的时候景忠国从皮夹里拿了一沓钞票放在了桌上，说是昨天刚取的叫景婠带去上海便也不作声了。

"不用的阿伯，租房子的钱我阿爹都安排好哇他都给了我了，蛙蛙同我一道去你还不放心啊，哪能让蛙蛙出钱的，阿伯你赶快收回去。"

景骁见景忠国将钱放进景婠衣服口袋叫她收收好，像是并没有听到他讲话一般，又连忙讲，"我阿爹卖楼挣得多，你们不用替他省钱的，都叫他出好了！阿伯你当个大队书记能有多少钱工资哦你赶快收起来吧哎呀！"

景忠国不作声，只有景婠见他稍一阵红了脸，抿了抿嘴，不自得很，旁人都没注意，便拿着钱放进皮夹子里好好收起来了。景骁见这父女二人都像是故意不搭理他似的便也不作声了。

吃了饭景老太拿了几个塑料桶，去到堂前坐在井边泡杨梅酒，她讲景忠国有肠胃病，每天定要吃点杨梅酒。

景媔蹲下身子靠着景老太，抓着筐子里杨梅，一个接一个吃得小嘴砸吧砸吧的，院子里的这两棵杨梅树，每年夏天满枝丫的杨梅果子说来就来，冒出了密密麻麻一树，压得全滚在院子里，弄得堂前紫红一片。每年这个时候，谁都不晓得它们到底是什么时候开始有了第一颗果子，仿佛真的就一夜的工夫。二十岁的景媔不晓得，五十岁的景忠国不晓得，就连七十岁的景老太也不晓得。

"哟，还……还……还是这么甜！"一只胖乎乎的手从景媔眼前伸过，抓了颗杨梅塞进了嘴里，景媔仰着头，看见季小菊一边吃着杨梅一边冲景老太打招呼。

景媔站起身，兴是蹲的时间长了眼前有点儿恍惚，季小菊是镇上人，她同她是初中同桌，那阵光景倒是要好，也来过景媔家几趟，高中同校不同班级便少了交往，上大学后也没联系了，她胖了些，印象里的那一脸雀斑也不见了，单眼皮也变成了双眼皮。

"我来找景……景骁，我刚给他打……打电话了，他讲他在你家……家里头，他人……人呢？"季小菊没怎么看景媔，两眼睛一直勾着屋里头。

景媔搓了搓手，带她进屋找景骁，景骁正在帮景媔娘收拾灶头，见着季小菊便像见了鬼怪似的手都不洗就往出跑。

"你怎么找到这里来了啊！小姑娘家家的不要这么主动，你还不害臊！你站着别过来，就这样讲话！"

景骁又逃到了院子里，景老太坐着看着他笑。

"那谁叫你不接……接电话的！男孩子不接……女孩子电话，你要……要……要不要脸！"

很久没见的季小菊还是那样敢讲敢做，什么事情只要她想做到她嘴里头都是那么的理直气壮。

"好了……好了，我爸现在不是包……包……了一片山头做茶……茶庄嘛，然后他新弄了一个什么农……农……农家饭店，里面有吃饭啊住……住宿啊还有游戏室啊棋……棋牌室啊，还可以钓鱼啊烧烤啊，可以玩……玩……玩一天哎！"

"别玩了，所以呢？"景骁木着脸问她。

"所以我就想来叫你，"季小菊清了清喉咙，"叫你们，一起去啊。你去……去吗，景婳？"

景婳当然晓得季小菊的意思，她虽说心里头不晓得怎地有点不太高兴，但也不能在这种时候凑她的热闹。

还没等景婳开口，景骁便讲，"不去不去，我要同蛙蛙去上海呢，蛙蛙是好学生，我们要去实习，你以为谁都像你一样不要好那么爱玩，你自己去吧我们没空。"

听到景骁这般言语，景婳有了些情绪，她说不出来，是不安，还是羞赧，抑或都有。

景婳径直走到阿娘身边撸了袖子帮她浸了抹布抹桌灶头，"阿娘，阿爹好像有点不高兴咯，今天他话不多么，嗲事情？"

景婳娘用力地刷着锅子，"老久看不见你么总是想的哇，这里你刚回来又要去上海实习了，他不心里头有点那个么，我们都晓得你要好，早点实习实习也没的坏事，他有的时候想你也不讲，就去你房间看看，那副神情我哪能不晓得是嗲意思，我在家经常同他讲，孩子大了总归要离开我们，我陪他不就好了，你别多想了，你去你的，他过两天就好了。"

景婳倏忽转过了身，快步跑出了屋外，她的心头软塌，化成了泪，涌泄了出来，她需要一个角落来湮没它们，背后只剩得景骁和季小菊的打闹声，刺刺不休。

二十、

子期子期兮，你我千金义，历尽天涯无足语，此曲终兮不复弹。

杂志社不大，在一路大梧桐底下走着走着，还没留神就已经到了，门口挂着"文友杂志社"的白底黑字竖条的木匾，再往弄堂里深走个一小段青石路，便是杂志社的那幢小楼了。

小楼三层高，红瓦外墙，青绿推窗，上海的老楼几乎都是这个模样，一副阴湿孤冷的气氛，蜿蜒的楼梯搭个木扶手，脚底下蹭蹭的声响整幢楼都能听见。

"一楼是仓库，我们工作区域主要在二楼，三楼只有一间办公室，主编用的。"

一个高个头的女人带着景婠和景骁在杂志社熟悉环境，她戴着眼镜，头发做了个髻利索地别在脑后，不知道是不是面颊太瘦的原因，她的颧骨看起来有点突，她眼睛很大，眼窝有些凹陷，景婠不由得想起景老太常说面孔没的肉的女人没福气，咧嘴笑了起来。

来杂志社之前是景骁给这个女人打的电话，联系方式是景志业给他的，景婠佩服志业叔在社会上的本事，怎能哪里都认得人，哪里都好办事呢？

"我姓杜，叫子期，伯牙子期的子期。"姓杜的女人伸手把面颊上滋出的几缕头发精致地别在了耳后，嘴巴弯成了大气典雅的弧度。

杜子期给景婠和景骁简单地介绍了杂志社的组成部门，并安排了景婠在编辑部跟着丁瑶，景骁就跟着市场部多在外头跑跑干些粗活打打下手。

丁瑶是个采编记者，安徽人，瘦瘦小小，皮包骨的双手不停地在敲击键盘，声音响得生怕旁人不晓得她在做什么，听杜子期讲丁瑶在上海念的大学，念完大学来了《文友》，到现在已经两年多了，别看她年纪小，她来的时候《文友》还刚创办没多久，她在杂志社属于元老。

景婠上唇没着下唇，轻手蹑脚地端了张凳子坐在了她旁边看她工作。

杂志社里头没几个人，大约是出去干活了，头顶上的老式吊扇应只用来是装装古典文艺的道具，缓慢地转动，都能看得清老黄的扇瓣。杂志社有一面贴图墙，上头挂满了从开社到现在的每一期封面，这确实是一个好的集体文化，它会令人在硕果累累的满足中还不断地为下个封面而憧憬。

"实习？"丁瑶头也不抬地冷不丁冒出了一句。

"啊？嗯，对。"

"大三了？"

"不是，大一，升……升大二。"

敲击键盘的双手在上空顿了两秒，她回过脸看了看景婠又继续工作，"现在的大学生都这么拼了？"

景婠闷声不讲话，她自然晓得自己来上海的原始目的，要不是黎吏，她……想到自己竟这般没脸没皮，不好意思地将头埋了下去。

"大一的话……那你只能帮我做些基础的审核工作啊,这样,先帮我看看这篇,改下错别字,注意下标点。"

丁瑶说自己下午还有个采访便拎起包就走了。景婠认真地看了一遍又一遍那只有两千字的稿子,生怕这第一个工作任务就完成得不好叫人笑话,还害了志业叔的脸面。

抬起头的时候已是午后,杂志社空无一人,景骁也不晓得什么时候出去了,景婠站起身挪了挪有点发麻的双脚,她向楼道走去,楼梯是回旋的,她拧着身子向上探,主编办公室的门也是锁着的,她看了看墙上的钟指着三点的方向,整幢楼便只剩她一人了,想想这样的工作也无味得很,便在楼道里"啊啊啊"地听着自己的回声笑起来,兴致高涨了还会唱两句流行歌曲,空旷静谧的楼道将这桃李年华的声音包装成了燕语莺声,动听至极。

景骁租的房子就在杂志社对过,上海的街道两旁尽是高大且馥郁的梧桐,住在这种矮旧的老楼里,推开窗就有梧桐叶子欢天喜地地落到你家里头,外头看起来窳旧得很,屋子里头确是一片新气,洋式沙发,洋式厨卫,黑木色地板,屋子不大,可也算是简洁大气。

自然没有人不喜欢这婀娜多姿的梧桐树,景婠推开吱吱呀呀的窗户,就有一片梧桐叶经不住烈日的烘烤摔落到一位金发碧眼的美女身上,这番情景,十足的小资情调。

她没有给黎吏打电话告诉他她已经在上海了,她还没有想好怎样讲,才能显得她的到来自然不刻意。

"蛙蛙,我住你对过,有什么事敲门就行了。"景骁大汗披肩地站在景婠屋门口,"快累死我了,扛了一下午设备,就是把我当免费苦力了,写写文章的地方还这么累人,你毕业要进杂志社啊?不讲了我去冲个澡,晚上我带你去吃本帮菜。"

景婠晓得景骁的住所朝向没自己的好，风景自然也就差些，不过对于景骁那样粗枝大叶的男孩子来讲，窗外是怎样的景致倒真没什么关系。

晚上吃完饭二人逛街的时候，景婠买了一个大娃娃熊，又买了一张棉麻的条纹地毯和一些挂件摆饰，她第一次有了自己独立的居住空间不免有点兴奋，她甚至幻想着讲不定黎昃某一天会来她的住处拜访，更加精细地打扮起这一方天地来。

景婠的工作重复而单一，丁瑶并不会将主要的文字工作交给她做，心情好的时候没准会叫上她一起出采访，大多时间景婠只是在丁瑶工位旁边的小桌上改错别字。除了她之外每个人都很忙碌，他们在这局促的空间里快步穿梭，空气中每日每日的尽是手指敲击键盘的声音、打印机机械干燥的声音，还有楼上主编办公室进进出出开关门的声音。每天下午，杂志社就少有人在了，只剩得景婠一个人在里头，哼着歌，等到值班的大妈来锁门她便离开。只是来这两个礼拜，景婠还不曾见过主编，对三楼那扇门里的人不免有些好奇。

"丁瑶你现在赶紧去南京西路，小钱路上出了点儿状况，快收拾一下，具体位置我发给你，哦对带着景婠！"

这天杜子期大早上站在门口给丁瑶布置采访任务，不知道是不是本身轮廓分明的缘故，她的妆总是很淡，虽然淡，可恰到好处，虽然恰到好处，可在旁人看来，依然有种说不出哪儿滋生的距离感。

"是不是所有女人到了三十岁，都得化妆？"路上景婠问丁瑶。

丁瑶扶了扶镜框，清了清嗓，"错，我就从不化妆，因为我认为女人的价值不在于皮相，二十岁的女人化妆，是为了美丽精致，从而取悦他人，三十岁的女人化妆，是为了遮掩衰老，从而取悦他人，试问，我为何要取悦他人？"

丁瑶双手一摊作出质问的表情，景婠云里雾里地点点头，算是给了丁瑶肯定的回应。

"那你谈过恋爱吗？"

丁瑶被景婠突如其来的私人问题弄得有些尴尬，但在晚辈面前也不能失了仪态和气度，"没有啊，当今社会的女性，谁还需要靠恋爱来充实自己？再说了，谈恋爱是多浪费精力浪费钱的事情呀，划不来。"

看着景婠又若有所思地点了点头，丁瑶稍稍扬起了头，对自己的回答十分满意。

之后路上俩人没有再说话，这个采访应是另一位叫小钱的同事负责的，他同丁瑶负责的板块不一样，无奈小杂志社人少，才让丁瑶顶了上来，她必须用在路上的两刻钟工夫把功课做好，采不好，稿子写得没水平，下期内容可不就得开天窗了。

"怎么是他助理呢？这，也没说他助理是个外国人啊！"

到了现场，丁瑶发现原先他们需要采访的那位新锐漫画家压根没见着人影，她急得直跳脚，漫画家的助理是个美国人，而丁瑶的英语水平并不高，简单交流没问题，口头深度采访确是有些困难。

"别急别急，要不打电话给杜姐吧？让她过来？这不前面还有一家在采着呢么，我刚才问了一下，他们才刚开始没多久，今天就咱们两家，小漫画家架子应该没那么大，实在来不及让他们等等咱们叫杜姐过来。"

"景婠，你是不是疯啦？没主意别瞎出主意行么，你叫主编过来给我救场？我活腻了还是你活腻了？"

"主编？杜子期？杜……杜姐？"

"你不会不知道她是主编吧……"

景婠呆愣着晃着脑袋。

"你们是《文友》杂志社的吧，你们这边稍等一下，喝点茶，我们工作室比较小，怠慢了。"

漫画工作室的工作人员领着她俩在门口沙发上坐了下来，丁瑶在一旁忙手忙脚地开电脑查英文，不一会儿景骁拿着相机也到了，景婠想他这门外汉的三脚猫工夫能照相，看样子也是临时被顶替过来的。

"主编也是，喊你们俩娃娃过来，什么忙都帮不上，给我添堵。"丁瑶抬眼看了眼景骁，叹了口气。

工作人员给他们倒好茶便转身开门进了采访室，里头的人声顺势飘了出来，扎进景婠的耳朵，像惊雷一样在耳道里炸了开来。

她像触了电，晃晃悠悠地站起身，悄悄地打开了门，他还是喜欢邪魅地勾着一处嘴角，轻轻上扬。熟练的口语从他口中山泉般流淌出来，从容不迫。他没有再穿运动装，而是穿了一件白色长袖衬衫，袖口向上挽了起来，腰间系一条方正简单的腰带，腰下穿了一条笔直的灰黑色西装裤，脚上是一双英式雕花休闲皮鞋。他坐在那儿，旁人已然黯淡逊色，仿佛摄影组的追光不小心给了他一束，让人生生地挪不开眼了。

"黎吏，你好。"

二十一、

定是这绵绵夏日太过灼热，阳光照晒得一切都是那么焦辣辣。

"喏，录音笔在这里，翻成中文，我明天要。"

回到杂志社，丁瑶从包里掏出录音笔，满脸阴霾地把它扔到景婳的小桌上。景婳晓得她方才的工作不顺心也不敢多句嘴只得点头应下来，不上口亦不入耳的纯英文交流，导致了采访的不流畅，提问都是半小时内准备好的，仓促简单，问题之间也没有连贯性，简单地说，这是个糟糕的采访。

丁瑶滑下身子仰在椅子靠背上，几滴汗珠顺着鬓角沿着脸颊的弧线加速度驶向下巴，等待着同伴汇合，随即铆足力气扑腾到了衬衫领口上，景婳好像听见了那一声叮咚，就像是野林深处的泉水击石。

她想拿出电子词典，又怕声响太大吵着丁瑶，也干脆闭上眼，听着头顶的电扇吱呀吱呀。

"《先锋志》那个小帅哥，你认识是吧，他也实习的？之前没见过他啊！"

丁瑶乍然从椅子上蹿起来，晃的头顶上的风扇像是也快要震落了下来。

"嗯，算……算认识吧……"景婳想起先头在采访时的偶遇，脸颊有些发烫，定是这绵绵夏日太过灼热，阳光照晒得一切都是那么焦辣辣。

她定了神，耳旁嗡嗡地热闹，她哪还知道这里头外头的人都讲了些什么。不晓得又过了多久，她见他站了起来，挺直了顾长的身板，一改了以往颓痞的样态，换了一副成熟男人的精气神，同外国助理握了握手。景婳被自己心底里将他想做一个"男人"的念头挠地痒痒起来，心跳得更加剧烈了。

"刚好你在这儿，和你们团队的人说一声，二十分钟后就可以开始了。"

漫画室的工作人员打开了半虚着的门，差点儿跟杵在门口的景婳扑个满怀，她稍显尴尬地扯了扯嘴角。

景婳轻吸了口气，"好。"

转身的时候像是被一股巨大的吸力拽住手臂往后拉，她在原地艰难地稳着脚跟，才让自己正在战栗的身子没有因为失去了重心而难堪地摔倒。

她没有回头。

一阵陌生的男士香水的气味从她侧身擦过停留在了她跟前。

"丫头，你怎么在这儿？"

他松开了拽住她臂的手，又半倾着腰慢慢附到在她耳边，同他的笑一样，这是让景婳无力抵抗的惯性动作，"追我追到上海来了，行啊你，看不出来啊，有这劲儿呢！"

黎吏的大手覆在景媚的头发上，顺着她的发线抚了抚，香水味过后，景媚还是嗅出了熟识的大男孩的气味。在他面前，她的思维是混乱的，她在短时间内组织不出漂亮的言语来掩饰自己的羞人答答，她不晓得是不是因为一段时间不曾见，与他又生疏了起来的原因，自己竟这般忸怩，只得红着脸，佯装忙碌的样子道了几句冷暖便跑开了。

"你认识那个人？"景骁拿着相机漠然地看着面泛红晕的景媚。

她低下头，前前后后地打量着素面朝天的自己，一件白色印章短袖因为时间太久的缘故已然有些泛黄，为了轻便凉快，早晨还特地换了条抽绳麻布裤子，脚上还是那双走哪儿穿哪儿的黑色帆布鞋，只是鞋带也都快成了黑色。

每一个晚风拂面的夜里，景媚都会设想着在这另一个城市，与黎吏的百千种的碰面场景，在那些场景里，自己落落大方，温婉典雅，甚至有万分之一的可能性会他们会出现在一个高雅的酒会，她穿着黑色晚礼裙，从容不迫地同他谈天说地……

然而事实上，他依然是千百般设想中的那样彬彬气质，翩翩浊世之佳公子般，倒是自己……景媚开始懊恼，为何迟迟不同他讲自己来了上海，人家讲有准备的仗才能打得响亮真是没错。

"你想什么呢？跟你说话呢，到底认识不认识。"

丁瑶拧着眉头，细眯着眼睛，使得原本就不大的眼眸子看着更加小了。

"你去跟他活络一下，聊聊天，记得聊点有用的。"

"有用的？什么是有用的？"

"哎算了算了，你这脑筋，办不了这事，"丁瑶把椅子往景娟跟前拖了拖，压了压嗓子，"你俩不是老相识了么，这样，晚上你约他出来吃饭，你把我带上，到时候你就说咱俩下午一块在外头跑呢，就一起吃了。"

景娟有些夷犹，她当然晓得丁瑶的意思，也当然晓得"资源共享"是个搬不上台面的做法，只是这样一来，她竟抓住了个从天而降的送给她的机会跟黎吏名正言顺地联系上，她又紧握着舍不得放开了。

"你现在别说我也去，知道吗，到时候见面再说，哎哟都不晓得你听懂了嘛……"丁瑶拎起包，"我回去一趟，你赶紧把它翻译出来，我好赖也挑些能用的，晚上咱们约个地方碰头。"

她说着朝门口走去，又跟老妈子似的想起什么回过身叮嘱道，"给我约啊听见了吗，不然稿子你写，那什么啊，你也回去一趟，换件衣服，乡啦吧唧……"

直到景娟将手机捂得发了汗，她才决定了给黎吏发短信，而不是直接打电话，她害怕电话那端的声音搅了她的方寸，又语无伦次地叫人笑话。

地方是丁瑶让订的，叫什么"啤酒花园"，她说这地方是他们杂志社专用招待地，回头吃完了开张票能拿回去给财务报了。她还特定留了一张室外的靠街的台位，街是步行街，坐在这儿可以看着熙攘的人群来回攒拥不用说话从而避免相觑无言的尴尬，所以这个位置是上佳的。

只是有丁瑶在，倒也不会没的话讲，比他们大不了几岁却是杂志社元老的身份让她觉得自己只是在同两个小娃娃打交道罢，整顿饭昂首挺胸地侃侃而谈，这种场合对她来讲，不费力得很。她穿了一件黑色真丝衬衣，下面套了一条米色一步裙，可能是经常跑在外头的缘故，丁瑶的双腿很结实，上身又很精瘦，这样的打扮确是扬长避短了。

景婠穿起了那件同蒋怡娟一道在五道口买来的白色针织链条吊带，买来这么久她还不曾舍得穿过，在学堂里又怕招了好事学生的白眼口舌，但上海的夏日是果敢奔放的，它会为热情青春的女孩摇旗喝彩。

"听小婠讲你马上升大四啊，我看你口语那样子好，是准备要出国的哦？"丁瑶坐得端正，她晃了晃酒杯瞄了瞄黎吏，打算开始她的目的性谈话。

只不过这句话一问，倒惹得黎吏失了主意，他像是被旁人拆穿了蹩脚的把戏，不晓得怎地收场才是，慌神望着景婠，"你怎么知道的？"

"啊？我？我知道什么？"景婠被黎吏问得莫名，放下端起的啤酒杯，这儿的啤酒有些醇厚味儿足，喝得着急，眼前竟开始有些晃荡，"出国？你要出国吗？"

"也……也没准儿呢……"黎吏把脸撇向了道上来去的人群，躲开了景婠小心追问的目光。

丁瑶发现话题并没有向她所设计的方向行进不免有些着急，她让大家举起杯子三人碰了一下，除了她自己，那两个小孩竟都仰着头一口气往喉咙里倒个精光。

丁瑶用手肘戳了戳景婠，私语她不要再喝了帮忙想办法，景婠只得借着酒胆横冲直撞地问了出来，"今天早上采的稿子能借来看看么？"

"呃不是不是，我们不是这意思，小婠你胡说八道什么？小丫头家家的不会喝酒学人家男人干杯，丢人了哦。"丁瑶的脸红一阵白一阵，手在底下拧了拧景婠的大腿以示惩戒。她哪能闻不到这两个孩子之间奇怪暧昧的气氛，感觉自己像是蹚了趟浑水，摇着头挥手示意服务生买单了。

"现在的年轻人哟……"丁瑶像是个饱经世事的老者，仿佛自己这也只有二十多岁的年纪是不作数的。

"给你看也行，"黎吏撑着半醺的脑壳，侧着面，嘴角又自然地向上扬去，他像是无力又像是有意地朦胧着眼睛，他的睫毛很长，黑夜里的星点灯光挑中了它们，在眼睛下方的面颊上一丝一缕地被映射了出来，一根也不曾少。

它们眨呀，眨呀。

"但是今儿，你得陪着我。"景婠定定地看着黎吏，分明地听见他说出这几个字。

他们坐在了江边的长条凳上，脚边是几瓶空啤酒瓶，星回斗转，夜色深沉，江浪规律地随风拍打，这城市白日喧闹的一切，一不小心都会被这苍茫的夜幕吞噬。

景婠双手撑着凳子将身子往后坐了坐，脚往前晃了晃，撞到了立着的空瓶子，那一声清脆，在这醉人的夜里，很快便被即耳的风声带走了。

她便转脸看着黎吏，摇头晃脑地笑着，他也望着她，同她一起笑了起来。他们不说话，偶尔碰碰酒瓶，他们或许各有各的心思，又或者谁都没有心思，只觉得良辰美景不复来，不敢打搅了这番情景罢。

景婠放下了最后一个酒瓶的时候，双手环住了黎吏的颈脖，她浅笑着，微微地侧过头，看着那张摄人心魄的好看的双唇，覆了上去。她的动作很熟练，像是在家里头练习过千八百次；抑或是酒精的作用，她不再羞怯，只是学着电视和书里头，稳稳地朝着心爱的人儿吻了下去，谁又晓得呢。

她感觉到唇下的人微扬起嘴角，他的嘴巴随即轻轻蠕动起来，她这才感到羞意，自己并不晓得应该怎样应承，她像是个身袭礼裙的舞者，邀请到了心仪的舞伴，舞曲奏响时，方才想起自己不曾学过跳舞，于是乎她生硬地挪着脚步，不仅自己跳得难看，还频频踩到了对方昂贵的皮制鞋履。

她轻吸一口气差点呼出了声，她的下唇被黎吏叼啄着，咬了一下又轻轻地松开了，"丫头。"

"嗯？"景婠烫红了脸不敢抬头望他。

"酒喝太多，我要如厕。"

小屋应是知道有客造访，温馨整洁，屋里的每一寸空间都沁透着女孩子特有的香气。

景婠在外头倒了杯水，慌张地等黎吏从卫生间里头出来。她低头递上了水杯，却被黎吏接过去放回了桌上，随即扶住她的腰，将她压在了床上。

枕头上是景婠发丝的味道，他将她覆在身下，细细地闻着，床单，枕头，这里，那里，他一遍遍摸着景婠的头发，又一遍遍地亲她的额头，鼻尖，嘴唇，他"丫头，丫头"地叫唤，仿似今日不叫个够本，往后就再也没得机会了。

他的手臂从她身下划过，拖着景婠的头，他定定地看着她，突然对准了她的双唇狠劲儿地啄了下去，她紧紧地闭着双眼，不敢睁开，认由一股热流席卷而来，侵入每个毛囊。飘忽中仿佛听见那红栏木窗被夜风儿卷开了，它邀请了许许多多的梧桐叶子，排着队儿飞了进来，悄无声响，它们托起她的脸，缠住她的小细腰身，像一根被施了魔咒的藤蔓，在她身子周围游走。

过了许久，他抬起身子，望着身子底下小脸通红的景婠，一字一句地说，"丫头，你可以吗？"

景婠晓得他问的是怎的意思，她低垂着眼帘，手指不由得扣在了一起，她犹豫了，她一直以为自己是个矜持自守的姑娘，她接受的教育，是一个女孩子到结婚之前都必须是一个黄花大闺女，阿娘倒是从不曾跟她讲过这些男男女女的事情，只是她晓得大家都是这么做的，自己也必须这么做罢了。

"丫头的眉毛可真好看。"黎吏捧着景婠的脑袋，拇指顺着她的眉弓往后抚触，然后翻过身子躺在船上，不一会儿便睡着了。

她忽然想起，曾经也有一个人，说她的眉毛，真好看。

景婠一动也不敢动的身子终于可以坐直了起来，她给黎吏盖上被子，拿了床薄毯躺在了沙发上，昏沉欲睡，模糊中她像是听见了楼道里开关门的声响，声响很大，震得她脑袋生疼。

二十二、

她晓得只有出了这个村子才会变，只有到外头才会变，在这里待上一辈子，是变不了的。

景媚被正午密集的"知了知了"声叫醒，这声音像极了交响乐曲，听多了竟有磅礴恢宏之感，梦里梦外有一瞬间，景媚以为她不在上海，而是回家了。

黎吏显然是已经走了的，只是桌上半洒的水杯告诉她他确曾来过罢。她看了看电话，这个在她周遭来去自如的人儿，依然没有留下任何讯息，再次悄无声息地离去。

一个礼拜一天的休息日让景媚不由地争分夺秒起来，她使劲摇晃脑袋，想让昨天夜里的那些不该被记住的记忆让这乌泱的蝉儿带走，她迅速地整拾了床铺，打扫了屋子，扎了马尾准备喊着景骁一道出门去吃吃喝喝寻寻乐子。

开门的时候景媚便看见景骁站在走廊那头靠着窗户望着外头，她想他应是出了神，不然早就蹦跶到跟前，叽叽喳喳开了。

"你来上海，"景骁突然讲道，"是为了见他哦？"

景婳脑袋里头嗡的一声，倒也不是怎的不得了的秘密，只是叫眼前这个人发现了去，心里头除了羞怯，竟还多了些惊惶不安。

"昨天夜里头，"景骁讲话的时候一直侧对着景婳不曾转过身子，话语声也在微弱地颤抖，"他什么时候走的？"

"我也不晓得。"

景婳讲的是实话，她确实不晓得黎吏是什么时候走的，景骁这突如其来的质问叫一切情理之中都变成了情理之外，连她自己都不晓得该如何同他解释，只是仔细想想，自己又不需要同他解释。

景婳没有再上前，她原地站着，像是在等景骁的批骂，她希望他骂道，骂道完了她拽着他一同去吴江路吃小食，只是除了窗外的蝉鸣，此刻没有任何声响。景骁看着窗外，景婳也转过头去看窗外，她想，再多一个礼拜她就要回家了。

"你变了。"景骁最终转过了身，直直地锁着景婳，"景婳，你变了。"

她不知为何想起了田姨，景骁他阿娘，每次回家碰见田姨，她总是要讲"蛙蛙"变了，变漂亮了，变得像个大城市的姑娘子，她听到这样的讲法，自己总是欣悦的，村里头的女人是不会变的，田姨看景婳的时候，眼睛里头也总有源于女人家的羡慕，她晓得只有出了这个村子才会变，只有到外头才会变，在这里待上一辈子，是变不了的。

景婳捉到了景骁的眼神，同田姨的眼神不一样，他讲她变了，竟有些失望和消沉，她想讲些什么去赶走这些失望和消沉，可满世界知了的声响闹得她什么话也想不出来，定定地望着景骁回了他自己的屋子。

她盯着窗户外头的梧桐，里头明明有万万只吵人的蝉鸟，竟不曾见一只，阳光透过枝丫，在青石路上斑驳陆离。

"他没有叫我'蛙蛙'，他叫我景婳。"

杜子期叫大家伙都去加班的时候景婠正在太阳下头走着，她不晓得自己要去哪里要去做什么，景骁的话语几乎倾盖了满世界的蝉鸣，在景婠的脑瓜子里重复，就如在班导跟前被训斥那般不自在，她希望任何人都认为她是好的，是优秀的，这其中当然要包括景骁。

进杂志社的时候，丁瑶正从三楼往下走，她拧着眉，撇着嘴，高跟鞋像是快要把楼梯踩出缝来似的用着劲，不晓得是要给三楼的人听见，还是要给二楼的人听见。看见景婠的时候，她并不避讳自己的不悦，大大落落地给了景婠一个白眼。

景婠跟着丁瑶走了进去，她经常能看见这幢古老的楼里有朦胧的雾气，有时她猜想是热浪，层层团起，升到了顶上的老式风扇里头，又不见了。

"大家手上有什么好稿子，平时自己写的采访、随稿，什么都行，拿上去给主编。"

丁瑶站在自己的座位上，跟杂志社的其他人讲话，她自是有一副老姿态。

"怎么了？怎么突然要稿子？把大家叫来就这事吗？"景婠悄声问。

"怎么了？你讲怎么了？那天那漫画家采访稿用不了呗，我就晓得，你么，也真是什么忙都帮不上，叫你帮我探探话，你倒好，自顾自两个人谈起恋爱来了。"

景婠听她这样讲只得闷着头不敢作声了，没帮上丁瑶的忙被人讲两句也不是讲不得，她平时倒是有写写画画的习惯，学文的人平时这点操练还是有的，她心里头琢磨着，想着能不能帮上这个忙。

上到三楼的楼梯变成了木制的，像是天外飞来的空中楼阁，在人间找了处憩脚之地衔接了上去，随意得很。进门的时候杜子期正在泡茶，阁楼只有一扇小窗户，窗户面向外推送着，像伸出了臂膀跪地迎接着上帝赏赐的阳光，整间屋子里随地可嗅的是茶叶的清香，铁观音、普洱、祁门香、细细地闻都能叫景媚闻出来，景媚不爱喝茶，只是江南盛产茶叶，她一个乡下丫头，村四周围大大小小的山头哪还有她没去耍过的茶园，再来么，景忠国爱喝，冰箱里头他的茶叶多得总是要和景老太的腌肉打架争地方，所以纵使不爱喝，这些个乡下孩子闻香识茶的本领还是拿得出来的。

杜子期泡茶的时候很专注，阳光底下她精致的妆面衬得她的五官立体娟秀，没有了初见的那般刻薄面相，只是颧骨依旧突兀，让人瞧着还是生分得很。她的头发很长，同林桐意那一面黑发不同，杜子期的长发总是盘着的，景媚虽然不明白她为何要将这一头秀丽藏起作了可惜，但她能肯定的是，倘若它是美的，那无论收起放下，定都是美的，只是轻云蔽月，或是流风回雪罢。

景媚敲了敲门，杜子期点头示意她进来，屋子很宽敞，兴许是东西少，只有一张桌子两个书架和一面茶台的缘故。

"给你泡一杯茶？"杜子期含着身子，用茶壶里的茶清洗杯子，想必这定是第一泡，景媚晓得工夫茶的第一泡是不能喝的，用来洗去凡俗尘嚣。

"不用了杜主编，我不喝茶。"景媚从怀里抽出几张刚刚打印出来的平日里没事练手的随笔，唯唯喏喏地放在杜子期跟前。

"对对，你们年轻人喝酒，我们老年人才喝茶。"杜子期边笑着边侧过身子接稿子，景媚发觉这个女人的动作幅度极小，细致不乱，像是规定了弧度，时时刻刻有着仪器告诉她不得越过。

"哪有，主编看起来跟我们都差不多大，比我们更精致罢了。"景媚倒不会拍马溜须，她讲的话都是心里头想的实话。

"四十岁的大妈听见你们二十岁的姑娘这么夸，不知耻地讲，还是很高兴的。"

景婠下意识地双手捂着嘴，像是受了惊一般，反应过来又晓得这般举动确是失了态，又红着脸将手放了下去别在了腰后，杜子期看在眼里觉得好笑，顺手拿起了面前景婠送来的稿。

"《醒也无聊，醉也无聊》，标题挺有意思，果然年轻人喝酒，老年人才喝茶啊，哈哈，我会好好看的，你先出去忙吧。"

景婠被杜子期调侃得羞臊，闷着头赶忙转过身，不想竟又被叫住了脚。

"你同骁骁住一道哦？"

"骁骁？谁是骁骁？"景婠心里头嘟囔，"难不成是景骁？"

"就是……景骁，今天怎地没见他来。"

"哦，景骁啊，他住我对过，我们一道租的房子，他也不会写文章，可能他觉得来了也帮不上忙就索性睡大觉了，主编你别理会他，从小他就皮得很，无组织无纪律。"

杜子期颔首示意景婠可以出去了，下楼的时候她想好你个景骁，跟主编这么熟识竟然提都不提一句，心眼子可真深了去。

接下来的几天景骁都不曾出现，景婠不论怎地寻他都没的回复，便去找了房东，房东只讲小伙子大方得要命，提前退了房也不问他要退房租，还把景婠的房租也一同缴清了，房东讲这年头不欠房租的都是好人，呱呱叫的好人。

景骁是回了景家村，景婠打电话问了景忠国，阿爹讲骁骁已经回来了她怎地还不回去。景婠就说景骁是因为吃不得苦，做事情半途而废没的长心，她哪能像他一样子哦。

再见到景骁是他消失的一个礼拜后，确切地讲是听到他，因为景婠并不曾见到景骁，一起听到的除了他的嘶吼声还有杂志社三楼一同传来的不时的物件碎地的破裂声。

邪恶的微风搀扶着景骁的嘶叫声转遍了这幢楼里的每个角落，它在向社里每个人抛洒八卦的气味，丁瑶和几个同事咧着嘴倚着桌子站着，头望着三楼的方向，景婠分明看见她们都在笑着。

"你们不上去看一下吗？"景婠冲到丁瑶跟前厉声质问。

"哟，这位红领巾，你要去你去呗，主编不喊你，里面着火也别进去，办公室文化，懂吗？"

景婠屏着气，挑着眉毛瞪着丁瑶，她突然很讨厌这个女人自作老态自以为是的模样。只是她知道现在并不是跟她掰扯的时候，不论怎样的原因，她得去阻止景骁。

景婠跨着步子登上了三楼，便看见端坐着的杜子期，景骁正对着她，正对着光，景婠被光刺得晃眼，连景骁的背影都不曾看清，她迷糊地走上前去，在她伸出手想拉住那个人的手的时候，她听见了从景骁嘴里铮铮地讲出了两个字，她听到了他讲它们的时候，在牙缝里那么用力，像要刻到听的人的脑子里去一般。

"婊子。"

景婠看着一地的碎碴，她看得仔细，有茶壶的碎碴，水晶奖杯的碎碴，甚至还有一些书籍资料的碎片。整个屋子再次溢满茶叶的香味，白毫银针，浓酽过后是清淡芬芳，景婠晓得这个味道，稍稍一芽一叶景婠便能嗅得出，更何况这一屋子的豪香，藏都藏不住。

上海的夏是毒辣的，是恶狠狠的，竟也是清香馥郁的。

二十三、

阴雨绵绵。

景志业大暑那天回了家，他冲了把浴，招手田姨，叫她把他的茶叶罐从包里头拿出来，给他泡茶。

田姨用手捻了一小撮放在了景志业的茶杯里，开水浇得这些个芽叶直往上头窜，一根根芽头肥壮饱满，挺直如针，不一会儿，浅黄色的茶水便卷着沉郁的香气被送到了景志业的口中。这是景志业这阵子最爱喝的茶，每次定下心神来喝起它，总要不嫌啰唆地夸道夸道，他讲这种茶是老白茶里头的女王，田姨听得疲累，便讲什么女王国王的，不就是茶叶水么，现在每家小饭馆里都给客人喝茶叶水，谁能喝出好坏，骗你们花钱。景志业倒也不驳田姨，像是他讲的话也根本不是讲给田姨听的罢了。

白毫银针。

景志业迷瞪着眼，财宝也眯瞪着眼，有了茶香，像是再热的天气也能叫人定了心。

快要迷瞪着睡着的时候，景志业被一声剧烈的"砰啷"声惊得回了魂，他盯着满地的茶水和碎散的玻璃碎碴，才晓得自己手里的杯子被人夺了去掷在了地上。

"自己要喝茶就自己倒，你没手脚吗？叫阿娘倒做嗲！"

景骁握着拳头在景志业跟前站着，景志业愣坐着，他抬着头，忽然发现景骁竟已长得这样高大，男人般的高大。

"你要谁魂啊！发嗲神经？！要死了哦小畜生！"

"发神经？谁发神经？自己发神经自己不晓得？杜子期那个女佬，跟你嗲关系？她那个破杂志社，你给她投了多少钞票？！"

财宝缓缓地睁开眼，往里屋慢腾腾地踱着步子，不一会儿，田姨拿着抹布扫帚蹲在地上立刻做起事情来，仿佛这才是她要做的事情，其他的事情同她是没的关系的。

"阿娘你起来，打扫个屁啊！你在这里做三做四，那头你男的在同上海的狐狸精搭住了的，你醒醒吧好哦啦！"

景骁讲话的工夫，地上已经被打扫得干干净净，同先头比，只是多了一摊水渍。

田姨站起身把畚箕里的碎碴倒掉，招手叫景骁同她去。

"以后这种话不要再讲了，他是你老子，你怎地能这样子讲话，阿娘从小不是这样教你的。"

"阿娘，景志业他……"房间里，景骁紧拽着田姨的手，他无比心疼这个女人，可除了咆哮抓狂，不晓得自己应该做什么让这个女人少受伤害。

"我晓得，你今天讲的我都晓得的……"田姨皱巴着额头，也紧紧地握着景骁的手。

"你，你晓得？"景骁看着她，眼神中逐渐露出了愤怒，"晓得你为嗲不同他离婚？"

"离婚？"田姨像是听到了什么大逆不道的话，急忙拉着景骁坐了下来，气急败坏地拍打着他的背，"要死了要死了，你瞎讲什么呢你？送你去上大学就学到了这种思想？那你这个学不要念了！怎地好讲出这样的话，离了婚阿娘怎么办？去哪里？我二十几岁就嫁到景家村来，你让我出去？除非我不要我这幅皮脸咯！"

财宝的肚皮都耷拉到了地上，走路的时候像是背了一袋家伙摇摇欲坠的，所以绝大多数时间它走两步就索性爬下来眯着眼睡觉。

"我到底是个女人，晓得的时候当然也难过佬，他要赚大钱，我头天认识他就晓得他是个不安分的人，哪晓得他在女人的问题上也不安分，要是他还在公社里头，我肯定写封信去举报他，叫领导批斗他，现在他钱多，外头总是有女的往他身上扑，我管得住吗？都五十岁了，离了婚我跟谁过？"

"再讲，他们也不是一两个年头了，你阿爹不曾同我提起就证明嗲么？证明他心也还在家里头的，同那个女的也玩不了多久的你看好了。"

"村里头这么多年，哪里有离婚的？男的都一样，你以为旁人家里头都太平吗？我第一个离婚，不叫旁人在背后笑死，你娘我哪里丢得起这个人哦，娘做姑娘家的光景好歹也是镇上人，嫁给你阿爹家里头原本也不同意，都嫌弃他是村里的，后来你阿爹发财了，你也不是不知道阿娘家里头那些亲戚有多羡慕，离婚这样子败门风没皮脸的事情在我们乡下是做不得的，城里人我不晓得，可乡下人活的，就是个还过得去的样子，叫我离婚，"她吞了吞唾液，"叫我离婚，那还不如叫我死掉算了。"

"那个女佬，"田姨想了一会，问景骁，"好看的吧？"

景骁呆木着，记忆里他的阿娘从不曾像现在这样，同他讲了这么些掏心窝子的话，他盯着眼前陌生的阿娘，阿娘模子生得好看，他眼前突然有了二十多年前在镇上小饭馆里头系着围裙扎着粗辫子的阿娘的画面，她在收拾着前一桌客人吃剩的饭食，阿爹在不远处的另一桌偷望着她，他显然察觉到了这个女人的美丽……只是现在的景志业似乎已是记不起她的这份好看了，景骁又想起那个午后，杂志社三楼定坐着看着他嘶骂的神情自若的杜子期。

他失声笑了起来。

"白茶女王。"

绵绵阴雨。

景婠看着杜子期挎着时尚又不张扬的手提包，一步一个印地在前头走着，走到分岔路，便回头睁大眼睛，让景婠指条对的路。

去景家村的路。

进村的路又宽敞又平坦，车子倒本是可以开进村子的，只是杜子期说不要做大了场面，叫旁人看了热闹就不太好了，停在镇上走进去就行。景婠听这话不明白，杜子期在景婠结束实习的前一天同她讲她要送景婠回来，顺道看看景骁，景婠先头有些犹豫，毕竟景骁在办公室闹了那一出，她多少也听到了些话语，也就有了些顾忌，只是在杜子期面前，景婠好像天生丧失了选择拒绝的能力，转头也想着自己这么些个行李坐大巴还要转车也是麻烦事儿，就劝服自己，只当偷个懒便应下了。像杜子期这样大城市里走出来的成功女性，景婠想有机会给她引个路，那是心里头雀喜着却表露不得的高兴事儿。

说到进村这条路，每回走上去，景婠不得不要挺起腰板洋洋自得起来，这是景忠国当上村书记之后张罗的第一件大实事儿，原先这条路别说小轿车了，就是景婠同景骁并个排骑自行车都要留着神，生怕别个脑袋的工夫，就连人带车翻到田沟沟里头去。那年景忠国找上镇政府，申报立项修路，无奈拖了好些个工夫才等到个"资金紧缺暂不考虑"的答复，他便不顾日夜地整理资料，单枪匹马去了区里找上了交通局的领导，来回不晓得多少趟，终于落实了下来。景家村的百姓高兴，讲今后这条路那是一定得叫"忠国路"，景忠国忙摆手不干，他笑着讲自己还想长长久久地为景家村百姓做事呢，这么早挂上名号岂不是"送了一程"？不吉利不吉利。

小汽车从上海开到镇上约莫两个钟头的工夫，路上杜子期同景婠并无一句言语，挺挺地握着方向盘看着前方，一副行军征程的模样，景婠也不敢打搅她，只是中途到了服务区歇个手脚的时候，杜子期从包里拿出一本杂志给到景婠手上，摸摸她的头。

"在阿姨这儿实习都没太多关照你，这个，就作为升学礼物吧，阿姨希望你以后啊，能过上自己想要的生活。"

景婠看了一眼手中的杂志，这是他们《文友》这一期的样刊，景婠正迷糊着，手指便在其中一页停了下来，虽然是放了不太起眼的栏目，版面空间也比一般小，可当景婠看到标题栏的那几个字的时候，她切实地拥抱了春风得意般的喜悦。

"《醒也无聊，醉也无聊》，作者：景婠。"

绵绵阴雨。

"杜主编，前头那个，门口有个小河塘的就是我家了，一道去家里喝口茶。"景婠双手环抱着样刊，不愿意将它卷起而弄皱了它。

杜子期顾盼着，像是在等什么，又像是在找什么，她没有听见景婠的邀约，细长的身子踩着细长的高跟鞋，在刚下过雨的泥土地里用力地经过，远看着景家村确实像一幅墨迹未干的画，而杜子期并非画里的人。

"景骁他们家，是哪一户？"

杜子期拧卷着身子，这个女人的眼神有丝魔力，笑容更加是，她的笑挂在了微凸的颧骨上，显得竟有些逼人。她在等着景婠，给她指条明确的路，这条路，只有一个目的地。

景婠腾出一只手，遥遥地给她指了出去。

想到了前些日子景骁去杂志社大闹，景婠心里头生出了些乱七八糟的想法，再看眼前这杜子期这般地寻景骁，怕不是来告父母状的，她提了提气，来不及回家放东西，也连忙紧着步子跟了上去。

正巧着田姨端了盆脏水往院子里泼，星点子溅上了杜子期的裤子。

"找宁？"田姨放下盆子往自己身上抹着污水，走过来问道。

"田姨，这是我们在上海实习的杂志社的主编，她姓杜。她讲她要来望望骁骁，我就同她来了。"

景婠快步追上来说道。

两个女人同时变了神情。被泼了污水的杜子期，笑容绽开，像一朵优雅的睡莲；田姨却正容亢色，半晌头也不抬话也说不出一句，直到财宝缓步过来用疲老的身子往外撵着杜子期。

"财宝，堂前去，这是客宁。"

绵绵阴雨。

田姨叹了一口气，将杜子期引进了屋子。

进屋的时候田姨让景婠回家去，说景忠国在家等着她呢，怪想丫头的，可景婠就是挪不动步子，也说不出个道道，总觉得她一走这里头就得出个什么事儿似的，话说到底，这景骁上回又是发了什么疯对杜子期骂出那样难听的话，杜子期来找景骁又有什么事，这些问题一路上不曾想过，反倒现在一下子挤出来要撑破脑袋，景婠站得久了，她慢慢蹲了下来，给财宝碗里头加了些水，只见财宝晃晃悠悠地喘着大气走了过来。

财宝喝水，景婠就在一旁顺着财宝的毛，它真的老了，站不了多一会，就又屈了后腿蹲坐在地上，喘两口气喉咙里就会发出"轰隆轰隆"的声响，听得人心生疼。

"你怎么蹲在外头，落雨天的，干吗不进去。"

景骁站在景婠跟前，手里头攥了一包"中华"，讲话的时候又小心地把"中华"塞进了裤兜里。

"你怎么才回来啊，杜主编来找你了，你同她到底有什么过节，要这般吵闹，还要人家主编特地来我们村上找你说理道歉？"

"她怎么知道我家在哪？"

景婠站起了身，蹲得太久小腿直发麻。

"我带她一道回来的呀，她开车送我回来的。"

"谁叫你把她带我们家来的？！你是没坐过车是哦？要坐她的车！"

景骁转身往堂前跑去，景婠听他这样讲一股子气上来发也发不出来，动也动弹不得。

"景骁！你哪能这样子讲话的！"

"谁要管你们，"景婠噘着嘴一瘸一拐地往回走，没出两步就听见里头景骁的声音。

"你给我滚！婊子！——滚！——"

细雨夹着微风袭了景婠一身凉意，景婠生来熟识南方的雨季，只这会儿竟惹出了不安宁的心绪。

这天哟，风露渐变，阴雨绵绵。

井 蛙
FROG

二十四、

夏天的夜里头总是有种好听的声音能让人静下来，有时候是蝉的叫
声，有时候是微风问候枝叶，有时候甚至是纳凉树下的蒲扇赶蝇蚊。她
撑着手臂椅在窗框上，突然想到了梦里头那个神仙，在这个夏之夜，她
相信了那个神仙，相信他一定是玉皇大帝派来的。

这年的雨季快结束的时候，村里头又搭起了戏棚子。

这世上总有些邪乎事，叫你不信也得信。有人没了，天就落雨。

财宝没了。

没了的还有田姨。

"这家人家造的嗲孽，小娟你的魂在那边也不晓得保佑保佑你儿媳
妇，噶佬年纪轻轻，叫骁骁以后没的娘怎么生活。"

小娟是景志业的娘。

景老太蹒跚着步子往前村走，景婳挽着她的胳膊，她听着景老太碎叨，

挽了一阵觉得肩膀吃力，景老太的个头像是又缩了点儿，身子倒是越发丰腴了。

"有这么多铜钱有嗲用个，哎，命不好，谁都没的办法，都是命。"景老太从裤子里头掏出手绢，擦了擦眼睛鼻涕又放了回去，"婠婠你同骁骁要好，歇阵多劝道他，就讲我当他亲孙子养，哎，骁骁嗰佬命苦。"

讲着又去掏手绢。

这天起了大雾，这让原本湿漉阴潮的空气又多了十几分水汽，使劲吸溜一鼻子，不一会要流出鼻涕来。

大雾让村子变成了白灰色，不远处传来的八音声却没有因这浓厚的雾气消减了哀鸣，声声吹上了云霄之外去。眼前虽是还望不见前村那灵堂，整个村子已然被这悲怨的气息罩裹了住。

景志业兄弟在门口迎着前来吃丧饭的邻里乡亲，景忠国接过几块黑布叫景婠几个别在衣袖上，便拉着景志业一旁讲话去了。

田姨的脸很红润，红得不正常，景婠突然想起这是个死人，死人又怎能正常，她想此时田姨一定不晓得这么多人看着她，也不晓得自己的脸被涂抹得绯红安放在一口转不得身的棺木里，也不晓得景志业和景骁在她死后生活得好不好……

人死了，到底一切好坏都不晓得了……

景婠不自主地撇开了眼睛，她不敢看这样的田姨，她不晓得为何前日还同她讲话招呼杜子期的田姨，怎地就没了。

杜子期？

"你来做嗲？"

景骁的下巴出了好些碎密的胡茬，眼睛里头布满了血丝，再一次披麻戴孝的景骁俨然长成了一副男人相，再也不是那个跟在景婠身后头叫"蛙蛙"的孩童了。

"你有什么脸面来吊丧？我阿娘就是你同那个婊子害死的！谁叫你把她带来的！不就是去北京念了两天书，怎么了，这就想当城里人？喜欢给城里的婊子做事情是哦啦？她拉屎叫你给她擦屁股你擦哦啦？"

"你……田姨灵堂里头我不想同你吵，"景婠生咽着眼泪，她不晓得自己在景骁的生命里竟然犯下了这么个大祸，无论这个祸算不算她犯的，景骁都定是恨透了她，"老太说，她以后待你亲孙子般养，你也别难过了，田姨也不好受。"

"哈哈，笑话了，我可不敢被你家养着，不然日后养成跟你似的爱慕虚荣吃里爬外，老太是不是要后悔了？"

这时季小菊从里屋出来，她拿了一袋子"元宝"，拉着景骁去门口烧纸钱去了，景婠怔怔地想，骁骁什么时候同季小菊这样熟稔，俨然一副女少主人一般帮忙操持着田姨的丧事，只是来不及她多想，就听季小菊挽着景骁在她后头讲了句，"蛙蛙怎么去了个北京就变得这样心狠哦，我看她现在有的时候那个眼神哦，都不太看得起我们……"

景婠颤抖着出了门，眼泪像攒在眶里的惊涛骇浪奔腾而下，胸口烧得辣疼。

田姨是吞了大半瓶农药去的，这算是一个乡下人最体面最不惊扰的离开世界的方式，这世上有埋得住的根，埋得住的人，哪有埋得住的风和闲言碎语，没几日村里头的人都晓得了在田姨吞药的前日，有一个上海女佬来找田姨，这头讲那女佬生得漂亮一身名牌香水味能飘去七八里地，那户说那女佬其实是有了景志业的娃来找可怜的田姨谈判，村头人家讲他们那天看见那女佬，肚子都老大的啦！村尾的又说他们更看见田姨追出了门跪在地上求得她没了脸面才寻了死……

前村后店的人都惋惜田姨，老爷子们讲她为何要同自己过不去，哪个男人有了钞票在外面没有个把个搭子，这种事情要看开点，以前人家几个老婆都是正常的，要每个女佬都像她这么容不下沙子，那世界上的男人都要打光棍了；老婆子们讲田姨太软弱，便宜了那个上海的妖精，要是换了自己，下半辈子嗲都不做了，留着这条老命也要搅得那个狐狸精没好日子过……

其实谁都不晓得杜子期同田姨讲了什么话，田姨到底是不是因为杜子期寻短，一时间谁家都在饭桌上讲道，谁家都在猜，倒是有一件事儿肯定了说法。

前村那个自小不省心的景志业，在外头养了个女人。

上海女人。

田姨追着杜子期到了田间上，杜子期走得慢，她应是迷了方向，才不小心上了地头，天空落着细雨，她一手撑着一把结实的黑伞，看着自己的鞋跟深陷在泥地里，又望见身后满脸焦皇迎面追赶来的田姨，不由地皱了眉头，她烦躁地扭拧着高跟鞋，想赶紧将它拔出来朝前走去，她想该讲的都同这个乡下女人讲了，听不听也都随她去了，总之囡囡都要上学了，要落户口了的，班里同学笑她没的爸爸是私养的怎么行，这件事情没的商量的，自己也催了景志业那么多次，谁叫他总是跟她打太极，这也怪不得她上门挑明了这件事，孩子的事耽误不得，本以为这一趟必定要被这个乡下女人动手撕骂，叫上帮手将她围住也不是不可能，只是不承想这个景娼唤作"田姨"的女人，景志业的老婆，在晓明自己的来意后，那样地从容镇定，只字不发，只叫她吃茶，她倒像是个不明就里的泼妇，在一个儒雅知趣的对手那儿讨了没趣，落了败，仓皇地提着裙子逃走了，最后被这可恶的高跟鞋添了狼狈。

她有些气急，用力地拧着鞋子，追赶上来的田姨并未着急开口讲话，反而蹲下了身子，一只手扶着杜子期的脚腕子，一手拔着泥里的鞋跟，就如这个村子里其他任何一个妇女一样，看见活计，总是要停下来做的。

"你的心情我也晓得，我也有孩子，你也见过骁骁，这娃娃性子倔脾气暴躁，这都叫我惯坏了，我离不离婚对我来讲倒没什么，只是怕骁骁，他这个年纪，叛逆得要命，哎，我不想伤害了他，因为阿爹的事情，自己……"田姨蹲在杜子期身下，不紧不慢地挪着鞋跟。

"你看都是为了孩子，"田姨埋着头继续讲着，"这件事情再想想好哦……"

鞋跟的最后一点眼看就要出来了，杜子期心火一烧，只想赶紧逃离这个地方，她身下的这个女人，温吞如水地同她讲着同一个男人的事，竟叫自己有了种悔意，这种悔意让她使出了全身的气力，腿一抬，将鞋跟拔出了泥面……

细雨中，田姨来不及闪手，被那一脚高跟，蹬进了一旁的泥塘。

站着的女人很明显地吓到了，她双唇抖动，想伸出去搀扶的那只拎着包的手像是被钉子钉上了一般，泥塘里的女人并不着急起身，定定地看着她笑，她打起了冷战，回过神来想要拉她，突然一连串震天慑地的狗吠吓得她接连退了好几步，女人笑着说是她的狗，叫财宝。

她觉得自己像是误闯了一个梦境，这是一个怎样的村子，她为她的冒失害怕起来，随即在田间留下了那把黑色的、结实的伞，然后头也不回地逃走了……

这天夜里景婠做了个梦，她梦见了自己又回到了小时候，田姨是那样的年轻，财宝也是那样年轻，连整个景家村，都是那样年轻，她梦见自己跟着财宝一路走，一路走，财宝像是要带她去看一样了不起的宝贝，一路蹦跶，尾巴竖得老高，它带她来到一块泥塘边，地上撑着一把伞，黑色的，结实的。她转身，财宝不见了，她站在黑伞旁，四野无人，只剩地里的青蛙乱叫。

她收齐了伞，只见景骁不知何时站在她面前，把那把伞奋力夺了过去，他双手用着力，衣袖下头的肌肉像是快要爆裂开，可是这把黑伞太结实，无论他怎么掰，伞身还是完好无损，黑得发亮，景骁将伞扔在脚下，发疯似地嘶喊着踩踏着，景婠尖叫着捂住耳朵，像是被景骁吓坏了。

"那个婊子的东西你都当宝是不是？"景骁瞠目，脸颊上方的青筋让他看起来那般狰狞，"我阿妈就是你害死的！被你这个虚荣的臭婊子，害死了！！！"

他的声音很立体，像是在遥遥上空九霄云外盘旋的弦音，她觉得眼前的景骁应是被天上的某个神仙附了体，神仙拿了玉皇大帝的旨意，下凡间惩罚自己来了。

梦醒了她惊得一身汗，坐床上发了愣，她看见房门的缝里透着堂前的灯光，细听着景忠国同阿娘在阑珊的夜里低声私语。

"你今天听见骁骁同婠婠讲的话么，"声音是阿娘，"那个女佬是婠婠带到村上来的，哎这囡囡……怎好做出这样的事情来呢……"

"婠婠什么样你还能不晓得，噶佬善良，她要奉承那个女人做什么，才认识几天，婠婠肯定不知道这其中的事情哎！"

"可是景骁讲她是知道的呀，前几天景骁跑去他们杂志社闹成那样，婠婠能不晓得啊？"

……

景婠站起身，推开了窗子，夏天的夜里头总是有种好听的声音能让人静下来，有时候是蝉的叫声，有时候是微风问候枝叶，有时候甚至是纳凉树下的蒲扇赶蝇蚊。她撑着手臂椅在窗框上，突然想到了梦里头那个神仙，在这个夏之夜，她相信了那个神仙，相信他一定是玉皇大帝派来的。

派来惩罚自己，惩罚这个半土不洋的乡下丫头，心火中露出的那一点点展翅高飞的苗头……

二十五、

质朴的人们假如能把自己理解不了的事情看作是与己无关的事，那就好了。

——王小波《沉默的大多数》

这年头政府大力发展乡镇经济，景家村的条件可真不比城里头差，只是这条件越好，村里头就越是自家地过活，平日里更管不着东口西户那一亩三分芝麻事儿了，可虽说是这样，但哪家有个什么动静，倒又自发地全都攒聚在一起，也帮不上什么忙，就是嘴上都不闲着。

这些日子村里头的风言风语都是田姨，再加上财宝的死，传得就更邪乎了，景娟行在路上，身在家里，总觉得这些流言里有她，悲伤之余心思又被搅得乱得很，便借口去市里找蒋奕娟去了。

蒋奕娟见了景娟倒是眉欢眼笑，邀她吃喝，问她怎得想起来大伏天的上市里来了，不得在家吹空调吃西瓜啊，景娟也没多讲，就说在家待着无趣，找老乡解闷来了。

俩人在大马路上走得汗涔涔，路两旁尽是高楼也找不到个歇腿的阴凉地儿，蒋奕娟便带着景娟去了她家。

景婳跟着她拐进一个巷同，巷同口有一个卖小馄饨的摊子，飘散的尽是小葱同味精的香气，楼屋很破旧，弄堂很潮湿大体是因为楼与楼之间的间距很近迎接不了充足的阳光，有多近呢？近到同层不同楼的对户人家有可能会因为占用了共有的一根晾衣线而就着窗户面红耳赤地争吵起来。

蒋奕娟蹦跳着拖着景婳的胳膊上楼，楼梯很陡也很窄，如若不是在这儿住了十几_二十年，就很有可能因为不熟悉而摔倒。

"听我爸讲我们这里马上要拆迁了，你别看它看起来破，钞票大大的！"蒋奕娟讲到"拆迁"两个字的时候扯高了调调，像在等一个了不起的大项目，"'拆迁拆迁，一步登天'啊晓得啊？我们这边还是学区房的咯，上回听对过的阿姨讲有人要买她家的房子她都没肯卖，我们这边都在等拆迁的，他们讲能拆到两套一百五十平方米的房子的咯！到时候我就是个富婆啦！"

景婳听她讲着这些离自己的生活很遥远的话倒也不觉得乏味，她甚至觉得在馄饨摊身后的这片市井中居住的人们，因为有着共同的期冀而生活得很蓬勃，并没有她想象中的那般怨苦，只不过她发现自己还是喜欢景家村的前屋后院鱼虾逗趣山野田园。

可能这就是"根"罢。

蒋奕娟的家里空无一人，她从冰柜里拿出了两只棒冰，就招呼景婳坐在席子上一同吃棒冰看电视剧，她边看边吃，腾出的那只手还不停地撸头发拧鼻子，没的消停的时候，景婳想起了她俩在北京三元桥的初识，转眼又同坐在无锡蒋奕娟的家里头的席子上吃起了棒冰，想着想着又不自觉地与她多了份亲近。

蒋奕娟手机响起的时候正有人拿钥匙开门，景婳立即站起了身，一个身型瘦削头发花白的男人埋着头边换鞋边打开冰箱柜子取酒，景婳一时慌了神，不知道该喊作什么，蒋奕娟在一旁讲电话也不曾留意她。只不过男人只顾着咪酒，手放在裤腿上来回搓，像是也没发现屋里头多了这么个丫头。

"我老子。"蒋奕娟挂了电话过来，手指了指这个头发花白的男人，"你少吃点酒，晚饭我同她出去吃了，你自己随便弄点好了，冰箱里有阿姑送来的馄饨。"

"楼下天天都是馄饨吃嗲馄饨，不吃！"男人性子急躁，听见馄饨像是犯了什么大忌讳，大声嚷起来。

景娟刚想喊"叔叔好"，便被这突如其来的战斗式的气氛弄得尴尬起来，蒋奕娟不耐烦地使劲抓了抓头发，便拖着景娟下楼了。

"对不起啊不晓得他会回来，该死，我们去哪呢这么个大热天。"她用手支着脑袋，"嗯，我想想，我打电话叫我男朋友来接我们去吃晚饭好了，叫他请客，嘻嘻，走，刚好带你见见他。"

蒋奕娟挂完电话在景娟的鼻头轻轻捏了一下，"我可从来没带他见过任何人呢，你是头一个。"

这句话毫不费力地讲得景娟心头一阵热，一直热到了吃饭的地方，开奔驰车的男人停好车走进包厢，嬉皮笑脸地冲着服务员点菜，他看起来有些岁数了，一条宽大的腰带也没能兜住他的便便大肚，蒋奕娟仔细地看着菜单，拍打着景娟的胳膊，"这个怎么样，看起来好吃的。"

景娟没料到她在市里头的第一顿晚餐竟会在如此奢华的一个场所里享用，她本以为是三个没钱的穷学生扒着都是零钱的钱兜，在麦当劳里吃一顿好吃的鸡翅汉堡。

景娟瞄着菜单上的价格再看看蒋奕娟的那个"男朋友"，便客气地讲"你看吧，我都可以的"。

"男朋友"话不多，蒋奕娟精怪，见着他不自在，便起身转了转屁股，坐到他身边，跟只花猫似的蹭他肩颈。

景婳对"身材"没什么太大概念，虽说自己也做了业余模特，但此刻在她面前猫着身子提着臀的蒋奕娟，实实在在让景婳羡慕了一把，她这才发现蒋奕娟今天穿的这件紧身短裙这样好看，将她这二十未至的少女，包裹得玲珑有致，她的胸脯不算丰满，形状却恰到好处，她想象着这样浑圆坚挺底下，定是有一件饱满的，诱惑的内衣，可能是黑色，说不定还加了蕾丝边……

景婳不禁低头看着自己毫无起伏的胸面，又想起了今天穿的这件少女背心，愧恼了起来。

"我介绍一下，这个呢是我在大北京的好朋友，她叫景婳，我跟她是有革命友谊的，你晓得在北京那种地方能遇到一个同龄老乡，是有多深的缘分哦？多亏她照顾呢，一会儿呢得敬她一杯，你别看她柔柔弱弱的样子，酒量可好了，不像我那么没用，喝一杯就要晕乎。"

"你别听她的，我也不太会喝酒，都是瞎喝。"景婳不知怎地有些不悦，她觉得蒋奕娟在这个男人面前又是另一个她另一个脸面，她不太喜欢蒋奕娟娇滴滴地讲旁人会喝酒而自己不会的样子，就是不喜欢。

"酒就别喝了，随意吃吃就好了。"景婳臊着脸讲道。

"要喝的要喝的，我家乖乖讲要喝那就一定要喝，我当真要敬你一杯酒的。"男人经蒋奕娟这只小猫一搔弄，倒是没了刚才端正不语的气态，开始花哨起来。

景婳不擅长拒绝，一直不擅长，特别是在生人面前，她总是怕别人讲她的不好，便不再多推辞。

"服务员，你们这边最好的红酒来一瓶吧。"男人像是极阔绰，习惯了到哪都做足排场似的。

服务员倒是机灵，也不作声，把酒单递到"男朋友"跟前，食指指了指单子，斜眼探视。

蒋奕娟附过身子去在男人耳边讲了句什么，又跟景婠笑笑。

"男朋友"轻咳了几下，端了端身子，顺着服务员指的位置向下挪了挪，"这个吧。"

"好的，您稍等。"

这家餐馆上菜很慢，三人等了半天话都没得说了菜也不见一个，蒋奕娟讲是因为这里的菜做得很精致，是高端的私房菜，好东西嘛，总是要等的。景婠看他俩在跟前腻腻歪歪，也不知道该说点什么，便起身说去洗手间了。

"怎么，是不是觉得有点尴尬啊，"景婠出来的时候见着蒋奕娟在镜子前头上着粉。

"你怎么也来上厕所了，不陪你家男人，不怕他寂寞了？"

"去你的，"蒋奕娟双手搭上景婠的肩头，"嘻嘻，怎么样，我男人，是不是看起来就有一副与生俱来的'公子气质'？"

景婠心里想，这哪是什么公子气质，明明是'暴发户'气质。

"你当真喜欢他啊？得比你大了二十岁吧，什么来头啊，怎么认识的啊？"

"废话我当然喜欢他了，不然干吗跟他在一起，你这么多问题，查户口啊？"蒋奕娟想了想又继续说道，"这样吧，我把你当我最好的朋友哦！告诉你一个秘密，你就不会再怀疑我跟他之间坚定的爱情了，不许跟别人讲哦，你过来过来。"

蒋奕娟斜着眼，神秘兮兮地半捂着嘴，凑上景婠的耳朵……

……

"快回去坐下，别让我男人一直等着呀，我也要上个厕所，闹肚子。"

景婠怔怔地站定在原地，还没缓过神来，就被蒋奕娟一把推了出去。

"秘密"当然有大有小，大到天机，小至虫蚁，景婠觉得蒋奕娟的这个秘密对女孩子来说定是比天还大了，那一瞬间她几乎冲动得要落了泪，不是因为秘密本身，而是因为她断定了蒋奕娟是真正拿她当了放心尖上的朋友。

景婠依旧低着头，脚底却轻快起来，她高兴得想要大声喊出来，她甚至觉得没了景骁也没什么大不了的，老天也真心待她，在她身边放了一个这般重要的朋友，在这样一个时间里。

是多么珍贵啊。

她在心里头讲，一会儿要跟那个"男朋友"喝两杯，管它会不会喝呢，他是蒋奕娟的男朋友，所以一定要喝不是吗？

景婠将要推门进包间，里头传来"男朋友"讲话的声音。

"晚上不是同你讲了不回家吃饭了么，雯雯烧退了没？喂？我怎么听她还在咳嗽？"男人因是站起了身，景婠听到了红木椅子往后挪动的沉重的声响。

"你又不是不知道我公司现在的情况，缺这么多资金我不需要应酬的吗？雯雯生病我这个爸爸不着急就你当妈的急？不然我天天待在家里头你出去帮我弄钞票去啊！"男人跺了跺穿着高档皮鞋的脚，"好了好了，别烦了，吃完就回去。"

景婠掉过头，看了看身后的卫生间，想起刚才跟她乐滋滋地分享秘密的蒋奕娟……

"小姐，您需要进去吗？"

刚才的服务员拿着托盘站在门口，盘子上放着一个醒酒壶，壶里装着血色的、曼妙的红酒，它们在里头摇晃、碰撞，像不满足前世的安排，想要在这人世间涅槃重生。

它们仿佛拧成了一团血红的水柱，从瓶子里一涌而上，缠绕住景婠的手臂，将要融为一体。

"啊！"

服务员瞪着双眼，手捂着嘴，景婠望着她，发现她也在望着自己，景婠不晓得自己是什么时候走进屋子的，还站在了蒋奕娟男朋友的旁边，手里拿着一个空醒酒壶。

"男朋友"跳了起来，"卧槽你他妈的神经病吧！"

他好像是在骂自己，景婠想。

她分明将一瓶刚刚醒好的红酒，一滴不剩的，从"男朋友"头顶浇了下去。

"蒋奕娟，这就是你好朋友？他妈的一个神经病？！"

景婠放下酒壶，转脸看见了站在门口的蒋奕娟，急急冲过去，她要将她听到的一切告诉蒋奕娟，她的好朋友，她要告诉她这个男人有家室，她要告诉她，她的男朋友是个骗子。

"蒋奕娟他有老婆的你晓得不晓得？不止有老婆还有个丫头的呀！他……"

"啪！"

跟景骁的那一巴掌不太一样，景骁的那一巴掌是酸涩的，就像小时候因为贪吃硬将院子里头那还没熟透的杨梅急急地扔进了嘴巴，皱着眉头让人直打激灵。

蒋奕娟的这一巴掌确是通透的，像什么呢，像南方夏日的梅雨季，本在田埂上追着青蛙，被一阵说来就来的妖风和鬼雨瞬间浸透了身子，接下来就是一场重感冒了。

"要你当什么好人呢？替谁报复谁呢你这是？见不得别人好？嗯？

我就不懂了，跟你有什么关系呢？"

蒋奕娟拎着包快步冲出门，走廊里最后留下的竟是她跟"男朋友"撒娇的绵绵之音，景婠听到了自己的名字，只是这场暴雨下得太大，实在听不清说的是什么了。

"跟你有什么关系呢？"

"是啊，跟我有什么关系呢。"

她显然是早就知道的。

有多早呢？昨天？前天？还是一开始就知道。

服务员也不着急整理屋子，湿漉漉地面，红渍还在不停地蔓延，她说了声"我先出去有什么需要叫我"就把门带上了。景婠望着这个相貌看起来都没自己大的姑娘，有些怀疑她因是对这样的场景身经百战了。

面颊还在热辣辣地烧着，景婠叫了服务员进来，让她把刚点的菜都上上来。

"全都需要吗？"

"是。"

"好的，您稍等。"

真是个听话的孩子，景婠有些喜欢起这个年纪小小的服务员来，一句话不多，一句话不少，懂事得很。

是啊，谁不喜欢懂事的姑娘呢？自己倒好，该言语的时候一字不发让旁人生生误会，没份说话的时候却横冲直撞闹了个大笑话。

真是个大笑话。

除了摆盘花哨了点，要说这"精致私房菜"也没多精致，来回就是平日里吃的那些个什么糖醋排骨、烤麸、桂鱼，凭良心说哪里有阿娘烧得好吃，景婠一口一口细细地尝着，她跟自己讲，一定要记住这个味道。

哪晓得吃着吃着，嘴里多了份咸味，嘀嘀嗒嗒，一阵阵地泛着，直到眼前已经看不清楚东西，她才意识到自己哭了。

这一哭哪还能收得住，她越想越委屈，索性放了筷子趴在桌子上踏踏实实地放声宣泄了起来。

"我是个好孩子啊……"

是的，她是个好孩子，她不是景骁讲的那种心机颇深的女孩，她承认，承认自己确实怀疑过杜子期和景志业的关系，可是在那样一个气场凌厉甚至让她有些欣赏的上海女人面前，她就像一只温顺的小狗，怎又懂得该如何拒绝？她更不是蒋奕娟巴掌底下的多嘴饶舌妇，她只是本能地不想让自己的好朋友受到这么沉重的伤害……

景媚埋着头嘤嘤啜泣，她突然觉得这周围的环境陌生得让人有了压迫感，便拿出实习结束的时候杜子期给她的那个信封，里头装着八百块钱，她晓得这钱是景志业叫她给的，走到柜台买了单。

柜台的几个女孩默不作声地望着梨花带雨的她，动作都有些忸怩。

"好不容易来趟城里，总不能光挨个巴掌，饭都不吃吧，你们说是不是？"景媚莞尔而笑。

"我跟你讲哦，嗯，我第一次给了他，嘘——！很痛的你晓得哦，哎，望望你也不晓得，现在懂了哦，我们是真正谈感情的，分不掉的，祝福我们吧！我们俩这么要好，回头我叫他也帮你介绍个男朋友，他身边的那些朋友各个都很有钱的哟……"

一阵阵的冲水声将这个卫生间里污秽杂垢的一切一股脑冲进了下水道，谁又记得谁说过了什么哟。

二十六、

爱的，不爱的，一直在告别中。

——张小娴

"我男人叫我不要再同你一道了，我没的办法？"

这是蒋奕娟跟景婠讲的最后一句话，在电话里头。

也不是，最后一句话分明是讲的"再会"。

无论何时，汉语言文字总是有种情调在里面的，有时候甚至又不止一种情调，这就让搞文学的人失了疯地想去一探究竟，比如此刻正站在蒋奕娟家楼下望着楼上微黄灯影的景婠，挂完电话后竟然是在想这句"再会"到底是"相逢可期"还是"相会无期"。

人人欣羡的长三角地带，有着如画的田园村舍和四季分明的气候，这里河渠如网，水田成片，光用耳朵听就能听出个绿地唯美，宜居宜住来。

可真世代活在这里的人都晓得，所谓的季节分明就是数数六月的酷夏和拖沓半年的寒冬在轮流替岗的时候没了戒备，让春天和秋天钻了个空子罢，哪有什么留得住的春暖花开和盈盈秋水哟。

夏天太长了。

村里头一直都有种讲法，大伏天过了辈的人下辈子命苦，景婠走在田埂上，只手遮遮顶头的烈日，心里想着不知田姨有的么的归了黄土，她闷头走着，也不敢四处望，忽而一声八音划开了天空，这一声响像是憋足了一辈子的气力，惹得满村子的鸟儿惊出了枝杈，朝着远处振翅飞去。

这哀乐到底是要吹到几日去。

景婠听得心里头凹糟，夹紧腿使力朝自家方向走去，走得小腿阵阵抽搐，到家望见阿娘同景老太在包馄饨，便坐下往手心上摊了一张面皮子。

"阿娘今日不用上班的？"

"同银行里请了假，骁骁那边出了这样的事情，一时间没个妇女在家里头帮手哪行。"

景婠娘看看景婠，也没停下手里的事头，"你也不要去想太多了，景骁就是个小孩子懂什么的，这事情哪能怪你，等明天你田姨葬了，你就早些回学堂去吧，哎……"

"做什么要早回去的？"闷声半天的景老太轻晃着脑袋，"一个暑假待在家里几天的，不许回学堂，等开学再回去！景骁噶小畜生还敢骂你哦！关你什么事情的撒！我讲了都是命！他那家人命就不好，哪能怪得了别人的！"

不知道是不是讲得激动，景老太的脑袋总是在左右微微摇晃，细瞧又像是上下摆动。

"包完了给志业家送一盆去，帮他就锅下了，屋里就剩两个男的会做什么生活，馄饨馄饨，稳稳顿顿，家里头不要再出嗲纰漏了。"

景婠包完一个，又摊了张皮子，筷子往面盆里夹了一团子馅，小青菜猪肉，这是景婠从小吃到大的馄饨馅。她用筷子往皮子上蘸了滴水，又拧了拧馄饨的两角，饱满立体地同其他包好的馄饨一样排好队放在了桌上，又摊了张皮子。

今年夏天太长了。

以前村上的人死了，都是就着自家田埂边找个合适的地儿堆一抔土，再寻几个石块压几张纸钱堆在墓上头，村里人信这个，说离自家近，在那头的人能保佑着点儿，但就那么近，一年到头的，也就清明年三十的上那么一两回坟，小时候景婠同景骁从镇上放学回来，天天经过这些个“仙灵地”，有的前屋主人家炊火袅袅热气腾腾，后边这先人墓杂草都已经有他俩个头高了。

这几年村西头有了块公共墓地，村里人家有人过世就得进去占一个位，上头政府那会规定不允许百姓乱葬了，说既影响人文也污染环境，于是景忠国响应政府号召，率先十里八乡地建了这个公共墓地。

只是老百姓普遍吸收不了这环保的先进思想，更何况还得缴费，搁这之前用自己家的地埋自家的人合乎情理也不用收钱呐，所以那墓地建了一年多也没个人鬼进去，这事儿一直是景忠国心里头的疑难杂症，田姨过了辈，景忠国就跟景志业商量，让弟媳妇做这个先锋，他认为好歹景志业也是先进分子，也在机关单位工作过，思想上还是过硬的。

只是没承想景志业不答应，他讲田姨生前也没怎么享过福，那地方的人一个个挨着死了都没的宽敞地儿，他要给田姨弄个比皇陵还大的墓地。

这事儿他倒还真给兑现了，只不过后来又叫景忠国给推了，也不能讲是景忠国推的，哎，那也都是后话了。

村里头的人背地里都讲景忠国政治意识积极，铺了路又修了墓，不仅惦念着活人，还要挂记着死人，呵呵。

几天后过了伏，田姨才下了葬，有人讲那人一直这么放着都放出了味，可村里头有说法，"不等过伏就入土，下辈子依旧这么苦"。老规矩破不得。

景志业做的是盖房子的大买卖，叫两个砖工瓦匠的砌一个墓碑自然不是难事，再加上这连日高温，工程进度赶得很快，等那天所有人都赶来送这个当年镇上绝顶漂亮的女人时，她化成了灰静静地被压在了她男人为她砌成的高耸的石墩下，石墩上鲜红的"吾之爱妻"让人生生挪不开眼。

墓地很大，跟旁人不同，明明家在前村，景志业却挑了一块后村的地，这地没人耕，周围也就是些村里百姓弃了不要的旧屋，没正模正经踏平浇地之前，是一块孩童也不愿意去的杂草灌木丛。

"你把我阿娘放这里，离家远远的，就是怕她找你！"

景骁披着麻跪在墓碑前遽然大喊，景婳搀着景老太站得后，看不清他的脸，只听见他这几近撕扯的声音。

他在颤抖。

景婳穿过去走到最前头，跪在地上的景骁坚硬地昂着头盯着站在大家面前讲丧词的景志业，她想走过去陪景骁一起跪下，倒不是讲她真心认定了田姨的死是自己间接造成的，就是望着景骁这副模样，她心底里头便有了与他相同的感受，她也不愿多说两句开导话，就只想过去陪着他就地跪着，能跪多久就跪多久。

刚往前行了两步，季小菊便从后头推搡着挤了出来，先她跪在了前头，她絮絮叨叨地劝说，比蝉更嘈杂，这时候倒听不见她大舌头口吃的毛病了，她两只手挽着景骁，口袋里掏出来手帕子，给他拂拭汗珠子，或许也有泪珠子。她半挺着身子，跪得不那么下，倒是跪在了大家伙眼睛里。

大家伙都觉得这个城里来的小胖丫头漂亮，善良，景骁身边有这么个姑娘是他的福分，虽没的人讲出口，但景婠能听得到这些声音。她看着背对着她的季小菊，恍然看见了田姨。

景婠退了回去。

景志业并没有被景骁突如其来的咆哮激了怒火，他只是不再讲话，就那么望着景骁，麻衣很厚，父子俩在烈日的关照下不一会儿便汗涔涔了。

景志业用手背抹了抹脸上的汗，随即抹出几道褶，景婠看着他身下如被困雄狮般的景骁，方感觉志业叔不再年轻了。

不止志业叔，景忠国、阿娘、景老太、墓前的叔父阿姨，甚至墓中的人儿，那些曾经是这个村子里的跃虎腾龙们，都不再年轻了。

他们的锦瑟华年，像是都随着这个漫长的夏天，去了。

景婠没听得进景老太的话，在伏天过后立秋之前，坐上了回北京的火车。

这回景志业没派人送她去城里搭火车，兴许是忙田姨的事忘记了，景婠向景忠国提起，景忠国反倒将她骂了一顿，讲她这岁数就沾染了爱享受的习气，今后自己搭车去城里。

没有景志业的小轿车，景婠提着箱子走了好几里地，在镇上等着去城里的大巴，下了大巴还得叫辆黄包车，才能看见火车站广场上的大钟。

上了火车归置好行李，景婠便一头倒入夜色里，听着那曾经令人振奋的轨片有序的撞击声，她想到了第一次陪她去北京的林致与，想到了那会说要陪她一同考北京结果却食言的景骁，还有和她一样爱吃阿娘做的肉圆的童知之，手舞足蹈嬉笑怒骂的蒋奕娟，还有……还有那个递给她《热爱生命》的纸条，带着一脸邪魅的黎吏……

人类很奇怪，在有月亮的晚上，所有纷繁杂乱的思绪里，总是愿意回忆美好的东西。可能是夜阑人静，静到只能听见自己心里的声音罢。

二十七、

她要离开，离开去追赶她最后那点尊严，希望它们还没有跑远。

被电话响声从迷糊的梦境里拖拽出来的时候，已是薄暮冥冥，昨夜的一路星辰并没有送景媀一个安稳觉，反倒辗转辗转，难眠得很。

电话是方忠实打来的，方老板。

吃晚饭的地方在广渠门，方忠实要来接她景媀坚持不用，她拉开仅三尺宽的窗帘布，握着电话，看到了西斜红日下，最孤寂的北京。

北京的秋来得较南方更早一些。

景媀是宿舍里第一个回校的，兴许大家都愿意跟着父母家人多亲近，一个人睡到日晒三竿，没有了何沐进进出出的影子，虽有些不习惯，但倒是最自在不过，宿舍楼靠着四环路，她倚着窗，看着外头的黄瓦灰墙和行路上卷起尘土的车辆，顿觉此时的北京，被泼上了最不明亮的土黄色，黯淡得很。

南方的早秋也黄，橙黄橘绿的黄，宜人的黄。

她换上了一条连体的修身裙子，针织的，关窗时又思考回来的时候夜里头寒气重，又添了一件开衫，也是针织的。本想着素面朝天，出门前只照了照梳妆镜，又坐下对着它拍了拍脸，施起了粉黛勾起了眉。

倒了两次公交，晃晃悠悠了一个多小时，也总算是到了方忠实跟她电话里头讲的地方。

一个四合院。这是景媚来北京之后第一次见到老北京的四合院，景媚四处瞭望，院子里很精致，前后左右好几间屋子，就像是电视里或者书上讲的那种东厢房西厢房，她不自觉地笑起来，想着院子的主人应是戎马一生，年过古稀之后在这里颐养天年，养鸟做饭，归隐于世间罢。

进了屋子，才发现丫丫和张成名也在，还有几个看相貌四五十左右的挺有"派头"的这个"总"那个"总"，方忠实的左手边留了个位，见景媚来了，就招手她坐在他身边。

饭桌上的主题可能是老友叙旧，也可能是同乡聚会，还能是什么项目合作之类，或许是这一天睡得迷蒙，一顿饭下来景媚也没听见他们聊的是什么，只是蒙头喝着红酒，服务员过来给她倒，她就端起杯子往嘴里送。

喝了三两杯，不觉耳旁有丫丫的声音，有张成名的声音，也有一些不熟悉的浑雄有力或者瓮声瓮气。就是不曾听见方忠实的讲话声，景媚微仰着头，看见身边这个男人，久日不见他蓄了些胡子，像是有意，又似无意，他的手肘自然地撑在桌子上，半抱着拳放在颚前，衬衫袖扣一边解开一个，左手露出了一只老式金属手表，大家谈笑，他也笑，只是笑得含蓄，笑得客气。

他望见景媚在看他，扑红着脸，便附上她耳叮嘱了一句。

"你不许再喝酒了。"

随即他放下了左手，轻轻地覆上了景婳耷拉在腿上的右手，手掌很大，当然，也很暖。方忠实另一只手拂在台面，面带着微笑，依旧很平静地看着大家。

景婳觉得踏实，便听允了方忠实的耳语，放下了酒杯，她的手就这样自然地被他轻覆，没有双拳紧握，更没有十指缠绕，就只有轻覆，就像是一个人的两只手一般熟稔。

景婳晓得他和方忠实的"桌底交流"叫张成名看了去，张成名惊愕地望着她想要讲点什么，又被一旁的丫丫拽了膀子站起来敬酒去了。

饭局快结束的时候，四合院的主人进来同大家打招呼，景婳这才发现这大院子的主人也就是个三十左右的胡同青年，大卷舌的北京腔，搓断手的核桃，不离口的"中南海"，他坐下聊了会儿自己的"大院背景"，聊了会在北京的"外地人"，又聊了会手里的"核桃"，便道了"再会"走开了。

只是北京青年走了之后，饭桌上便没了之前那般热闹，只听一个五十出头的男人讲了句话景婳才明白了个究竟。

他讲他在北京打拼了二十多年，还不及一个手里玩核桃，毛还没长全的家里有个四合院的屁孩。他还讲不仅自己不及，兴许今后世代都不及。

"一个四合院能管几代吃住？"景婳坐在方忠实的车上问他。

"什么？"方忠实开着车，左手总是习惯性地转晃着，把跃出衬衣的手表往后送。

"那个叔叔，不是讲他今后世代都不及那个玩核桃的小子么？"

"哦，"方忠实笑了一声，腾出一只手，够了够后座的毯子，盖在了景婳露在外头的腿上。

"北京的秋天夜凉，以后出来穿长裤。"

方忠实没有看她，也没有回应她方才的问话，他的话语不多，但每句话都能讲得景婳没脾气，并且在心里头应下他的道理。

"刚才吃饭，你叫我别喝酒，为什么？"景婳紧紧盯着他，"你喜欢我？"

话出了嘴她虽觉得有些冒失讲不定对方还会觉得她可笑，但也并不懊悔，或许是酒意，也或许是心意，让她这么说这么做了。

他依旧没有回应，只是笑，"丫丫和张成名是我叫来替我喝酒的，你不用喝。"

景婳不去追问这样一句话真正的意义，她信了这是最美好的意义，柔软到心底。

景婳按下车窗，斑斓光影交错林立，今天环路上的风有些莽撞，吹在脸上有一种描述不出来的撕扯，跟那一天的不一样。

人也不一样。

车停在了宿舍楼下，景婳并不着急上去，她望着方忠实，心头暖意盈盈，没有跟黎吏在一起时那手足无措的紧张慌乱甚至不敢看他，跟方忠实在一起的时候，景婳反倒能自在地仰着头，拖着腮帮子肆无忌惮地仔细瞧这个比她大了十多岁的男人。

"方老板，"景婳侧着脑袋，"讲两句广东话来听听。"

"你做乜？"方忠实细眯着眼睛，浅笑着回望着她。

"你说，同样是方言，为什么北京人听你们讲广东话就羡慕得要死，其他地方的就嫌弃得要命哦！偏见！"

"我倒觉得，吴侬软语最柔情。"

"是吧！"景婠瞪着眼睛激动地说道，她随即脱了她的半高跟，把腿盘到了座位上，再用毯子一盖，正模正式地跟方忠实拉起了闲话来。

"你知道么，之前我们公司跟我一起做活动的小姑娘里头，有一个我老乡，叫蒋奕娟，你有印象么？我们两个一直老好老好，你晓得这次我回家一趟，发生了什么事哦……"

这个夜晚，景婠把这些日子里的那重重叠叠扫不开的茫然和委屈通通倾倒给了一个并不算熟识的中年男人，她习惯了吞咽，习惯了展示美好，她没有尝试过诉说，也不知道该怎样得体地将自己想讲的话讲给对方听而不会让对方觉得疲惫，还在这样一个没有准备的夜晚。

或许她本就认为，郁郁之事能语之人只能是那无关痛痒之二三罢。

方忠实只是静静地看着景婠讲，时而笑两声，时而问两句。他们聊挫败聊沮丧也聊希望；怨天骂地也掰扯命运；说人文情怀也谈风花雪月，车里一会儿高洁，一会儿俗气，随意得让人不知觉地也能忘记时间。

"倒真有些'停车坐爱枫林晚'的意境。"景婠看着头顶的星空，"只是'月落乌啼霜满天'，又该'睹物思人对愁眠'了。"

"下次跟你出来之前，我是不是还要'熟读唐诗三百首'，确保'不会作诗也会吟'呢。"方忠实逗趣道。

"原来你也会讲笑。"

"'睹物思人'，是为何人？"

校园里头静谧空旷，回校的学生不多，偶尔一两回来的，在宿舍楼下定和相爱之人久久不舍分开，也有在门口徘徊，等着他来接的女孩子，夜幕之下只剩那精心梳化后的脸庞。

分外明媚。

景婠望着她，她知道即便她等得再久都不会生他的气，就好像……

"丫头天没亮就跟这儿等了吧，你看看脸都冻红了，着急见我？"

景婠撑起了身子，眼前那个男孩分明骑着辆自行车过来了，他停在了她跟前，她知道自己是恍了神。

"方忠实，"景婠穿起鞋子，坚定地看着他，"送我去个地方。"

百草园小区。

小区就在学校向北两站地，不知道是不是进错了口，大门都已锈得往地里扎了根，留得一扇小门方便整个小区的人进出，附近学校多，小区大多是外租客，求学打工，天南地北，时常也能听见同韩剧里如出一辙的奇怪调调。

楼同楼之间挨得紧，绕成一个圆弧，中间留了块巴掌地供人休息，里面放了几个老年健身器械，不用讲，也都锈得风霜雪雨。

景婠在草丛边坐着，此时到让凉风吹醒了头脑，她不晓得自己是被什么冲昏了意识硬是要到这个地方来，还是在大夜里。

她用指甲掐着指尖的肉，想让自己回了魂就拔腿离开这个地方，哪知蹲得太久，刚站起身就一个趔趄，她顺势去扒拉，差点把眼前的人的衣服给生拽下来。

那人一只手拎着一袋水果，单手将景婠拉进了怀里，随即放开。

天这么黑，哪能看清他的脸。

"你怎么每回见我都这么热切啊还扒上衣服了这回，怎么在这儿，不放心我，监督我来了？"那人缓缓弯下身子，整个侧脸放在了景婠的侧脸旁边。"嗯？丫头？"

她的心又开始大幅度地颤动，她往后退了一步，生怕心里头那么大的响动会叫对方听见了去。

"上回在上海，你跟我说这学期不住校了，在这儿租了房子，刚晚上我跟我朋友吃饭，他送我回学校路过这儿就顺便下来看看，也没想能遇见你。你别老往自己脸上贴金子。"

"嗯嗯我知道，我可不知道么，你这顺便看看，看什么？"

那一弯邪魅的笑，突然亮了夜空。

"看，看看环境，随便看看。"

景婳不自如地撩拨着鬓发，她开始讨厌这样每每在他面前没了主意又不受控的自己。

黎吏。

天这么黑，景婳还是能看清他的脸。

他望了望大门外，"你哪个朋友啊，谁送你来的。小不丁点儿的，还有校外朋友啊，可以啊我们丫头长大了啊！"

他讲完便一只手勾住景婳的脖子，"走啊，上家里看看去，外头看有什么意思。"他一边讲着话一边向大门外看去。

终是同女孩子的住所不一样，黎吏的房间简单得一目了然，一张床一张桌子，一个卫生间一个冰箱，像是这个屋子现有的使用者随时随地准备离开，怕东西太多反倒带不走一样。

房门后面放了一个巨大的行李箱，像是刚搬过来，也像是要搬走。

"丫头最近忙些什么呢？"黎吏起了盒牛奶端给力景婳，"还读王小波呢？期末成绩怎么样？"

他总是这样，每一次的见面都是缘分伊始，上一次的纠葛就像是被谁擦了，并不是不愿提及，而是根本早已忘记。

景婳吸着气，她有些厌倦这样的重复，她不能做到同他一样遗忘或者假装遗忘，来每次去跟同一个人相逢悸动。

酒意未曾退去，她有些激动，直愣愣地看着他，"是，我是来找你的，不是什么顺便看看，我这么晚来找你，不是跟你谈期末成绩，更不是谈王小波的。"

黎吏站在窗户前，定了良久，他背对着景婳，景婳看不见他的表情，摸不透他的心意，她开始慌乱，连忙端起了牛奶灌了下去。

她要离开，离开去追赶她最后那点尊严，希望它们还没有跑远。

她无力地起身，又被来人强制地按了回去。

"你看你嘴边儿，白砂砂一片儿，大猫似的，出去吓唬谁呢。"

景婳笑了，又是这般无回应的教科书式回答，高级得很。

"不关你的……"

她突然觉得一阵冰冷贴上了面颊，全身发麻睁不开眼睛，大脑一片空白，却依然能看见黯然的脑海中此刻放出的绚烂烟花。他小心地轻吻她，上唇，嘴角，下唇，他开始用他平日里巧如簧的舌头辗转着寻找入口，不一会儿，便轻巧地探了进去，彻彻底底地吸吮着她，她的呼吸都快要被这个人夺了去。

他的鼻息在她面颊均匀地蒸气般散开，她用力地体味他在她唇齿间波荡开来的清沁之意，不知亲吻了多久，景婳胸口的温热愈发明显，仿肆会随地炸裂开去蔓延至全身，她抬起撑在床边的双手，抚上他的臂，轻捧他冰凉的面庞，最后环住他的脖颈。她缩起身子，想就这样被他吸着，吸进他身子也好……

就在这时黎吏松开了唇，轻喘着气，最后在景婳鼻尖处轻啄了一下，"以后喝奶利索点儿，别跟孩子似的弄得满脸都是，我还能回回都给你舔干净啊？"

讲完这句话他便懒散着筋骨般地晃悠到桌边，拿起了杯子准备倒水。

景婳像是被抽了魂的鸟雀，静立在枝丫上头，即使有了翅膀，也飞不出这片森林。

她捂了捂自己滚烫的脸，回想着方才那个炙热的吻，和之后那样一句没头脑的话，顿觉恼人得很，便使劲儿拽拖住血液里还没退去的激浪，冲到了黎吏身后。

她抱住了他，像一根绳索，打了死结。

"你喜欢我。"景婳贴着黎吏的背，他讲话时，磁力的声线又一遍遍亲吻了她的耳膜。

景婳想到就在几个小时之前，她问了另外一个男人同样一句话，不禁觉得可笑。

"是。"

"多喜欢呢。"

景婳站着的地方，可以望见窗外的月，是那样温馨，金黄的玉盘，不像是挂在天上，倒更像是挂在了自家的窗栏上，别人家是看不见的。

景婳缓缓松开了手，静静地除去身上那件软糯细致的针织外套，又慢慢背过手，去够身后连衣裙的拉链。

"哧啦"。

黎吏顿时回过了身，"丫头你干什么你！你特么知道你在干嘛么？"

他粗鲁急切地掰转过景婳的身子替她拉上了连衣裙的拉链，又捡起了在脚边的开衫慌乱地替景婳套上。

"我知道自己在做什么。就像争取内心任何一个美好的向往，我在争取你。"

那一轮月似乎更近了，但它带来了一股寒意，景婳想起月亮是冰冷的，因为月亮上头，还有一个广寒宫。

"不早了，我送你回学校吧。"

"我就想知道，为什么不可以，我乡下姑娘没有谈过恋爱我不懂，为什么要这样前后迂回，每当我感受到你的情意时，你又不声不响地跑回原地？"

时间和空气应是都静止了，不然为什么在这个空间里景婠只听见了自己哀怜的喘息。

"嗨，就烦你这样儿的，咱玩玩儿交交心就得了，当哥们处不挺好的么，非得在这儿较真儿，怕你们这些没谈过恋爱的。"

黎吏端起杯子，他喝得大声，咕嘟咕嘟的水声过了喉咙，像是要按压住体内将要蹿出来的妖怪。

"行，那就玩玩儿，听你的，我一向都听你的，"景婠不再像以前那般轻言柔语，她开始放大嗓子讲话，边讲边不自主地颤抖，她又开始脱自己的衣裳，倔强鲁莽。

"我特么真烦了啊！你赶紧给我穿上！"黎吏一把将外套抢了过去裹在了景婠身子外头。

"怎么了，不是想玩儿么？又玩儿不起了？"

黎吏看着她，他看见她眼里有泪，又哪敢细细地瞧她，便慌忙移开了目光，望见了窗外的玉盘。

明月如水，就像眼前儿的姑娘。

"我不碰处女，懂了么？惹不起，我怕麻烦，这回懂了么？逼我说这么明白真没劲。"黎吏没再看景婠，挠着头发站到了窗边。

"我送你回去吧。"

窗前的地上被倾泻了银雾般的月光，那个男孩穿着蓝色的毛衣静静地伫立在月光下，宛如初见。

"不用了。"景婠微笑，仔细地穿好衣裳，今晚的月，真是清冷啊。

"黎吏，"她走到门口，在按下把手的时候停了下来，"王小波是不是说过一句话，你帮我想想，'我们好像在池塘的水底，从一个月亮走向另一个月亮'，是这样讲的么？"

　　景婠走出小区的时候，方忠实在车旁环抱着双手微笑地望着她。

　　"送你回学校？"

　　"不，"景婠破颜一笑，"去你那。"

二十八、

这世上有的天使不会飞，有的兔子会咬人。

一个客厅，一间卧室，一个卫生间，厨房是开放式的，洁净的灶具上隔三岔五煲着汤，一喝便是二三日，整个循环里都是养人心脾的气味。

屋子是浅棕色调，浅棕的地板，浅棕的墙面，浅棕的柜体，单调却温馨，平常但不凡俗。

景婳每日在这里醒来都已是过午时分，窗边有夏云暖阳，桌上有广式靓汤，她像是已占有了这个城市的一隅，放肆地享受起来。

在看过了她的涕泗滂沱、昼吟宵哭，再到抽抽嗒嗒，方忠实讲她可以在这里，住到她想离开为止。

这天醒来，方忠实照常已经出了门，景婳盛了一碗玉米猪蹄汤坐在餐桌边定心喝起来。

"景婳？你们开学了吗？"

"丫丫……姐？"景婳看着手机上的显示小声问道。

"你在学校还是在老家呢？"

"在，在北京呢。"景婳不想让任何人知道她住在一个半老的男人家。

"太好了，你一会儿有空吗？陪我去趟地安门呗！"

"哦好……是有什么事吗？"

"没事儿，我约了仙人算命，你陪我去！"

"算命？仙人？"

在荷花市场大门墩底下，景婠看见了素朴的丫丫，没有了大高跟，不见了短皮裙，她穿着宽敞的棉麻裤子，一件纯色白布短袖干练地塞进裤子里头，她甚至不施粉黛，高耸的鼻梁上老实地架着一副近视眼镜。她背着双肩牛仔包冲景婠晃着手臂，像一个并未涉世的大学生。

"我去，我赶紧抽根烟，大仙不让抽烟。"她在牛仔包里翻找着"中南海"，话一开口，便出卖了她。

"丫丫姐，你今天怎么这模样……"

"难看吧？我就知道我不适合这身，清纯什么的我还是驾驭不了，可人大仙说了，得回归本我，不让化妆，尽量简朴，不然影响测试结果。"

"特别好看。"

灵异鬼怪之地通常都在巷林深处，这倒是不意外，一进门浓郁的檀香倒是有种让人深觉自己误入仙境的本事，景婠坐在了一张红木椅上，打量着这个十平方米的小屋，亦不敢轻易走动。

"她是看相还是？"景婠悄声问丫丫。

"塔罗。"

景婠点了点头，她不信这些，与其讲不愿信，倒不如讲，不敢信罢。

"咱们在等什么？里面还有人吗？"

"没有，仙人说要到28分开始，"丫丫捂着嘴指着墙面上的挂钟，"她知道我的八字，算出来的，嘘，我进去了啊，在这儿等我。”

丫丫放下包站起身，往里头走了两步掀开厚重的红布帘，景婠这才发现里头还有个隔间，布帘里头透着昏黄的光，她好奇地往里眺了眺，却什么也看不清。

能通灵天地仙怪之人，势必不可轻易叫旁人见得。

房子的水泥地坑洼不平，像是屋主有心不修葺，墙壁刷着杏色的漆，迷幻而压抑，地上摆放了些有鼻子有眼却不知什么的小物件，在这暗红的房间内狰狞，像是多看它们两眼就定会被慑了魂魄一般吓人，景婠噘了噘嘴，坐在椅子上安静地等着丫丫出来。

约莫过了半个钟时，丫丫从里头掀开布帘，向里头的人鞠着躬道着谢，一路躹着腰出来了，景婠看见她的眼里有雾气。

“哎等一下！”

二人正要走，红布帘突然被掀开，一道人声停下了她们的脚。

一个穿红色长布褂，肩披瀑布似长发的女人站在红帘前面，讪笑着看着丫丫，景婠突然觉得这女子像是从布帘里头幻化出来的，或许这一屋子的红原本就是一团红热，只是被这个女巫施了障眼法。

女人的脸很小，两只眼珠子黑得深邃，眼白同常人比要少得多，像猫头鹰一样。

景婠看着她的脸，觉得有点眼熟，但也只是眼熟。

“今儿的费用，您忘了。”

“哎呀瞧我这脑子！大仙您真的，太准了，说到我心坎儿上了，我真一直想着您说的话，脑子就魔障了，真对不起对不起，太不应该了！”丫丫忙慌从包里掏出一个早就准备好的信柬，走向前双手递了过去。

女人含笑，没了方才的心急，仪态表表地接了过去，便转身走进了那一团红色。

出了门走在地安门大街上，景婳才发现这世界此时竟是艳阳高照。

"她给你算一次，要多少钱？"

"三千。"丫丫掏出一根"中南海"，"你也想算？你就算了吧，一个学生能有几个钱。"

"三千？？？"景婳惊呼！

"她可真是准，你别看她岁数好像没多大，好多明星都来给她算过，那谁谁谁，眼睛特大那个。"丫丫一手插着裤兜，一手夹着烟，"我这阵遇到烦事儿了，想让大仙帮我算算。"

"怎么？"

她猛嘬了一口烟嘴头，一个大气之后烟雾又从鼻孔里重生了出来往头顶上空袅袅而去，"说给你听也没什么，最近吧，有一老头，追我，挺有实力的，我犹豫要不要就……只是要跟了老头儿吧，张成名肯定得让我滚蛋啊，但我这，我说白了就一北漂，好不容易有个自己的小事业，所以这'艺梦'吧……我还是挺想要的，不然等老头儿哪天玩儿腻了，我不成了渣都不剩的傻缺了么。"

丫丫一脚尖拧踩着被她抛弃的烟蒂，从包里拿出化妆品，"丑死了，找一地儿我化妆。"

"那，那'大仙'说什么了，给你出主意了么？"景婳接过她的包看着她往脸上拍粉。

"我都没跟她说我这情况，她就从我那牌里就看出来了，说我遇到选择了，你说准不准？我当时鸡皮疙瘩都起来了！还说什么抛弃现有的才能迎接更好的，太准了！哎我不能跟你说太多，大仙说天机不可泄露。"

"我总觉得我在哪儿见过她。"景婳紧着眉头。

"谁？大仙？"丫丫嗤笑，"别逗了，见她一次三千，你上哪儿见她。你等会儿，我接个电话。"

"喂，怎么了？"丫丫转脸对着景婠低语了一句"张成名"，便继续没好气地讲电话了，"谁？景婠？我跟她在一起呢……"

景婠满眼疑惑地看着丫丫挂了电话，瞪大眼睛等着她同她解释。

"有个内衣杂志，马上有一期做那种青春期文胸的，看上你，你的……"丫丫咧嘴笑着，两只手在景婠的胸周围比画，"你的玲珑奶，哈哈哈哈哈，妹子你幸运，拍完三千立马结！你看，其实有时候这赚钱也没你想的那么难，这不拍完你就能来这儿算命了！怎么样，拍不拍！"

景婠怔怔地看着这个女人在她面前张着血口狂笑，她被太阳选中，刻意地将她刺晒，直至睁不开眼，她突然不晓得自己为什么会同她走到了一道，甚至同在一束阳光下都已然羞耻，这个犹如路柳墙花一般骚气的女人，是乍然露出了低俗的本样，还是一直如此，景婠低头不作声，将背包还给了丫丫。

上公交车之前，景婠站住步子回过身，"其实我刚就想问，你为什么就叫我来陪你算命。"

"我没朋友啊，谁有空谁陪我呗。"丫丫往外挥了挥手，顺便拦下了一辆跟在公交车后面的的士。

"我则道是听琴钟子期，错猜作待月张君瑞，又不是归湖的越范蠡，却原来是遭贬的白居易！"

念书人长衫一褂，两袖翩翩，手挂戒尺当拐，雪鬓霜鬟，脚着布履，却步步生莲。

"同一个世界，同一个梦想""迎奥运，讲文明，树新风""北京，与世界同行"……

景嫆听得疲乏，便撑着脑袋盯着窗外挂满横幅的校园，奥运前夕，你总能看见精神饱满、斗志昂扬的发着奥运宣讲传单的大一的孩子们，他们挺着胸脯不知倦累地奔跑着，为身兼这样一份光荣的职责而无限骄傲。那样的眉眼，无一不传递着同一种极其渲染的能量：同学们，我们生在了一个好时代啊！

是啊，喜庆的红色，涂抹了原本应要出绿的校园。

景嫆早已习惯了坐在这样连接着教室内外的靠窗的位置，有些举动总是在不经意间，被迫地演变成了习惯，也不知那是何时。

习惯，真是可怕。

"相公，"教书人生一跺脚，齐了齐衣裾，"兴奴，兴奴你无须娇嗔状，咱们讲裴兴奴虽是琵琶女，但她做了许久什么，'外供奉'，是不是，'外供奉'做何解，咱们刚才讲到，是专门给王室又或达官显贵演奏的艺女，兴奴身于此却不攀附王权富贵，一心只向了这位白姓潦倒书生，那自是心中有台阶在的，对不对，此女虽不贵，但亦，不贱，来，孩子，你与郎君定情之时，声色应笃定，切不可娇嗔魅惑，勿忘其身份也勿忘其真情，不妨想一下你同你男朋友，带着那份向往、坚定，再来一遍。"

"长衫一裾"步哦疾徐，来回比画，甚是投入。

"老师，我没谈过恋爱。"

讲桌前有几个学生围着"长衫一裾"，像是在即兴排演今日所讲的《江州司马青衫泪》，这个演"裴兴奴"的胖胖的个子矮矮的短发女孩两只手吃力地别在身后，臊红着脸脸望着"长衫一裾"，又斜眼勾了勾"白居易"，惹得堂下一阵哄笑。

"长衫一裾"扶了扶眼镜，拭了下鼻梁两处的汗珠，指了指窗外，"兴奴啊兴奴，谁教你只读那无用圣贤书，如此良辰美景，竟被尔等虚设！"

景嫆同大家一道笑出了声，她看了看窗外头的"迎奥运"，又瞅瞅讲台上的《青衫泪》，像是坐在了古代和当今的交界，奇妙有趣得很。

大三伊始，景婠便选了这门《元刊杂剧研究》，选它只因道听授课之人专心讲解，自来无意于评判打分，选他课程的孩子期末无一例外是优秀，这样的讲师在大学是珍奇异宝，比那东区食堂一份肉酱排骨可抢手太多了。

出了二教的楼走在了和煦里，才切切实实地感受到了"长衫一褂"口中惋惜的"良辰美景"，阳光甚好，微风不噪，景婠怀抱着书，心中久违的开阔舒畅起来，难得的好天气带来了难得的好心情。

还是难得的好心情送来了难得的好天气。

教学楼前的一排林荫下摆放了整齐的展板，宣扬着奥运精神，景婠很远就看见了站在桌前拿着笔指划着低年级同学干活儿的童知之。

童知之这学期当选了校奥运志愿者小组的组长。

景婠想起自己已有一段时日没有同她一道吃饭聊天了，二人之间不晓得从哪时起越发地疏远，只是讲不出什么像样的缘由。

"应是知之志愿者小组的工作太繁杂吧。"景婠站住脚望着她心里头念叨。

正午的阳光暖得人倒有了腹饿口渴之意，景婠刚迈步走上前去想要邀她，一个熟悉的轮廓站在了童知之身旁，他拧开了一瓶水递给童知之，童知之喝得急忙，连着呛了几口，男孩顾不上掏纸巾手忙脚乱地攥着袖口替她擦拭嘴角，一边轻轻地拍覆着她的胸背，二人随后对视着笑了起来。

景婠以前从未发觉，童知之笑起来竟这样好看，她畅快地露着整齐的牙齿，两只可爱的兔牙机灵得恰好看起来那般配她。

她眼前出现了一个场景，两年前那一列开往北京的火车，车轮卷起

了轨道，车厢依附着车轮，黑夜包裹着车厢，林致与对她讲的那句话被车轮在铁轨上碾压，消失在黑夜里。

“他们，他们什么时候这么熟悉了，私底下背着我联系过吗，怎么没有人同我讲过？林致与是不是来找我的？怎么没有给我发消息，我没收到吗？”

景婠迅速掏出了口袋里的电话，除了几条校园兼职广告，没有任何来电或是信息。

她莫名地恼了起来，哪还来得及想明白为什么这样忿忿，脚底下便窜起了风跑上前去。

“林致与，你也在这啊，我刚要寻知之吃中饭，要同我们一道哦？”景婠尽力压着身子里的那团无名之火，笑问道。

男孩是个大高个子，尴尬的笑意显然不衬他，景婠不顾一旁的童知之，故意讲起了方言，她盯着他的脸，捉到了他的尴尬，竟有了捉贼拿赃的快感。

“致与是来找我吃饭的，你如果想要同我们一起，那你等我们一会，我把这个展板贴完。”

童知之站到景婠跟前，她矮小的个子突然压得景婠觉得自己快要喘不上气来。

“致与？”景婠站在树荫外，被阳光晒得感觉焦烫，头顶上冲着股热气让人头重脚轻，“你们见过几次啊，就致与了？”

童知之放下了手里的宣传页，慢悠悠地转过身子直面着景婠。

“我们在一起了，以后是怎么样我不敢说，反正现在是男女朋友关系，怎么了，还不能叫他声‘致与’啊？”

童知之盈盈笑意，旁人看着在逗趣，景婠听着满是猖狂。

哪有什么良辰美景，北京向来都是恼人的天气。

看得自己落了一地的脸面，景媗哪还有心思低头去拾，她脑袋里不知被谁放了一个定时引爆器，就在转身的那一霎那听见了倒数后炸开的声音，响烈到之后什么也听不见了。

"我叫你呢，没听见吗？"

童知之追了上来，拉住景媗的胳膊。

她用坚毅的目光锁着景媗，仿佛在等一个做错事的孩子主动承认错误。

"怎么了，我谈恋爱了，你不高兴？"童知之闪烁着双眸，"因为我起点不如你，没你漂亮，身材矮小，背景一般，可是以前在你身后的还不错的男生竟然看到了我，让你不舒服了？你还没谈恋爱呢我竟然比你先幸福了你觉得没道理？"

景媗看着这个以前一同吃肉圆的浙江女孩，倏忽一下打了一身冷战。

她突然害怕起来，害怕温婉善良背后竟是咄咄逼人？还是怕被人撕下了面皮不知此时的自己是哪种模样？

其实哪个人又不是暗地里备齐了各色面具，人前人后换着戴。

"你在说什么呢？"景媗瞪大眼睛看她，黯淡，干涸。

"那你告诉我，你在气什么？"童知之总是在微笑，景媗突然发现从认识这个女孩的第一日起，她就一直在微笑。

"你既然问了，那我就坦白讲了，你没有什么要跟我解释的吗？我以为我们俩是好朋友，你同他好上了，不应该告诉我的吗？毕竟你们也是通过我相识的吧？这叫什么好朋友？"景媗攥着拳头，看着远处正在向她们走来的林致与。

"是吗？"她依然微笑，"是因为这个？"

"景媗，你为什么把我当好朋友，不是因为我看起来样样比不上你吗？有些话原本也不用都讲透了，可是你非要做出一副我们欠了你的样子，那我也不想憋着了，你嘴上讲拿我当好朋友，那你跟那个新闻系的，黎吏，告诉我了吗？还有经常开车送你到宿舍楼下的那个校外的男人，又是怎么回事，你的课余生活那么丰富，天天也不晓得在忙什么，你同我分享过？像好朋友那样？怎么了这阵，没人陪了想起我来了？你表面上唯唯喏喏谦逊无争的样子，其实心底里谁都看不起，我努力学习，努力做志愿者攒履历，努力争取想要的伴侣，我有什么错了值得你冷眼嘲讽？"

林致与长得方正，家中条件也优渥，自小随父母走南走北，透着一股有模有样的气质，在镇上的中学里头自然是出挑的，景媗高中时倒确实也倾慕他，对于自己，林致与也是看得出来的心思，只是童知之讲的没错，来了北京之后，本以为早已揣在兜里的物件，一不留神，竟没想到也会叫旁人拿去，不禁冷眼望他笑了起来。

"你笑什么？"童知之的笑意不见了，兔牙也被收了起来。

"你知道吗？"童知之斜过身子，"你想要的东西太多了，该你的不该你的都想要，可是近的又总是看不上，远的又总是够不着，我们都是小地方来的，你的想法我也懂，只不过别老想些不切实际的东西，路还是踏实点走吧，毕竟你也没有翅膀，别总把自己当天使。"

"不是讲一道吃饭吗？景媗你怎么先走了？"阳光下高大帅气的男孩站在两个女孩中间，景媗发现路过的女孩子们无一不在向他投送着自己的目光。

童知之突然一只手绕进了林致与的肘弯，"景媗讲她想先回宿舍把书包放一下再同我们去，我跟她说不要回去了，你力气大，你帮她背着就是了，好不好？"

"哈哈，好。"

景媗像是个犯人，被缰绳镣铐拖住了手脚，无头脑地跟在他们身后。

她咬着牙在找寻问题的根本，童知之的言语像打乱的编码一样在她脑子里不断地编排又组合，她突然意识到自己不想就这么被比下去。

不，她太不想了。

她挑着眉拿出来电话，提着臀走到跟林致与他二人并排，耸着腰肩，惶急地冲电话那头的人假模假式地绕着舌头讲着令人尴尬的不道地的京话。

"你丫上次说那杂志，还拍么？"

"哟，怎么了，想明白了，不跟钱过不去了？"

"去啊，为什么不去啊，万一出名儿了呢？那什么，你发一时间、地址到我号儿上。"

童知之嘴角的鄙薄景婠怎又能看不见，她挂下电话的手心就像被一团蚂蚁垒了窝，奇痒难忍，虽不至于让她行坐难安，但终究是一未命名的病症，且蔓草难除，根深蒂固。

"你以后可不要来我们学校了，你看见这些女孩子看你的眼神了吗？我一个不留神可能你就要被她们勾去了魂，看来我得看紧你了。"

童知之仰着面孔，她那两只兔牙忽闪忽现，惹得林致与开怀笑起来。

景婠方才的独角戏并未引来观众，她不断地用手指抓挠着手心，想把那窝子蚂蚁通通刮干净。

这世上有的天使不会飞，有的兔子会咬人。

二十九、

> 我分不清海跟天，也分不清好人跟坏人，你分得清海跟天吗？
>
> ——林海音《城南旧事》

景婳坐在去南城的出租车上的时候，她的其他同学们正在"二教"楼里上"老枪炮"的课。

出门之前景婳查了一下去拍摄地点的路线，七道弯八道拐，她穿着一条过分艳丽的花裙子，从童知之面前踩着地板一步步走出了教室。

"花裙子"是不适合坐公交的。

从学校打车去丰台，少说也要八九十块钱，只是她傍晚回来之时，想必已是三千元入兜的人了，何必计较着这说不上嘴的零头，心里头这样想着，一只手便高举在马路边，拦下了一辆出租车。

毕竟，"花裙子"是不适合坐公交的。

北京的出租车上有一股特别的味儿，几乎每辆出租车都能闻见，不是布料，不是劣质皮，不是机油，它同每一个北京出租车司机给人的感觉是一样的，一股亲近，但陌生的味儿。

越往南开，路边的景样就越同身后渐远的北京城有了二致，她想起黎吏同她讲过，南城才是北京的根基，有着老舍先生的《龙须沟》，有着"好人不去"的天桥儿，有着断头冤鬼的杀人地儿"菜市口"，更有着风花雪月的"八大胡同"，景婳想起黎吏同她讲到"八大胡同"的时候，她使着性子偏要追问，黎吏便被她折腾得懊悔，红着耳根子粗言淡语地瞎讲了一番，想起，那还是他第一次被她在言语上压得没了脾气，事后幡然懊悔，说没曾想小丫头竟然对花红柳绿之事如此有兴趣，要是换个男儿身定是个流氓胚子。

景婳面露笑意不自知，师傅又大声吆了两遍她才听见，百元大钞给出去接回来几个硬壳壳子，心里头不免有些心疼，这日阳光甚好，秃溜溜的南城没了那么多高楼建筑，当空多站一会儿身子便开始发了烫。

南城是土瓦色的，同东边儿的砖红一比较，就像是被血雨腥风来回洗涮，脱了一层最顽固的面皮。

景婳寻着丫丫发给她的拍摄场地，一路走着，脑子里又想起了林海音的《城南旧事》，想着想着，她不晓得自己一个学文的丫头，竟怎会在同学们都在学堂里坐着的时候，独自出现在了这个地方，她突然有了一种恐惧，她觉得自己不觉中已游走在生活的边缘，进不去，亦出不来了。

拍片的地方是个平楼旧作坊，景婳不知道它以前是干嘛用的，但看摆设一定不是个专用摄影棚，屋子虽很小但因为移走了一些器件显得很宽敞，屋里头男男女女估摸十一二人，几扇窗子都开着，能看见屋后有一间小的畜养厂，大门敞开，几头猪在不知所谓吃着不知道是不是最后一顿饲料。

"你谁啊？"一个叼着"中南海"的背头大花臂开着外八字穿着大裤衩朝景婳走了过来。

他的两条腿很长很精瘦，小腿肚上夸张地爬满了历久弥新的刺青，也许是刚纹不久，皮肤表面仍在发红、肿胀，两个狰狞的图腾在行走两端宣示记忆。

走进了景婠才发现，他两边小腿的两个图腾，分别是两张年轻的人脸。

景婠遏制着内心的惊恐，她没见过用刺青代替自己皮肤的"问题青年"，还是栩栩如生的人的面孔。

"我是'艺梦'的模特，丫丫叫我来的。"景婠把头沉了下去。

"丫丫，你的人！"

"来啦，咋来的？"丫丫跟摄影招呼了几句便跑了过来。

"打，打车。"

"哟，豪气啊妹子！"

"怎么这么多人啊？"景婠探头探脑地轻声问。

"呃，这，这我也不清楚，我以为就我们一家公司呢，哎你来都来了，先拍吧，她们都拍完了。"

"她们？"

"丫丫，赶紧让你的人脱啊，还拍吗？"刚刚那个摄影师撑着相机不耐烦地冲这边吼了句。

原本旷谧的空间被他按下了静止键，大家都朝景婠看去，哪怕只是陌生人，却依然饶有兴致地看着将要发生的热闹，空气上方是一缕缕的"中南海"，它们都在眯着眼斜着嘴角期盼着什么，就好像买了门票一样，一定要看这出戏。

"我，我在哪儿脱啊？"景婠被吼得不忿，直勾勾地看着摄影师。

他嗤笑一声，甩了甩油腻的头发，"丫丫，你的人，你处理。"

丫丫虚着眼睛尴尬地冲景婠撇嘴让她别再吱声，"王哥你稍等，小姑娘不懂事儿，刚出来，皮薄，高才生，我给她找一帘子。"

没承想丫丫这句圆场倒让这屋子窸窣开了，一只只螳螂似的不同公司的模特认祖归宗般地聚到了一起，捂着嘴，摇着头，翻着白眼，像是排练过般的整齐划一。

"逗我呢？刚她们拍的时候你见有帘子了吗？用不用给高材生准备个专门儿的化妆室？更衣室？"

景媚看着这一群九流之人，瞬时觉得可笑，她拿起包转身正要走出去，却被丫丫一把扯住了手腕。

"你这一走，我以后还混不混了？"她压着嗓子，眼睛里有种将要冲出的力量，是景媚从不曾见过的。

她的手腕被另一只手紧紧地铐着，冰冷而有力。

"呵。"景媚轻轻转了转手腕，"你松开。"

那只手像是并没有得到主人的授准，死死地锁着她，按压着她脆弱的脉搏。

"你一直拽着我，我怎么脱，你松开。"

丫丫松开了手，她像是并不意外景媚的妥协，为了几千块钱也好，为了这难得的露脸机会铺垫她们的明星梦也好，这里的姑娘们，外头的姑娘们，又怎会有不妥协的道理。

景媚拿着给她的文胸，面无表情地脱掉了那条"花裙子"，她扔在站在她跟前的丫丫脸上，当了她的衣服架子，丫丫也不恼她，拽下脸上的裙子撑在景媚的面前，帮她遮挡。

景媚看着窗子外头，一头黑猪像是被饿着了，挤着伙伴的身子把头一股脑塞进料盆，哼哧哼哧地吃了起来，它饿得只看见面前的吃食，即便主人想再多添些给它，也因它埋进饲料盆的大脑袋再也装不下而作罢了。

门面的墙外上写着一行标语——"养猪希望富，希望来帮助"。

井 蛙

景婳穿好衣服到方才的大花臂那儿站定，"能结一下今天的费用吗？"

一旁的姑娘手捂着嘴嬉笑着敲打着他的臂背，"你这也太牛了啊，你把你女朋友纹身上，不怕哪一天分手了啊！"

"那怎么了，咱要的是这过程，这年代谁还在意结果啊。"

大花臂像是没听见景婳同他讲话，跟一群小模特聊着天。

"那个，我一会儿还得上课呢，能先把今天的费用结算给我吗？"

大花臂转过脸，缓悠悠地吐了口烟雾，从屁股兜里掏了两百块钱，扔在了一旁的椅子上，接着又进了模特堆里津津乐道他的刺青。

"你是不是记错了，丫丫说有三千我才来的。"

景婳往前站了一步，面无表情地逼问他。

"多少？"大花臂直起身，掐了烟头，"你以为你哪个腕儿啊？三千？你是来逗我的吧妹妹？"

"麻烦你说话……"

景婳像只被拔了羽毛的孔雀，使着最后的气力想同着野物决斗，却又被丫丫拉了出去。

"这事儿也怪我，具体情况我也没仔细听张成名说，这阵你也知道，我自己烦心事儿也多，我以为就咱们一家公司呢，也不知道品牌这边儿选了好几个模特，而且你就拍那一款，一页面，有两百也不错了，你跟他横有啥好处啊，以后还想不想接活了。"

丫丫转身帮景婳拿出了背包，送她到了路边，拦了辆车，她掏了一张大票子给了司机，便招手景婳让她回学校了。

"你刚不是问我，以后还想不想接活了么？"

丫丫刚往回走了两步路，景婳探出头叫住了她，她看着车里夕阳下的少女，眼角分明泪痕闪烁。

"我不想了。"

天已近黑，景婠坐在车里盯着手里刚拾荒似的捡起来的两百块钱，觉得可笑，谁可笑呢？那个大花臂吗，还是那圈皮包骨的莺歌燕舞，最可笑的可能是自己吧。

好好的课不上跑来拍杂志可笑，为了点钱不识羞耻地脱去了衣服可笑，临走拾起那两张钞票也可笑，为了想让所有人羡慕，让所有人后悔而孵化出的那最无用的虚荣心最可笑罢。

她在五道口踩着夜黑溜达着，五道口很热闹，热闹的让人感到入骨的寂寞。

景婠在一家门脸很小的酒吧前停了下来，怎么走到这儿了，老天是成心的么，在这狼狈错乱的一天最后，把她推到了记忆门口，那天和黎吏、童知之帮着史毅洗脑的画面就在门里面，物是人非，其实要不了多少工夫。

"你好我们现在还没开始营业呢。"

她还是推开了门。

"我这里有两百块钱，捡的。"她讲的倒也事实，是捡的也没错，"我们老家都讲捡来的钱要马上花掉，要是想让我在你们这里花掉，那我就坐下了，不想我就换地方。"

一个束着大马尾的姑娘从台上下来，景婠才发现台上有个人，她可能是在调试着她的乐器，琴、鼓，或是其他。

景婠认得她，她那天唱了首好听的英文歌，还跟黎吏挥手打了招呼。

大马尾开了瓶啤酒，食指和中指夹着瓶身，郑重地推到景婠跟前。

"我请你喝，不要钱，"她的下巴很短，手撑着下巴的时候，感觉脸又短了一半儿，只剩得两只大眼睛在凝睇着她。

像猫头鹰。

"那你老家有没有说，这捡来的钱花不出去了，会怎样？"她的下巴在有频率地撞击着撑着它的手掌，她在嚼口香糖。

景嫆喝了一口酒侧过身来看着她。

"会倒霉？哈哈哈。"她跳下椅子进了吧台给自己也开了一瓶啤酒，"你怎么还信这个。"

景嫆不晓得怎地答她也就不再讲话，自顾自地往嘴巴里送着酒罢，三两口地不知怎的脑袋就有些晕沉了。

"你慢点儿喝，这啤酒跟一般啤酒不一样的，度数高。小丫头听姐姐说请客，也不能这么个喝法儿啊。"

酒吧里的客人陆陆续续进来了些，大马尾招呼了景嫆一句便去舞台准备唱歌了，景嫆也不愿看，只是给了她两只耳朵，坐在吧台边安心地听着。

酒精是记忆的加速剂，它催促着它飞速地播放着记忆的主人不愿想起的故事，不愿想起的人，一遍又一遍。

"谢谢大家。"

大马尾唱了四五首，鞠了躬下了台，用心的演出换来了三五稀落的掌声，大多人只是在喝酒，在碰杯，或者玩着下酒游戏。

"怎么样了，几瓶了？"

景嫆看着她的脸，突然伸手按住她的肩。

"你认识黎吏吗？"

大马尾冷笑一声，掏出一个烟盒，"你是他，同学？喜欢他？"

"是。"

"看你这柔弱样儿，说话还挺坚定。"

"你认识他。"景嫆按着大马尾的手不自觉地在用力。

"呵，何止认识啊。"

"你们……好过？"

"哪儿能啊，我跟他是发小，我爸，跟他爸，都是一个大学教书的，我俩从小就认识，你还别说，喜欢这小子的小姑娘真是，太多了，我就不明白了，为什么呀？哈哈。"

大马尾叼着烟，两只手掰开景婳的手，"我去，你弄疼我了姐们儿！"

景婳弓着身体，迷离地看着大马尾，她像是在荒郊野外找到了指南针，一阵惊喜之后想用它来找到迷失已久的方向和不知所踪的那个人，可是抱在手里后发现，她不会用它。

她很想问点什么，可是不晓得该问什么。

"你要是想问他去哪儿了什么的这我也不清楚啊，找错人了，他爸做了那事儿之后我爸就让我少跟他们家打交道了。"

"出事儿……什么出事儿……"景婳被音乐声震得迷糊，她晕头转向地看着大马尾在她跟前闪烁着她深暗色的黑瞳。

大马尾变戏法似的掏出了一副塔罗牌，"我挺喜欢你的，今儿你运气好，姐姐给你个全套服务，来吧，挑一张。"

景婳看着她，又看看这四张牌，便挑了张跟前的。

"嗯，我看看，逆位，权杖二，这张牌表示，你是时候放下这段感情了，因为呢，你无法得到你想要的结果。比较匆忙，我只能给你算这么多，好好算的话需要准备很多。"

景婳看她讲得认真，轻笑了一声继续喝酒，本以为自己隐藏得好却没想到叫大马尾看了去。

"怎么了你不信我会算？姐们儿，你知道我算一这个，一次收费多少么？你捡了大便宜了知道么？"

"多少？"景婳头晕得厉害，看着她猫头鹰似的眼睛，觉得眼前之人有些熟识。

大马尾挺直身板，掰起了手指，一根根竖在景婳面前。

"三百？"

"呵呵，"大马尾掐灭了烟，"加个零吧。"

她抓了抓头发，把束在马尾上的皮筋拽了下来，随意地散了散，两挂乌黑便瀑布似的挂在了面前。

"你？是你？你就是那个，三千块？！"

青春的日子大多恍恍惚惚地过着，除了去上林桐意的《当代小说经典文本分析》和其余为数不多的有意思的选修课，景婳便很少出宿舍门，她再也没有了黎吏的消息，跟童知之亦渐行渐远，也并没有选她最爱的《中国文学》，好像在梦开始时憧憬的一切，都在离她悄然远去。

当想要的一切远到消失在你的视野，你便索性坐在了地上，不再追逐它了。

每到周末景婳便慵懒地睡上一天，夕阳压着树梢的时候就起身收拾，等着方忠实来接她，每个周末方忠实都有饭局，每个饭局景婳都会坐在他左手边的位置。

景婳当然知道班里有关她和方忠实的流言蜚语，日子久了，装作听不到罢了。

"那个，你在'艺梦'的档案我给你销了，以后别去了，我跟丫丫说过了。"

"什么？"

这天饭局结束得有些晚，送她到了学校门口，方忠实便找地方停好了车同景婠一道进了校门。

"哦，好。"方忠实的话，景婠总是听的，"最近也没去过，以后也不会再去了。"

"你最近跟'四合院少爷'关系不错啊。"景婠突然想起了什么。

"'四合院少爷'？"方忠实懵了头脑。

"哎呀就那个，一直搓核桃那孩子，我看每次吃饭他都在。"

"你就是个孩子，还讲人家是孩子，比你大多了好不好。"景婠总觉得方忠实的声带里有枫糖，听的人一不小心就会被他柔软然后融化。

尽管刚过夏至，夜里仍是有些凉意，景婠越发地觉得这个白天伪装着满腔热情的城市到了晚上，只剩冷傲淡漠。

"方老板。"

"嗯。"

"你觉得北京，冷吗？"

方忠实抬起脸看了看头顶这夏日里的星空，"冷。"

景婠看着这个从来就话不多的男人，笑了。

夜晚的校园他俩走过很多次，学校是个奇妙的地方，夜深至此，仍是嗅得到阵阵能使人安下心来的书卷气。

方忠实右手覆着景婠的肩，将她往自己身子边紧了紧，俩人也不言语，细细地听着双脚踩在黑夜里的声音。

"沙沙"……

"踏踏"……

又或者还有些声音。

像是自远处传来，又好像就在不远处。

它没有频率，毫无规矩，一会儿有些撕扯，一会儿又缓缓安静，陡然尖锐地划破空气，又转而无节奏地嘤嘤低鸣。

"谁在哭？"

景婠听见方忠实这句疑问"噌"地卷进了他的怀里，双手捂着脸，头埋进他的胸膛。

"别吓我，我，我怕鬼。"

方忠实捧起景婠的脸，"书都读给谁了，还信鬼神说呐，哎，你们学校的土地老儿听你这话一会要被你气得蹦出来了。"

景婠知道方忠实为了让自己不害怕在讲乐逗她，便吸了口气，"你这笑话真不好笑，没水平。"

"走，去看看，"方忠实握紧景婠的手寻着哭声走去，走了几步又停了下来。

"有我呢。"

走进了几步，景婠确定声音是从二教后头的那条一直在施工的小路上传来的，她突然想起了黎吏跟她讲的关于这条路的故事，便"啊"的一声往后拖拽了一下方忠实的手。

"'保研，保研路……'"

"保研路？"

整条路只有一盏昏黄的灯在用力地为谁照着明，这条路的灯不知为何总是会坏，也不知为何总会剩一盏。

女孩应是感觉到有人在向她走近，停止了发声，静静地瘫坐在地上，那盏灯像一桶凉水，从上到下不停地在冲洗着她。

他们走进，站在了女孩跟前。

她穿着一条丝绸短裙，一件无袖白色衬衫一边已被撕扯到了臂弯，露出了被解开了扣子的肉色文胸，衬衫的两颗纽扣在女孩的脚边静静地躺着，还有一颗不知了踪影。

景婳慌乱地跪在了地上，颤抖着双手替她重新调整了衣物。

"能起身吗？"

景婳被头顶上方传来的声音吓一跳，她扭头看了看方忠实，随即转过身等待女孩的回答。

女孩缓缓地抬起挂着泥土和泪痕的脸。

"何沐？？？"

"房卡你拿着，有什么事给我打电话，我一直开着。"

方忠实在学校旁边的酒店里给景婳和何沐开了一间房，他把房卡放在景婳手里，走的时候看了一眼何沐。

"呃，那个，今天就让我陪你吧，你想睡我就陪你睡，不想睡的话那咱们就不睡了，我陪你聊天，聊整晚都行，没事儿的。"

何沐洗完澡出来坐在镜子前吹起了头发，她看了看景婳小心翼翼试探性的神情停了一会儿又继续吹。

"你帮我个忙，"房间里很长一段时间只有吹风机嘈杂的声音，尴尬，凝固，"明天帮我跑趟政教。"

景婳看着跟方才似是两个人的何沐，有些说不出话来。

"我会感谢你。"

何沐抬着下巴盯着景婳惊愕的面孔，突然哧鼻笑了一声，"你怎么总这副委屈惊慌的表情。"

景婳的眼睛睁得更大了。

"你知道吗，我第一天见你就特不喜欢你这种端着劲儿的样子，老感觉你那样儿特无辜，其实你谁都看不起吧，觉得自己特与众不同？你们江南女子都这样儿么？"

何沐掀开被子钻了进去，"怎么了，你不是说要跟我聊天儿吗？怎么又不说话了？"

景婠站起身子一步步走进她窗前，"你跟我熟吗？凭什么在这批判我？我凭什么听你在这教训人？"

"哟，对，就该这样，有什么不满说出来，有什么想知道的问出来，别老自己跟那儿演一堆内心世界。"

"我对你的事不感兴趣，没什么想知道的更没什么想问的。"

"今儿这事儿，不凑巧，撞见我的人是你，我就跟你开个口了，帮我这个忙，我知道你一直不喜欢我，我也不喜欢你，但我清楚你也不是多话好事儿的人，我也相信你能帮上我这忙，只是咱俩吧，性格不是特对付，可惜了，不然没准还真能成朋友。"

"口气不客气，态度不端正，连求人的时候都这么跋扈，你们北京人都这样？"景婠鼻子冒着气，像是有两团小火苗灼灼燃烧着。

"景婠，我发现你好像变了，你之前可不这样，你看你，早能跟我贫上两句嘴多好，最起码我能感觉到你的真诚。"

"我对人真不真诚可跟你没关系，再说了，要真诚，也得对方值得，很明显，你并不是这样的对象。"

景婠拎起挎包大步朝门口走去。

"回来！"何沐大喊一声震住了景婠的脚。

"睡下！这么晚了你一个人去哪儿？你是想跟我一样吗？"何沐眼神里除了责备埋怨，那一瞬间，景婠还看到了，真诚。

"大家都在准备考研，你呢？"何沐坐了起来。"之前我还挺嫉妒你的，林桐意那么喜欢你，其实我看过你以前写的文章，做的发表。"

景婠惊诧，不晓得她又要讲什么没缘由的话。

"你比我棒，"她说得笃定，"你应该考研。"

人生很奇妙，在每一个往前走的日子里，都有一份意想不到在等着你。

"你好好休息吧。"景嫱躺在了另一张床上，留了一盏卫生间的灯，闭上了眼睛。

床的旁边有一个闹钟，它"嘀嗒"的响动一声声扣在心上，显得这一夜那么空旷。

"大一的时候，你记得那会儿班里有一阵儿你的传闻，是说一个老大叔在寝室楼底下给了你一沓钱，被人撞见了，你记得吗？"

"嘀嗒，嘀嗒。"

"你当时以为是我传的吧，在'老枪炮'课上攻击我来着。"

"嘀嗒，嘀嗒。"

"那事儿是童知之传的。"

"嘀嗒。"

政教处。

第二天一大早，景嫱找去了校办公室，她抿了抿唇，毅然地叩了叩门。

"请进。"

在奥运火炬传递到珠峰的时候，景嫱收到了何沐的信息。

"托奥运的福，我被保研了，本校，本专业。"

景嫱放下手机继续看着电脑上的新闻，手机又响了起来。

"谢谢。"

三十、

只看见视线前方那"××支队"的白色方正字体，突兀地散发着它的土气。

"我都挺好的，你们也顾好自己的身子，身子最要紧的，叫阿爹做工作也不要那样辛苦。"

寝室里熄了灯，景媚便拖了电话线到寝室外头讲电话去，电话那头是阿娘。

"我们晓得的，你不要省钱舍不得吃饭，阿娘银行工资高佬，钱不够要同我讲。"

"嗯。"

"哈哈哈哈哈……好的呀，那你回国我们一起去好了呀。"童知之在走廊那头眉语目笑，林致与这一学年去了英国，每天这个时候都能看见在楼道里发出阵阵春雷般笑声的童知之。

"喂，囡囡，听得清哦？我讲你生活费不够了一定同我讲！你个边怎么那么闹的啦？喂？"

"阿娘，"景媚屁股坐在了水泥地上，把嘴巴埋在了手弯里，喃喃自语道，"我有点想家了。"

离上课还有一些光景，景媚一个人倚在后排靠着木窗，机械地在纸上誊抄着课本，像个没血肉的玩偶娃娃。

桌面前突然多了一块面包，景媚抬起头，何沐放下包在她身边坐了下来，拿出课本又把包塞进抽屉。

"你干嘛坐我旁边？"景媚白着眼撇她。

"不乐意？"何沐咂巴着嘴发出造作的响动，贴近景媚吹出个白色的泡泡来。

"恩，不乐意。"

"可是我乐意。"

景媚放下笔，"你不都已经保研了么，还来上什么课？"

"那你呢，你不都已经放弃了么，还来上什么课？"何沐把口香糖放在了对着景媚那边的腮帮子里，咬肌有频率地在脸部挪动。

"我放弃什么？"

"你的人生啊，我感觉你已经放弃了。"

景媚看着何沐漫不经心的脸，好一会儿之后突然用力地扭紧她的手腕，"毛还没长全的人有什么资格评论什么人生！你参与我的成长了吗？以后说话麻烦你过过脑子，别张嘴就来，大家都是妈生父母养的，谁也不低贱于谁，你北京人也高贵不到哪里去！"

"我哪句话说北京人高贵了？不愿意呆你回去啊，我可没看不起任何人，'老枪炮'的课你不是从来不太上么，看你今儿来了跟你开一玩笑，这么敏感干什么？你不觉得你太紧绷了么？"

"行行行,你给我放开,板儿瘦板儿瘦的这么大力,"何沐转了转手腕,"你要没放弃就给我每节课好好上,别让我真看不起你。"

"老枪炮"一如常态就着上课铃摇晃着进了教室,他刮了一眼坐在后排的景婳,轻咳了一声,"好,我们上节课讲了'易安体'的三个特征,哪位同学帮大家回忆一下。"

"景婳!"

叫唤的人不用讲,何沐。

景婳迟缓地站起身,她来不及想何沐到底在干什么迅捷地翻着课本,脑袋里空白一片。

她当然答不上来,坐下的时候何沐递了张纸条。

"不要怕,不要躲,硬头上。"

一整节课景婳都臊红着脸,又羞又恼,她不明白突然变了相走进她的何沐到底怀揣着什么样的意图,只是有一点她依旧没变,还是跟肚子里注了坏虫的妖精一般,惹人讨厌。

下课铃响的时候景婳按住何沐想要质问,不想竟被对方先发了声。

"你那新闻系的学长,这两天回来了知道吗?我在教务处看见他了。"

"谁。"

"明知故问是你的好本事。"

何沐拉出书包带往胳膊上一胯,走的时候又回身挤着眉眼添了一句,"不要怕,不要躲,硬头上。"

他回来了。

景婠站在教学楼里洗手间的镜子前头，伸出去两根指头接了几滴水，对着镜子往两边的发鬓上捋捋，方才几根往外蹿遛的头发丝此刻服帖地顺在了耳后。

"他不是出国了么，怎地又回来？"景婠抱紧课本，压着自己的胸脯，里头轰隆轰隆作响声，分明有东西快要跳了出来。

"蛙蛙！"

一个妇女双手缠绕着伫立在教学楼前向里头寻望，她双手肘弯一边挂着一个两层的不锈钢饭盒，脚边放着一个大尼龙背包，上头印着"**支队"，前头的字已被时间磨光了皮，看不清了。

"阿娘！"景婠尖了嗓音奔跑着出来差点踩空了台阶，"你怎地来北京了？也不同我讲一声，我去火车站接你啊，背这佬多东西！"

景婠弯下背去提尼龙包，鼻子凑上阿娘手里的饭盒子，仰头对上了阳光，笑逐颜开。

"肉圆子。"

停顿的工夫手再去够包带已然捞了个空，一双帆布鞋踏在阿娘身后快景婠一步提过了尼龙包。

"丫头。"

他像是变换了发型，脖颈处剪短了一些，又好像没有，景婠闻得见他身上好闻的香味，脑袋却似被人按住了穴位怎么也抬不起来，只看见视线前方那"××支队"的白色方正字体，突兀地散发着它的土气。

从景家村带来的土气。

土气的肉圆子，土气的尼龙布包，土气的……

这几个字抓挠着景婠的心窝子，抓挠着她的脸，她一把抢过手提包，慌手慌脚地拉着阿娘往宿舍走去，她背对着黎吏走出两步换了个姿势，将有字的那一面抱在了自己的胸前。

黎吏的手掌被方才景婠那一下抢包动作抽得火辣了起来。他轻轻地合了合掌心，塞进裤子口袋里头，握紧了没能给她的纸条。

"先头那个小佬，"阿娘一边给景婠开着饭盒一边讲，"模子倒是端正佬，你们学堂的？同学？"

红烧肉圆子，红烧群鱼，红烧仔鸡。景婠同阿娘坐在宿舍楼下的西区食堂里，漠然地吃着碗里的菜。

"你慢点吃，把一些你同学吃吃，这么多肉圆子你怎么吃得掉。"

"我吃得完。"

她不敢回想方才那倒霉的相遇，她当然晓得自己的狼狈，黎吏，他会不会已经看出了她这坏女孩的虚荣的心思。

心里头明明一遍遍策划好的情节，每次都被莫名其妙地篡改，自己哪一次不像只灰容土貌的狐狸，夹着尾巴百拙千丑地逃出了他的视线。

她抿着下颚，好让它停止颤动，可她忘了鼻子是眼泪的阀门，鼻子一酸，眼泪就接到了通知，不知所谓地带着滔滔大军前来。

"囡囡，"阿娘手放在桌子下头，攥紧大腿外头的裤子，"小伙子是不是欺负你了，这些事情你一定要同阿娘讲，你一个女孩子在外面，你晓得，你晓得你阿爹同我最不放心的就是……"

"你为什么偏偏要这个时候来。"

三十一、

　　"我们老师讲，小青蛙的捕食方法，叫'守株待兔'，我说了你也不懂啊，反正它一般，"小男孩昂着小脑袋扯着嗓子，"嗯，一般是不会离开原地的。"

　　"好了好了，你回学堂吧，又没有什么重东西的，非要送我做嗲。"

　　乞讨的老人家穿着捡来的不合体的花格子衬衣，目光怔怔地盯着在另一个进站口的乞讨贩，应是一个"不讲规矩"的"新来的"，不打招呼便占了他的地头，可"新来的"是个身型壮硕的青年，看样子体格不晓得要比自己强多少，没有同伴的打头，贸然过去恐吓他反倒被打断了筋骨也讲不定，只是收入不晓得会不会因他受影响。

　　"你站过去一点，说你呢，挡着我窗口做生意了哎！"

　　老人家目光还没从"新来的"那处收回来，又被人拍打着膀子往外挪了三寸地。

　　候车处的卖北京特产的窗口，老板是对河南夫妻。

　　"夜黑剩的那驴打滚吃了吗？"收钱的女人跟里头的男人叫唤。

"木牛。"男人手里切分着糕点，"北京这糕不知道有啥好吃的，回去你焖个面，下点儿芫荽。"

"行呗，奥运会来北京的人多，这些天好赚，再给你摆只烧鸡，清到切我也动物园搞两件新衣裳。"

"烧包。"

"好吃好吃，北京人都爱吃的，驴打滚，不好吃不要钱的。"窗口来了客人，河南媳妇急忙摆拾起来，动作快得很。

"妈妈我要吃这个要吃这个！"一个半大小孩跳起来够着窗子，一边吊着那个女士的袖口。

"我晓得的呀，买了呀买了呀。哎哟这里人嘎老多你不要再烦妈妈了呀，头疼脑涨的妈妈都晕了呀。"

客人拿着称好的驴打滚牵着小孩往里头走，"喂，哎哟到火车站了，人太多了，乌糟乌糟，跟上海火车站没的比头，是的呀，哎呀好了到上海侬要来接我的晓得哦。"

北京火车站。

离发车还有好阵时间。北京的交通容易堵，要是早到了干等等也不怕，误了火车倒是要急得拍大腿，毕竟哪个都不会等你。

"自己一个人在北京要当心，晓得哦，阿娘么，一直也不希望你一个女娃子多出息佬，平平稳稳健健康康就好了，懂了哦？"

"你阿爹么……"阿娘搓着手，又看看发车时间，"肉圆子吃不掉不要吃了，叫你给点你同学吃吃你也不要小气，同学之间还是要处好关系。"

"阿爹做嗲？"

"么事，蛮好。"

"阿娘，你要不在北京多住些时日吧，你看马上都开奥运会了，我那个同学，童知之，我老跟你讲的记得哦，浙江丫头，她是那个举重场馆的奥运志愿者呀，你想看的话我同她讲一声把我们带进去好了呀，不要紧的。"

"不要了不要了回去了，举重我又看不懂有什么看头，再说了要住到那时候得花多少钞票，你阿爹一个人在家我也……"

"阿爹做嗲？"

"么事，蛮好。"

"奥运在即，在北京市政府和市委的领导下，奥运宣传工作已经全部展开了，奥运会期间，我们将有 10 万赛会志愿者，40 万城市志愿者、100 万社会志愿者和 20 万啦啦队志愿者从事礼宾接待、场馆运行支持到新闻运行支持等领域，他们累计将会为北京奥运服务超过两亿小时，志愿者行动，充分体现了社会主义核心价值体系……"

"囡囡啊，我记得你那时候不是同我讲也要当志愿者，怎地后来又不高兴去了？"阿娘看着电视里的新闻问景媚。

"开往南京方向的 K51 次列车开始检票，请……"

"阿娘，我同你一道回去吧，反正是周末，"景媚嬉笑地撒起了娇。

"你没的票怎么回去啊？"

景媚拎起了包缠住阿娘手膀，"先上车，后补票。"

家里头刚下过雨，景媚帮着阿娘收拾了东西后，上楼寻一件汗衫替自己换上。

"囡囡回来啦？"景老太拄着老拐，在堂前往上喊。

"回来了！"

景媗从窗子眺出去，"奶我回来两天还要回学堂的，考完期末考试就回来。"

景老太像是不曾听见，蹒跚地向院子里慢步，院里的杨梅树又换上一簇簇的猩红色，熟得过头的那几个到底没挂得住，溅了一地太阳花，这太阳花红得发紫，再慢慢发黑，下来到了梅雨，每天就又被冲上个千百回，过了秋天，这些印在地里的梅子汁就同没来过似的。

年年如此，岁岁同样。

"摘杨梅咯！"景媗起了兴，一脚蹬了套鞋，搬了梯子准备上树。

"摘下来就快吃掉，不占肚子。"景老太带着橡胶手套在一个玻璃瓶里来回按搓，定又在给景忠国泡杨梅酒。

"为嗲？慢慢吃么。"景媗边摘边吃，她老套地挑着发紫的颗颗啜着水珠的梅子，晓得这种成色的梅子才最甜。

"杨梅易败。"

"阿爹呢，怎地没瞧见他，他不晓得我回来？"景媗摘了满满五大盆子的梅子，转着胳膊摇着颈椎，从梯子上跳了下来。

"哦你阿爹上班的。"阿娘从里屋出来，忙应着景媗的话，"夜头吃红烧鲫鱼好哦？还要吃嗲？萝卜烧肉？"

村子里的夏天很湿，但也没觉得黏糊，尤其淅沥沥落了雨，谁都愿意去路上、去埂上走一走的。

村舍、青烟。

几个陌生脸模子的娃娃在田埂上追打，女孩子"咯咯"地笑着，男孩子在后头追，快要追上的时候女孩子又失了疯地向前头跑，雨后泥滑，一个不小心小脚丫子滑进了边上的水塘里。

景婠跑过去要抱起她，可是小丫头倒不心急起来，屁股干脆坐在了泥塘边上，拉着男孩低头在看什么东西。

"两个小吧西，在望什么啊？快回去换裤子，冻了感冒你阿爹阿娘要骂你了。"

两个娃娃并没有在意景婠的成人式"恐吓"，歪着脑袋皱着眉头，仔细地看着水面。

"阿姨你讲话声响太大了，会把它吓跑。"小男孩侧头压低着声音，压不住孩子独有的奶气。

景婠觉得好笑，有了同他们一道玩的念头，便悄悄蹲在了娃娃们身边，比画了个"嘘"的动作。

一只雄蛙曲着四肢，"呱呱"地叫唤，腮两侧的声囊也随着共鸣一鼓一鼓，像一个气力弱的妇幼在吹着两只气球，它停在一片叶上，纹丝不动，这倒能使旁观的三个人看得清它的相貌，草绿色的身躯能极有利地隐匿在同样翠绿的荷塘里而不被敌人发现，背部几道黑色的排列整齐的花纹竟长得如此规则，两只像被人安装在脑袋上的横向的眼睛未曾眨过似的，警示着周围。

不曾想还是只漂亮的蛙。

突然"嗖"的一声，一条细长的舌头像鞭子一般被挥舞出来，往侧方的草叶上扫去，三人还没看清那是什么蚊虫就被它卷进了大嘴巴。

娃娃们得意地拍手，沾沾自喜的表情像是由他们教会了这幼蛙捕食。

接下来的工夫，小青蛙待在原地，身子都不用转地就捕捉了数个食物，不用说，今天是美餐了一顿。

"它怎么都不去其他地方捉虫子呢，一直在这片草叶上头，好没意思啊。"小女孩站了起来，卷了卷裤腿上的泥污。

"我听我们老师讲，青蛙的捕食方法，叫'守株待兔'，我说了你也不懂啊，反正它一般，"小男孩昂着小脑袋扯着嗓子，"嗯，一般是不会离开原地的。"

走到前村的时候，景婠怀抱着双臂，有意无意地瞄向景骁家，曾经全村最贵气的大门紧紧地关着，被雨淋得暗淡无光。

她吸着气，闷着头紧着小腿急忙走了过去，隔壁突然传来的犬吠叫得景婠好一阵激灵。

"阿伯，有饮料哦？"前村这家小店从景婠出生就在这里，前前后后的孩童从小到大都在这里偷着买糖吃，买气泡水吃，开小店的阿伯大多不收孩子的钞票，都说"送你吃送你吃"，送着送着把头发也送花白了。

"蛙蛙回来啦。大学生好哦，有用佬！出息佬！阿伯请你喝，不要钞票的，以后多回来看看阿伯就好！"

景婠笑着，便不同他推搡，看着外头天已经压了下来，想着景忠国定老早就在家里头做好了红烧鲫鱼等着她，便关心了三两句，转身准备回家了。

"景忠国同志。"

就在转身的时候，景婠突然觉得，方才的余光里一定有这几个字，便又退了回来，她站在了贴在小店里的海报前头，定住了脚。

"《关于调整景家村第一书记的任命通知》：镇属党支部：因人事调整，经镇党委人事决定，免去景忠国同志景家村第一书记职务，任命徐广财同志景家村第一书记职务……"

"阿伯，这，这是嗲，嗲时候的事情……"

"哎哟，乖囡囡，你不晓得啊，你阿娘没同你讲？哎哟，有一两个月光景了吧，哎……"

景婳发疯似的往出跑去，动静大得天地间就剩她急促的心跳声。

可她没跑几步又突然停了下来，她晓得阿爹定不想让她晓得这件事，此刻她的脑子里，满是那个胸前别着大红花，昂着胸脯，立誓要为人民的事业奉献毕生的景忠国。

她又想起了阿娘，就因为自己在电话里头随意的那一句"想家了"就站在教学楼前拎着肉圆子的阿娘，自己还因为不知所谓的虚荣心冲阿娘讲了那样伤人心的话……

家里头发生了这样叫人气急窝屈的事，竟然没有一个人同她讲。

她依着路边的墙壁，无力地滑了下来，她把头埋进大腿，用手臂包裹着自己，头脑里一遍遍转着方才小店阿伯同她讲的话。

"这个事情没的法子讲，政府要做的事情，我一个乡下老头子也插不上嘴没的讲好与不好，但我晓得，这肯定是同你阿爹没的关系的，不能怪你阿爹的啊！之前么，上面领导要下来视察那个嗲，公共墓地啊，实施情况，就是搞得怎么样了，大家么就讲，你阿叔，弄那么大块墓地把他的女佬，说你阿爹自己家里头就没带头带得好，就都不愿意动土了哎，确实我们老百姓么也相信这些风风水水的，你说是哦，蛙蛙，都埋掉的人，哪能再挖出来，这个要倒霉头的呀，你阿爹这个工作难开展哎，他也没法子了吧，没经过你阿叔同意，就带头叫人把你田姨的墓头，挖掉了，砸得稀烂……"

"可是……这对政府来讲不是好事情吗，镇里头怎么会要免阿爹职呢？"

"听阿伯同你讲撒，后来别家别户么，虽然心里头有点想法，但也不会再有嗲意见，你景志业刚下的墓，被自己阿哥敲掉了，这个事情谁还敢有意见，你说是哦，所以也是都按照政府的要求，把祖先放到公共陵园去了，喏，就往镇南边走，原来有个关掉的水泥厂，就那里头。"

"但是没过几天呢，上面有几个人下来把你阿爹带走了，他们讲是一人一边夹着他走的，我是不曾见到哦，我离不开铺子你也晓得，"阿伯啜了一口茶，"然后就说是在你家里头收到了有人送你阿爹的礼，好像是两瓶五粮液酒两条香烟，嗲香烟我也不晓得，反正当时一搜就搜出来了，就放在门口的鞋柜里。"

"不可能！"

"我们当然都晓得不可能哎，谁会把收到的礼品放在门口鞋柜里头？这个事情明显是有人故意做了之后向上面捅了哎，举报了哎你晓得哦。"

阿伯朝地上吐了口茶叶碎，"哎，前后村都讲是你志业阿叔举报的，不然还有谁会去做这个事情，同你阿爹又都没有仇的，再讲了，我们这些农民去举报一下，上面就马上有人下来查的，哪能嘎老看得起我们，你想想你志业阿叔有那么多钞票，每年给政府交那么多税，也就他的面子够那么大。"

"呸。"阿伯又朝地上碎了口叶沫沫。

景婠抬起头，袖管拭擦了面庞，站起身，景忠国的鱼一定已经烧好了。

经过方才那片河塘时，她突然停了下来。

还是在那片草叶上，它那两只横向的黑眸子在星光底下闪着墨绿的光。

一动未动。

"呱、呱"……

三十二、

我性情冷淡，不善与人交往，一辈子不认识几个人。

——王小波《我的阴阳两界》

"当年李先生说，自从创世之初，世界上就有两种人存在，一种是我们这种人，还有一种不是我们这种人，现在世界上仍然有这两种人。将来还是要有这两种人。这两种人活在同一个世界上，都是为了互相带来灾难。过去我老觉得小孙是自己人，现在我才发现，她最起码不是个坚定的自己人，甚至将来变成不是我们这种人也不一定……"

大四有了一门《当代小说经典文本分析》，听着就是学文人感兴趣的课程，由感兴趣的人来授课自是最好不过的。

一个暑假未见的林桐意仍是那般清幽，就连王小波的东西从她嘴里细叩出来竟也有了份闲若之意。她侧一侧脖颈，细长浓密的乌丝就从她的肩头根根滑下，流淌出去。

"你们发现小波的主人公，大多都拟'王二'啊，我记得我读过最难记主人公名字的书，要算《百年孤独》了吧。"

堂下一阵乱笑，林桐意便拨了拨不小心滑倒胸前的头发，也笑起来。

听到王小波，景婠心里头又有些悸荡，虽不是久前那般有撕扯感的怨恸，只是像平静许久的湖面又被吹起了风泛了阵涟漪，又如挠了挠刚刚结痂的伤口，不疼，反倒痒了起来，但是她知道终是会平静，终是会痊愈。

时间，确是一帖药效惊人的创伤膏。

只是对王小波没有作用罢。王小波的文字让人读过哪敢轻描淡写就忘记，它持续影响着你，无论多久罢。它初读是些神经质，再读又是放肆，细读觉得惊奇，再品体味深刻。一开始你觉得这个怪人写了些你不会想写的东西，最后明白他是写了些你不会敢写的东西。

"当年我问李先生，西夏文有什么用，他只是一声也不吭，后来他告诉我，他根本不想他有什么用，也不想读懂了以后怎么发表成果，他之所以要读这个东西，只是因为没有人能够读懂西夏文，假如他能够读懂西夏文，他就会很快乐，读不懂最后死了也就算了，后来他的晚景很悲惨，因为他终于把西夏文读通了，到处找地方发表，人家却不理他。因为他不是在组织的人，是个社会闲散人员。"

王小波的《我的阴阳两界》。

"景婠，我知道你喜欢读他，那你讲讲最早的时候，为什么要读王小波，那时候你觉得能读懂多少？"林桐意放下讲本，身依着讲桌，微笑看着她。

"开始读他是因为，"景婠指了指刚被放在讲桌上的讲本，"是因为它就是我的'西夏文'。"

"有点儿道理。"坐她身旁的何沐咧着嘴望着景婠拍起了手掌，"我听懂了。"

堂上立即哄笑开去，弄得景婠好不羞臊，她抓住何沐的双手不许她在有什么奇怪的举动。想来自从那晚之后,每节专业课何沐都坐在景婠旁边,不晓得这个丫头什么要不得的心思,恼人极了。

记忆里都不曾留下什么印记,转眼变成了这个学校本科生里年数最长的一批人,到了大四,学生们之间的说聊几乎都变成了时间过得太快,大家都已经老了。

然而叹老却是叹不得的,越叹老得越快,有些邪乎事你还真不得不信了它,不信你便试一试。

春去夏来秋又冬。是快啊,快得很哟。

林桐意这半个月都没有来,她的课不是被换成《文化研究导论》就是《古代汉语》。景婠有些失落,觉得仿佛本就无色的大四生活将要显露颓废之意来。

"你说,今儿林桐意会来么?"何沐撑着脑袋没趣地翻着书。

"我哪知道。"景婠也撑起了脑袋,好像这人的脑袋随时会掉似的。

"你学士论文导师不是选的她么,你怎么不知道,那你这,这阵儿都没见着她?"

"没见着。"

"同学们,本来林教授呢确实嘱咐过我,不能将她的情况告诉大家,我想着呢,林老师授了大家整整大学四年的课,你们之间的感情不用说,堪比良师诤友了,林老师未曾组建家庭,在座的同学们,对她来说无一不是她的亲友甚至是孩子,所以我们系里几位老师呢也商量过,认为还是应该告诉你们:林老师呢,生病了,情况不是特别好,当然我们都相信会向好的方向发展，前些天她已经住进了这个，友好医院，我希望同学们可以自发地，或者组织一下，几个孩子代表一下，去看看林老师。这节课呢因为其他老师都有课，所以大家愿意自习的可以就在这自习，不愿意自习的就先回寝室吧。"

堂下在鸦静了一阵之后，就像在热锅里撒了一把盐——炸开了。

何沐拧着眉头睁大眼睛扒拉着景媚的手，"真的假的？你听见了吗？"

景媚的胸口被一块巨大的山石牵在一道并打了个死结，石头带着同归于尽的念头向悬崖下滚去，在底部的撞击过后如愿以偿地变成了碎首糜躯。

"我又不是聋子。"

"报告。"

"请进。"

"老枪炮"把眼镜往下摘了摘，放在了鼻头的位置，景媚能看见他的鼻头粗大的毛孔，还有鼻孔里夹杂着污垢的向外卷曲的鼻毛。

"你要选我的课题做你的毕业论文？"鼻毛被鼻子里的呼气吹地一下一下地抖动，"你不担心我给你不合格？"

"林老师住院了，我看了一下其他的课题，最想写的是您的，其他的没考虑那么多。"

大学四年，景媚不曾来过"老枪炮"的办公室，她亲近于亲近她的人，躲避于不喜她的人，遇到喜事儿就精气爽，碰到困难就绕开，按理本绝不会选择曾经让她挂了那科的人，今时却站在这人办公桌前闻着他已吸附于皮囊组织的烟草味，回过神来自己都觉得出了奇。

狼奔豕突般的横冲直撞怕不是中了何沐那粗拙的三字魔咒。

"不要怕，不要躲，硬头上。"

罢了罢了。

"毕了业打算，""老枪炮"撑着椅子扶手站了起来向书柜走去，"留北京？"

"我想考研。"

拧着柜把手的手不察觉地顿了一顿，快速拿出了一个文件夹在景嫃面前打开了，"你想写哪个课题？"

"这个，"景嫃指了指，"《浅谈陶渊明的出仕与归隐》。"

"老枪炮"在随后几页的课题登记表里抽出一张空白，把景嫃填了进去。

"现在重新调整课题，时间显然紧促，你抓点儿紧。"

景嫃点头，轻步准备离开办公室。

"林老师很喜欢你，去看看她。"

景嫃拧动了把手，带上了他的门。

静谧的空气贯穿在楼道里，再加上浓墨的夜色陪伴，会把人的声音包装得婉转动听，风风韵韵。

童知之一边讲着电话一边拖着拖鞋在门外的走廊里走动，走到头又折回来，声音忽远忽近。

"对啊，我今天去看过她了，谁？我没同她一道去，她忙得很，都不见她人影的。"

"是啊，好像动了手术也有机会好转。生病的人那个样子真的不能看，跟上课的时候哪是同一个人。"

"哈哈，我不要听，谁信你……嗯嗯，等你回来……当然想啊……"

哐哐哐！

"想什么呢，这么入神？"何沐突然用力拍了拍景嫃的床框，"有件事儿我不明白，你为什么不去看林桐意？"

　　景婠卷起双腿，像只被丢弃的家猫。

　　"问你话呢。"

　　哐哐哐！

　　"我也不知道。"

　　"大学四年竟然没发现你是个白眼儿狼啊！"

　　宿舍楼到点就熄了灯，眼前乌黑一片，睁着眼也以为是闭着眼。

　　"我害怕。"

　　"你是在跟我说话？"

　　"我本就不善与人交往，没什么朋友，更害怕跟一个人关系变得浓郁，我怕失去，恐惧死亡。"景婠睁着眼睛看着什么也看不见的黑夜，"你见过死人吗？"

三十三、

以前小时候，我奶奶每天都会给我一颗喔喔奶糖，后来被我阿爹晓得了，和我奶奶吵了起来，阿爹很凶，奶奶吵不过他，为了不让奶奶再因我受牵连，我便同阿爹讲好，以后每个星期只有礼拜二才能吃一颗喔喔奶糖。从那之后我就感觉，每天嘴里头都是苦的，只有礼拜二才是甜的。

"看这里哦，同学们，看我手这里，然后露出你们最真挚的笑容！来——"

整个大学的最后一个学期刚开始，系里便组织早早地拍了毕业照。

临渴掘井、江心补漏的学习策略并没有能帮上景娟考研，尽管有两个月的时间她都献给了自习室和图书馆，但还有那十分的距离没有谁能借给她。

其余几个宿舍也都没什么人在里头了，大家都因为忙着实习而搬去了校外离工作单位近一点儿的地方，何沐作为一个北京人，又被保了研，这学期的主要任务就是在家修改论文和吃爹妈了。

过年的时候景娟在网上找了一个还算有规模的杂志社递了实习简历，

回来面试之后很快就收到了通过的消息，也算是件值得吃顿好的庆祝一下的事情，只是关于"庆祝"，景媗并找不到人陪伴，她想了半天，发了一个信息给方忠实。

"方老板，实习的地方已经找好，尊劳您帮我搬个屋。"

"你确定这里你可以吗？"方忠实轻抬了一只穿着英式雕花手工皮鞋的脚，就有一只蟑螂从夹缝中闪电似的穿过。

"老板，你也知道北京的房租多贵。"景媗站在木板床上，手够着墙角细心地贴着的墙纸。

"旁边两个房间，租客男的女的？干什么的？"

"不晓得。"

方忠实皱褶着面部，出了房间，又踢踏着那雕花皮鞋飞步进来，"景媗，别告诉我你们三个屋子的人用一个卫生间。"

景媗没停下手里的活，"对啊。"

"先不说这个，你看过这个卫生间吗？少说有二三十个蟑螂！你一个女孩子，你，你，你不怕吗？"

"方老板，这里是北京，你知道就这样一个有一群来历不明的人和二三十只蟑螂跟我同居的屋子，要多少钱一个月吗？"

景媗拿过胶带看着他，"一个房间，一千六。"

"不行，要不……"

"不要。"

景媗切断了方忠实的讲话，方忠实知道这姑娘的脾气，叹了口气也不再叨叨。

实习生活没有给景婠的生活带来美好的转折，在一个骨瘦如柴的女人身后泡了一个月咖啡之后，景婠被调去了婚庆专题的编辑组打杂，她突然觉得这同上海的实习无二异，跑腿、改错别字。

生活总是在重复。

"主编，我是正经文学系的毕业生，您让我在婚庆专题打广告，是不是不太适合……"

"你是？"主编是一个留着短发的模子精致的女人，从周一至周六，每天换着不同颜色的西装，黑的，灰的，蓝的，如果参加发布会酒会，就穿格子的，或者红的。

"景婠，"她凑近脑袋，"来实习的，一个月了……"

"想写东西？"

"嗯。"

"为什么？"

"什么？"景婠被问得愣怔，"我是学文的，不拿笔，那我这双手还有什么用？"

短发主编放下笔抬起头，下巴轮廓尖锐明朗，抿嘴的时候更是成了一个直角，像是要去戳破顶嘴人的脑袋看她还厉不厉害。

"谁让你不写了吗？"短发主编分明是有笑意含在眼里。

"什么？"景婠在想为什么这个女人讲话都需要旁人费尽心思去猜，真的好不吃力。

短发主编斜了嘴角，又拿起了笔，不再看她，"你说你是学文的，学文的就得拿笔，没错，但你必须要给你个平台甚至是专栏你才肯拿笔，您，哪位？是您的问题还是我的问题？嗯？"

景婠咬着下唇，她知道主编说的话全是道理，自己还没想明白便跑来质问她，真是愚钝得可恶。

"趁现在多写点儿，管他有没有用都是你的财富，等你以后升职成编辑的时候，写文章的机会就更少了，你的时间都会用于编辑和校订。出去的时候带上门。"

自从搬进了这条地图上甚至都有可能找不着的无名小路，景婳倒是多了个吃麻辣烫的爱好，小路边上有家摊头，也就四五平方米的方寸，炉子椅子都堆在台阶下头，运气不好的时候遇上城管来不及收拾，就又得白缴着房租好几天开不了门。

这家麻辣烫算不上好吃，不辣不味儿，中规中矩，吃的人除了这几幢破旧的出租屋里舍不得吃大食的外乡人们偶尔会来填填肚子外，哪还有什么回头客。

开店的是对老夫妻，景婳每回进出门的时候，看见老夫妻串签的模样心里头就喜，许是人在他乡极易敏感，会慢慢发现点滴里头总有美好，去寻寻吧，一个人的时候便不会那样孤独。

看了一天的婚庆广告语，心里头揣了一肚子想法也轮不到她讲话的站在会议室里站得浑身僵硬，景婳甩下包，坐在了麻辣烫摊前。

老妇递了一个洒满芝麻酱的盘子给她，景婳便来了精神，挑起串来。刚上口的时候，她觉得脚腕有些麻，本以为是站了太久的缘故，可又有些痒意，便不自觉地低下头往脚踝处看。

一只瘦骨嶙峋的野猫在用胡须触碰她的裤管，煞是可怖。

"喵——"

她拿起包气都来不及喘地跑上了楼。

景婳怕猫。

她惊魂未定地坐在床边，过了良久想起那一声嘶叫，身体还是会迅速抗拒打了冷战。

她定下心来组织自己不再去想它，便打量起了屋子。

床头上方的一面墙用了景婳挑选的墙纸，上头印了无数颗爱心，不过却是黄色的，景婳喜黄色，黄色雅致，黄色也暖人。只是墙纸价钱于她算是高昂，整个四面都糊下来要花费不少，便挑了床头那面做了代表，晚晚头顶上的灯照在墙上，一颗颗黄心就像活了一般，跳动着发亮。

墙纸底下是上一个租客留下的印记，有写的，有刷的，也有刻的，当然这些印记可能已来自上百个租客。床头有一个木头打的柜子，景婳看着算完好便没有丢弃，钉子钉得歪七倒八，估摸又是哪个外乡人为了省钱学了些木工手艺自己敲出来的，里面的抽屉里贴了一张小老鼠卡通像的小贴纸，兴许他在这有了一个孩子，兴许孩子属老鼠，兴许他终于被老板赏识升了职加了薪，带着妻儿搬离了这间屋子……

景婳望着这些印记出了神，它们像是巴别塔里的亚当语，繁华而美丽。

她走到窗边，楼下正对着麻辣烫摊位，她能看到那对老夫妇，还有那只猫。窗户是个奇妙的纽带，它延伸你的空间，与窗外的一切美好衔接无缝。

天啊，幸好还有扇窗。

景婳坐在了窗边的书桌前，拿起了笔。

"大家平日里给我发的稿件我都会看，很不错，在座都是笔杆子，我们杂志社还是很有前景的，我还是那句话，管他写得有用无用，你们靠笔吃饭，写文章不能停。"

周一的例会开始前短发主编叫人喊了景婠一道去会议室，来了几个月，景婠也通透了些办公室文化，比如开会前帮所有人的杯子里蓄满热水，比如这时候她只能站在所有人椅子后排靠近角落的地方。

"这其中呢，有一篇文章，虽然写得有些稚嫩，但是我倒是从这篇文章里获得了些想法，"短发主编头坚定地偏向了景婠所在的地方，看得景婠好没头脑，"咱们从卜一期开始，开一个'凡人小事'的投稿专栏，任何人都可以投稿，大学生，打工者，白领，都行，主题就是写写咱们北京城里无名无姓的凡人，详细的一会儿留几个人下来讨论，看看排版的问题，还有那个，宣传，你们也留一下……"

"下一期？下一期来不及啊，咱们已经做了呀，再说去哪儿找稿啊？"

"稿子有了，作者在那儿站着呢。"

样刊拿在手里的时候，景婠坐在短发主编前的皮座椅上像被锁了屁股似的难以起身。

"怎么了，你一个文学系的，没发表过？"主编永远拿着一支笔在疾书，严肃的模样像幼时镇里头的班主任老师批改作业一般，不晓得她在写什么。

"不是，感觉不一样。"

"哪儿不一样。"

"以前小时候，我奶奶每天都会给我一颗喔喔奶糖，后来被我阿爹晓得了，和我奶奶吵了起来，阿爹很凶，奶奶吵不过他，为了不让奶奶再因我受牵连，我便同阿爹讲好，以后每个星期只有礼拜二才能吃一颗喔喔奶糖。从那之后我就感觉，每天嘴里头都是苦的，只有礼拜二才是甜的。"

景婳低头抚摸着刚印刷出来漂浮着墨香的样刊，"这个，就是礼拜二的喔喔奶糖。"

凡人小事之养猫人

二十来岁的时候在北京念完大学便在城西边寻了一份码文撰字的工作，收入不高，就近租了一间小屋，基本没有富余，小屋七拐八拐的，算是在一个胡同里，那会儿的北京，基本每条胡同巷子里都是卖麻辣烫和驴肉火烧的，上大学之前没见过那种麻辣烫，长至一米的铁皮盒子，两个连在一块儿就是两米，上百个签子就搁在那满是红椒辣子的铁皮盒子里沸腾，还没到巷子口就能闻到那味儿。我是土生土长的南方小囡，没怎么吃过辛辣，可一到北京，便也爱上了那味。

支小摊的是对中年夫妇，四五十岁的容貌，每天早上去离这儿两公里的菜场买菜，买完菜俩人就打开门坐门口串串子，话不多，有时候路过还会看见俩人拌嘴，女人骂骂咧咧，男人低着头继续串签；有时候加班晚了，回来也准能远远看见那两米长的辣油翻腾出来的油光，黄亮黄亮的，就坐下来吃一口，每次女人端盆给我的时候都会问，"要多少麻将。"这也是好笑，北京人说芝麻酱不叫芝麻酱，叫麻将。

北京城到了四五月的春天，南方人是绝对"切不消"的，漫天漫天的杨絮，运气不好赶上接连多天的沙尘天气，更是让你捂得住口，遮不住鼻。

这种天大街上行人少，也有可能行人都让沙尘"隐了形"，稍不留神就会撞个满怀。我心急着要回住处，前些天的杨絮让我的鼻炎犯了，脑仁直疼，再加上这沙尘，心情真是极差，我想大约每个在北京城的外地人到了每年的四五月是最想家的了吧。

这会儿还真没留神，似乎让一东西绊了脚，差点就要摔一跤磕着地了，没想那东西软乎软乎的，像是也被我惊着了，哧溜烟地跑走了。

"喵——。"

我不喜欢猫。

准确地说，我怕猫。

几天后的正午，我站在阳台上，又看见了它。

像是只狸花猫。我对猫的品种没有研究，就知道那几种，狸花猫比较好认，光是看它身上那一道道黑乎乎的纹就能认得出。它在巷子里闲庭信步，拖着那长长的身子晃晃悠悠，没一会儿找了个对着太阳的舒服的地儿趴了下来。它闭着眼睛、两只耳朵距离很近，这显得它的脸很大，脸上也满是黑色的纹，嘴角稍为一抽动便露出尖牙，满脸的黑纹像是在变动一番图案，这让我更加讨厌它的相貌。

它眼睛突然睁开了，脖子挺直了朝我这边看了看，像是知道有人在看着它似的。它的头就跟毛线球似的那么大，身子弯弯曲曲，却长得能环住根柱子。还有它琥珀色的眼睛，中间那像是吊了个杏仁核似的瞳仁，叫人好不瘆得慌。

我就说猫是有灵性的，我怕猫，那副在人世间游走，好似看你一眼就知道你前世今生的模样叫人直对它敬而远之。

从那以后这只猫经常在巷子里出现，小摊夫妇领养了它。

之前听女人说过，她们夫妇俩是因为女儿考上了北京的大学，就把老家的买卖搬到了北京，不放心一直在小镇的姑娘来到大城市，索性就陪着女儿上大学，如今女儿住校，夫妇俩觉得孤单，刚好沙尘那几天，这只猫躲进他们店里，他们见它在这儿待了好几天也没见人来寻，倒吃了她不少粮食，就商量着索性就养了它。

她说也说不上来为什么，这只猫来了之后他们夫妇俩比原来开心了，也少了好多争吵。

我就说猫是有灵性的。

外乡的人，养了只本地的猫。夫妇俩成了养猫人。

我时而想起乐钧《世无良猫》，"某怒，遂不复蓄猫，以为天下无良猫也。"

即便如此，直到我搬走之前，我也没有再去过那个摊子。

井蛙 FROG

三十四、

这次的雨，男人憋得太久，想必吵得厉害。

天又开始转暖的时候，北京下雨了。

好像还未曾讲过北京的雨。因为在记忆里头，北京是缺雨的。

一讲到气候，南方人总爱拿来同北方人比较比较，她们讲江南的雨是女人下的，像极了那多愁善感的小家子脾气，说来就来了，说走就走了，艳阳天底下突然撑起了伞常常出现，拖泥带水十五二十天稀稀拉拉也不是没有过。

按这道理讲的话那北京的雨，便是男人下的，男人的脾气是攒出来的，没到定时，一般看不见。男人女人吵架，女人次次哭得如连线的珍珠；一次两次，三次四次五次，可能吵到第九次，男人爆发了，他破口大骂砸了东西摔破了门卷起了尘土踏出了屋子。

这次的雨，男人憋得太久，想必吵得厉害。

伞哪还撑得起来，那大风必会把你的伞盖儿掀翻了去，风里吸着沙，雨里卷着土，天地间昏黄一片。

天气恶劣的时候，在外地的人们，最易思念家乡罢。

景婳在杂志社里，看着落地窗外沙黄色的天，就像手里刚冲好的咖啡，她慢慢放在主编的桌上，生怕洒了出来。

《凡人小事》的版块出来了，版面虽然很小，但景婳看它就好比农民自己灌溉的作物，一根都舍不得浪费。

"毕业论文怎么样了？终稿交上去了么？"主编抬起眼端起了咖啡，靠在了椅背上，看样子应是要同她多聊两句。

"嗯，交了。"

"毕了业，留北京？"

所有在北京的外地籍毕业生，这怕是被问得最多的一句话。

"您要我我就留北京。"景婳不敢看主编，她半开玩笑地问出这段时日心里头一直想要知道答案的问题。

"你看这天儿，看着人心情真糟糕，我以为我工作这么多年，以前伤今怀古悲天悯人的臭毛病能改改，"她往后推了推椅子，端着咖啡站到了窗前，"但有时候想想，我们搞文字创作的，没这点儿臭毛病，还真什么都憋不出来，哈哈你说呢。"

"景婳，你是个有才华的大学生，而且将来也会是一个很棒的女人。我希望你能发展得很好，我也希望最好能是在我身边发展。但，现实地说，这个社会啊，光靠才华，是没用的。"她侧过头直愣愣地盯着景婳，眼神里说不清有什么东西在。

"每年的毕业生很多，你要竞争的，有时候是比你有才华的，有时候是比你会交际的，也有时候是比你漂亮的，这次，是比你有背景的。"

"我是福建人，大学考到北京混到现在每个晚上回到家自己都想抱抱自己，哈哈，确实不容易，现在杂志社压力有多大，你应该清楚，有些关系虽然维系到现在但稍一个闪失就会断了链子，我不能让它断了。等你们这一届毕了业，会有两个新人加入我们。景婠，我真的很遗憾不是你。"

"这天看着是挺让人心情糟糕的。"景婠笑笑，"不是应该一句话的事吗？为什么要跟我讲这么多？"

"因为你是个让我喜欢的姑娘。你有灵气。就当我是个姐姐，我想让你知道，这个城市有什么，这个社会有什么，你是个周身有着清气的丫头，你可能不该留在这样的地方。或许过了几年你就能深谙世道处事周全，但如果，你一辈子都学不来……"

"需要咖啡再喊我。"

"你在哪？"

"家。"

"嘟嘟嘟……"

"喂？"

这个小区景婠来过很多次，也住过数晚，在这样的天气里，她不想再去坐公交，也不想再去挤地铁，面无表情地花了五十九块钱打了一辆车来找方忠实。

坐在车上的那阵，景婠有一种悲愤的情绪，这是她从来不曾体味过的，悲的是心虽有志但处处折臂，那愤的是什么呢？她跟自己讲，自己一个人的时候，不要哭，那样你的眼泪只有老天爷看见，而老天爷帮不了你任何忙。

下了车，大街上能看见一个姑娘，像是为了躲雨而甩开大臂疯狂地奔跑，然后又因为过分用力失了重心忽地摔进了雨水里，随即她仓皇地爬起身，继续跑。

开门的人一边拨着打在脸上的湿漉着头发，一边斜着脑袋给眼睛露出一条缝，"你，景婳？你这，掉水里啦？"

这人不是方忠实，要不是他手中那搓得锃亮的核桃，景婳也没认出他来。

四合院少爷。

"呃，我不知道你在，方，方忠实他在吗？"景婳急忙咽下了在眼睛里打转的泪珠子，收拾好了坏情绪，看着出现在方忠实家里的这个人，捕捉到一丝怪异又讲不出哪里怪异。

"下楼扔垃圾去了，哎？来了！宝贝儿，你那小跟班儿找你来了！"

"宝贝儿？小跟班儿？"景婳惊惶地望着刚出电梯的方忠实，身上的雨水泥水你追我赶地往下滴，在脚下汇成了一小片泥污污的水镜子。

楼道里顿时没了声响，除了楼外隐隐入耳的风雨声，只有"四合院少爷"不停手的核桃声。

"你，你怎么来了？先进去，我给你拿块毛巾。"

"不用了。"景婳轻轻地挣脱开方忠实的手。

血液里的某一处闸门被合上了开关，她随着空气静止了，感受着跟前两个男人意味不同的注视。

"你，""少爷"的声音很脆，在楼道里来回碰撞，周合成旷谧的回音，"没跟她说咱俩？"

"方，我以为你都告诉她了呢，不然她怎么，"核桃的摩擦声突然静止了，"等会儿，这妞儿不会真爱上你了吧？哟小妹妹，你可别逗我，方忠实可不可能喜欢你，快点儿回去读书吧别闹了。成天不在学校里待着跟他这儿瞎耽误工夫。"

景婳发现这些人讲起话来都自带底气，一溜嘴皮子把所有话说完也不理旁人想不想听，爱不爱听，那一瞬间景婠相信所有的北京人都是如此。

"老方，她怎么知道你家住哪儿啊？""少爷"突然来了脾气，撇了撇嘴，哼了一声扭头进了屋。

方忠实抬了脚，又缓缓站定，很明显想进屋追他，又看了看站在门口的景婠。

景婠看着他，嘴角缓缓地上扬，挪开了堵在门口的身子。

"你在一楼等我，我马上卜米，等我。"

下一场雨搞得整个城市都变了颜色景婠这还是头一回见到，你只能看见黄色的细沙在空气里周旋，看不见落下的雨点但能听见它们拍打着地面的巨大声响。

"原来以前从未好好看过北京落雨啊。"景婠一个人站在一楼，看着屋外喃喃。

"我送你回去。"没等太久工夫，方忠实拿了一把伞冲出了电梯，看来"少爷"还是好哄的。

"就在这儿讲吧，"景婠笑道，"恰好看看雨。"

方忠实拧了拧下巴，"公司刚派我来北京的时候，有一单生意，对方因为不小心知道我是……他是个'反同'派，所以黄了，总公司很生气，自从那时候开始我就很小心，直到'艺梦'跟我们合作，丫丫把你介绍给我认识，我开始有了把你放在我身边的念头……"

"放在你身边，做你的挡箭牌？让大家认为你的取向是正常的。"景婠盯着他，"所以你的饭局几乎都会叫我去，不用讲话，不用认识，只是像一个摆设，安静地坐着就好，对吗？"

男人的雨果然来得快去得也快，刚刚还乒乒乓乓，现在竟出了明晃晃的阳光。是夕阳。

"为什么是我？"

"我是喜欢你的，只是，只是，我这么跟你说，如果我这辈子一定要跟一个女人结婚，那个人只能是你，这样说你明白吗景媛？"

"哈哈哈哈哈……太好笑了，你看，我都笑出眼泪珠子了，哈哈哈哈哈……"

"不要这样……"

"你知道吗，今天好多人说喜欢我，喜欢我，却让我走，喜欢我，却去了别人的身边。"

"还是个男的。"

她抹了抹眼泪，道了声"再见"随即在一个大雨转晴的傍晚，走出了他的视线。

"方老板，不用觉得对我欠了分情意，只是不晓得什么时候开始，你成了我在北京的依赖，如果说每一个跟你在一起的日子里都有一个瞬间，我的心里会悄不声息地滋长出不知道是不是爱情的情愫，那只有一点我敢肯定的是，无论是什么情愫，这些情愫有多少分量，在今天也被这大雨全冲走了，不会留下任何印记。"

那么，感谢北京的雨。

三十五、

命运的变化丝毫不顾及人类和他们的丰功伟绩；它把帝王和臣民同埋在一个墓穴里。

——吉本《罗马帝国衰亡史》

"囡囡，我同你阿爹的意思么，想你回来考个公务员，女孩子们，稳当点蛮好，你说是哦，主要北京那个地方么……房子我们买不起给你……"

"我晓得……"景媌盘腿坐在床上，指尖拨弄着带着阳光味道的被褥，发出"滋滋"的响动声。

"还有你那个房间，阿娘总归觉得不安全，你租个那种一间房，不要跟旁人同住晓得哦，家里头也没什么要用钱，阿娘以后每个月多给你两千块，去租一个好房子，多找找会有合适的，你现在这样跟不晓得什么来路的人同住，我想想总是有点害怕的。"

"晓得了阿娘，每天我都把房门锁得死紧，不会有事的。"

"还是回来吧囡囡啊，我们不一定非要待在北京的……"

"阿娘阿娘，有人在敲大门，我先不同你讲了我去看一下。"

"小心啊不认识不要开门啊！不要挂电话哎万一……"

后半句讲话也不曾听进耳朵，景婠就挂掉了电话，她披了件衣服起身碎步到客厅，想起方才阿娘的唠叨，她隔着门轻声问了句，"谁啊？"

"您好。请问景婠女士住这里吗？我们是北京公安朝阳分局的。"

来的三人在亮过证件过后便进了屋子，看见全是积灰的客厅，皱了皱眉，就站着说话了。

"你一个人住吗？"

"不是，我只是其中一间屋子的租客，就是那间。"景婠一头雾水，战战兢兢地朝自己的屋子指了指。

"难怪……各扫门前雪。"一个身材矮小，看着细皮细肉的警察耸了耸肩，抖了抖不合身的警服，自言自语了一嘴。要不是看过证件，从外形上看，景婠真不敢相信这小瘦猴似的人能当警察。

"还是大学生吧，你别害怕，我们来就是了解点儿情况。"

"什么……什么事儿啊……"

"你认识一个叫方忠实的中年男子吗？"

景婠听到这个名字，心跳突然开始加速，这一问还真是米汤洗芋头，更糊里糊涂了。她轮番打量了这三个来访者，越发感觉威严之意，空白的脑海里一下子闪出了千万种不好的画面，下意识地双手捂住了嘴巴，"他不会是……是死了吧？？"

"没有没有，哈哈，学生你别紧张，"瘦猴警察笑道，"你是爱看港剧？专破杀人案那种？"

听他这样讲，景婠顿觉自己脑瓜里头真是缺了根神经，什么没道理的话都讲得出来。

不过，他人没事，总是好的。

"是这样，我这里有几个人，麻烦你帮我们看一下，有没有见过他们。"另一个剃着寸头的警察从文件包里掏出了一个信封，里头是几张照片，"你看清楚，好好回忆一下，有没有见过他们。"

景婠接过照片，她觉得自己像是电视里头放的那种唯一目击证人，此时此刻正在指认凶手照片。

"除了这个人没见过，其余三个都见过。"景婠指着最后一张照片讲，那张照片是一个约莫五十出头的中年人，虽然能断定未曾见过，但总觉得有种似曾相识的熟识感。

"那你能回忆起来，都是什么时候，什么场合见到他们的吗？"

"警察同志这个我真记不太清楚了，我上次见方忠实都是三周之前的事情了，我这，绝不是刻意隐瞒啊！"景婠连忙摇晃着双手，脑袋跟上了发条似的左右波动。"反正每次见他们都是跟方忠实在一起的，都是几次吃饭的时候，饭局上见到的。"

"也就是说方忠实跟他们之间是彼此认识的关系是吗，你确定吗？"

"当然确定啊，方忠实不认识他们我又怎么会认识，你看看一个个都多大岁数了，他们应该是合作伙伴关系吧，反正回回讲的都是生意上的事情，我也没听进去。"

"合作伙伴关系？"寸头警察听到景婠这句话拧头看了"瘦猴"一眼。

"我们调查过程中了解到，你是方忠实的，女朋友。是这样吗？""瘦猴"像是想起了什么又插嘴补充问了一句。

"不是！"景婠有些恼怒，"方忠实不可能找我做女朋友。"

"为什么？"

"……"

……

"谢谢你配合，如果有什么疑问需要你帮忙的我们还会来找你的。"

"好。"

"哎！"在关门的瞬间，景媔又把门往外推了出去，"同志，方忠实，他是被害了，还是害别人了？"

几个人在黑暗里发笑，跺了跺脚。

"这个楼里的灯都是坏的，跺脚没用的……"

"同学你把门锁好早点休息，方忠实只是牵扯一桩受贿案，你放心，没死。"

没死就好。

毕竟无论一个人在这个世间犯了多大的罪，有时候活着，才是对他最残忍的刑罚。

再进校园，树下的石阶上涌出了好多先前未见的芬芳，还有体育场的围栏，是不是为了迎接新生而新刷过，它在太阳底下闪耀，吸引着众人的眼睛；在里头奔跑着挥洒汗水的篮球手们，景媔一次都没有驻足看过，她突然也好想犯傻气地冲着哪个长相俊俏的男孩子尖叫，晃着室友的手臂手舞足蹈；路过二教又传出了热烈的喝彩声，应是辩论赛上哪个选手又即兴讲出了什么绝句讨得了大家的共鸣……

大学，是原来就这般精彩，还是因为离开，才精彩起来。

景媔站在"老枪炮"旁边，看着他将她的论文收拾好归档，他晃晃悠悠地站起来，额头刚好到她的眉眼。

"还真是矮老头啊。"景媔心里头想着，有些忍俊不禁。果然所有的一切，都会因将要结束而变得珍贵。

"那，老师，我就先走了。"

"嗯，""老枪炮"弯了眉眼，景婳第一次见他笑，"毕业典礼见，孩子。"

并且所有的话到了离别时，都是感伤的。

景婳关上办公室的门，心里落寞，一件件刚想要去探索的事，一个个刚想与他相处的人，竟在离别的七月，相约而至了。

夏日可畏。

电梯打开的时候，一个大夏天还带着针织帽子的短发女人和一个大夏天还身穿长褂衫的男人搀着手走了出来。

"景婳，恭喜，毕业了。"林桐意的脸白煞无血色，在这样的蒸笼天里，尤不匹衬。

她那一头乌黑的瀑布，不见了。

可她却保留了轻拨发丝捋至耳后的习惯，这一触，是更令人哀怜的。

"我，林老师……"景婳晓得，自己发了麻的舌头讲不出一句像样的话，她想同她讲讲为什么在她生病的时候没有前去探望，可是在这样偶然相遇的电梯口，做这些解释又显得那么仓促不诚恳，再加上，"长衫一褂"又在她身边站着，便抿着嘴低下了头。

是啊，她总是有这样那样的顾虑。

"谢谢林老师。"

林桐意颔首，嫣尔一笑便同同伴往里走去。每个笑容都是有解释的，这个笑容便是"一笑了之"。

它让她的那些顾虑变得深重，变得愚蠢。

有时候人最介意的，就是对方的"不介意"罢。

"亲爱的毕业生同学，各位远道而来的家长，校友们，各位老师，各位来宾，大家上午好。"

礼堂里顿时掌声雷动起来，声声鼓得人振奋。

"今天，是属于2010届毕业生的，也是一个值得我们共同纪念的日子，你们，毕业了！……"

"啪啪啪啪啪啪啪……"

"革命战争年代需要信仰，和平发展时期也需要信仰，对个人而言，信仰，是执着步行的内在动力……"

"你有信仰吗？"景嫣看着前方舞台正中的校长，轻声讲道。

"你问我？"站在旁边的何沐用大袖口的学士服悄然擦拭着眼泪，不想却被景嫣都看了去，不晓得是哪一句话触了她的柔软。

"当然有。"

"什么信仰？"景嫣漠然地看着她，"我没有信仰，想听听你的。"

"世人都有信仰，爱就是全世界共同的信仰。你有爱吗？"何沐每每盯着她的时候，眼睛里都有光，以前觉得那是光，现在想来，可能定义成"信仰"更准确罢。

"以前有，现在，不知道。"

"嘴硬。"何沐白了她一眼，"都说咱们80后啊，书呢，是读得最多的一代，信仰呢，却是最缺失的一代。"

"怎么讲？"景嫣第一次想跟这个认识四年的女孩讲下去，没想到却是在毕业典礼上将要再见的时候。

"就拿读书来说吧，读书也得有信仰啊，以前人，为中华崛起而读书，多厉害，咱们现在呢，为爹妈教你读而读，为所有人都在读而读，想过为什么读书吗？没想过。"

景嫣眼前突然出现了那个半点大的孩子坐在她阿公肩头去上学的场景。

"好好读书，将来要考去北京看毛主席，晓得哦？"

"我可能是为了看毛主席而读书。"

"谁？"

……

"咱们这一代人啊，血液不凝固，精神太涣散，没信仰是正常的，咱们还不如老一辈呢，他们哪个没信仰？而且我敢说，全中国的老一辈，信仰都出奇地一致，到现在都是。"

"他们信什么？"

"信命啊！"

一阵孤鸟造林版的雷鸣掌声后，校长结束了他的讲话，他站出演讲台，一手覆着前胸，微微前倾，给了所有人一个大学生涯完整的句号。

"咣！——"

有那么一瞬，整个礼堂像是被什么东西砸中似的颤了几颤，伴随着巨大的物体落地的声响。

礼堂内部在炸了锅之后蚁蜂般地往出涌去，校方从后台赶紧跑上前头来但哪能挡住人流。

"啊！——"

先跑出去的那一批学生先给出了如同群马被鞭笞地惨叫，后来的学生沓叠而至，一阵阵撕裂声像洪水一波接一波。

他们围成了一个圈，外排的学生往里拱，最里排的学生不愿意再靠近，可是，又不愿意出去。

就像村里上了大戏。他们觉得自己占到了看戏最好的位置。

礼堂前的这块地面，今年年头刚浇砌了新的地砖，每块砖面都是大气的一米乘一米的大小，砖石颜色是灰褐色，稳重、磅礴。

现在砖石的颜色多了些黑红色，是倒在那里的那个女人体内流出的液体的颜色，就像从高处砸落了一瓶品质上乘的大豆熬制的醇厚的酱油，瓶身碎烂，里面的酱油被砸得溅了一地。

跳楼的女人是短发，脸反扣在砖面，没有人敢去翻动，在这样的夏天，她戴着一顶粗线帽子。

景婠认得那个帽子。

三十六、

想死的人哪还会去挑什么日子，日子挑上了她罢了。

系里给林桐意办了校内追悼会，本想放在毕业典礼时那个大礼堂，显得庄重，也显得尊敬些。只是校方没应允，场地批不下来，理由是，在学校里搞黑白事还是低调些好，这事本来就惹得外界对学校有了一些负面评价，再这么大张旗鼓地，跟校精神、校宗旨，甚至整个校基调就不吻合了。

商量二三，最后决定，就在学生活动中心办一个简单的追思。系里的师友学生，想来的便来鞠个躬就是了。

之前不晓得哪个学生社团搞的活动，有一些絮絮挂挂还在吊灯上没有完全拆干净，景娟找来一张凳子，小心地将这些红橙黄绿从这个屋子里带走。

黑板上挂了张林桐意的工作照，后期洗出了黑白色。乌黑的长发太惹眼，惹眼到不敢看她。

"呜呜呜……"

来人进屋就哭了起来，景婳看了她一眼，她相信她的悲恸，相信她的泪水，林桐意确实值得所有人对她诚挚。

"你说，林老师怎么，她不是都好了吗为什么还要那样啊……呜呜……"童知之红着鼻子，睫毛被泪珠捆在了一起，"还非得……非得……"

"非得什么？"

"非得挑那个日子啊，全校师生都在，那种日子哟……"

景婳抬手拧了拧自己的鼻子，对上了照片里林桐意的眼睛。

"想死的人哪还会去挑什么日子，日子挑上了她罢了。"

"短发，果真还是不太适合我呀。只是要再续成之前的林桐意那样之长，怕是要下辈子了吧。那么，允许我做一件事吧，不要去评判这件事的好与坏，对与否，我只是想让下辈子快点儿到来呀。"

林桐意的遗书很简洁，或许她真的是想让下辈子快点来，不愿意再多写一个字，便早早地去做她想做的事了。

一个南方的姑娘，一个数米量柴的小门小户。在父母亲生完姐姐冒着超生被罚款的风险咬着牙盼着生下了她，别人讲她母亲怀她的时候不显肚子，从后面根本看不出来是个大肚婆，这个表象在她们那里一定是生儿子的。她的到来让家里人上上下下都没了好脾气，前村后院的街坊不晓得哪一个看着笑话不够还去多了句嘴，罚了一家人攒了一辈子的钞票。从此以后，"骗人精"便是她被从小叫到大的名字。

母亲讲她在娘胎里就开始打定了主意要出来，憋足了心眼装出一副男孩儿相，蒙骗了所有人。

大家叫她"骗人精"。

像所有励志的故事一样，"骗人精"学习很棒，学费也不靠家里，每日帮衬着母亲做家务的同时，她考到了北京的大学，走的时候她讲了一句：别等我了，这个地方我再也不会回来了。

"骗人精"没有骗人，她没有再回去过，那个南方的老家。

景婠想起了林桐意曾同她讲过她的家，隽丽，美好。

悼词是"长衫一褂"写的，系里头都晓得他心里头一直念她，念了她好长时间，有她的发丝那般长，亦有他的长褂那般长。

林桐意在医院那阵光景，日夜都是他在陪她，出了医院便挽起了他的手，有人说她散步时挽，休息时挽，就连吃饭的时候也挽，有人说她是补偿他这么多年的念想，现在想来，她是想早早地将今后余年指尖的温暖全都给他。

他们说不懂她，景婠又觉得她好懂，她只是不在意别人懂不懂罢了。

全系的人都来了，景婠着着一身黑在最后排站着，她任由泪水和鼻涕像糨糊般地扭曲在脸上，也不敢发出一丝丝声响，她怕惊扰了照片里那个气定神闲的人。

每人上去献花的时候，"老枪炮"叫住了景婠，他不作声，摆手示意景婠跟他出去。

她晓得他定是有话要讲，只是心里不免沉重且惊慌起来。

"老枪炮"在树底下站定，双手握放在身前。

"老枪炮"的个头比景婠矮一些，他要开始讲话，景婠便埋深了头，显得恭卑。

"林老师呢，很喜欢你，经常跟我们说，你像她，你们都是从江南小镇来的，心里有梦想，有期盼。"

"老枪炮"这么说着，林桐意的脸似乎渐渐又清晰起来，她像是就在教学楼里，或者办公室里，等着他们回去上课。

"其实这件事儿呢，林老师交代过，我们谁都不能告诉你，但现在她走了，还是以这样的方式，我认为呢，你应该知道。"

"老枪炮"长吁一气，"之前我们教科组是商量过的，因为你前段时间，有一阵，经常缺课，我也不知道是因为什么原因啊，我们觉得你的学习态度有问题，这个，当时我们决定是不给你机会写论文的，就是，让你留级或者延迟毕业。"

景媚抬起头，急促地喘着气，向"老枪炮"迈了一小步，"老师……"

"你听我说完，"他眉目慈意，捂着嘴咳嗽了几声，"当时呢，本来都要定结果了，是林老师来找我们每个老师给你说情，让我们再观察一段时间，她说她相信你会找清方向的。"

"景媚，我很欣慰，我们每个老师都很欣慰，她，林老师，说的没错，她没有看错你。"

"老枪炮"低眉顺目地轻舒了一口气，"我跟你说这些呢，我是想，你不要辜负她，校园、社会、家庭……都，不要辜负她。"

不知哪一句话起，衣襟被打湿了，她突然哭得如此热烈，让"老枪炮"也不再言语地转身离开，她被头顶一片油光翠绿的树叶砸得震颤，疼得坐在地上，起不来了。

夏日里的这片落叶，当同伴们都在拼命生长，是因为什么想要过早地拥抱大地呢。

过了好久，景媚擦干了眼泪又回到了追悼会里，人比方才更多了，她挤进人群的最后排，心情复杂地站在这令人窒息的空气里。

"那天夜里，你跟我说你畏惧死亡，不敢去看她，现在还不是因为死亡，又站到了这里，你以为你绕过去的事儿啊，总会换个模子又横在你跟前儿，躲是没用哒……"何沐不晓得什么时候又跟影子似的站到了景媚身边。

追思会结束之后，景媚帮忙收拾场地，让它又回到原来的样子，仿佛谁也没来，谁也没走。

"这周五方的案子开庭，公开审理，他叮嘱我务必叫你过来，地址我发给你。"

刚出校门的时候，她收到了一条短信。

"干嘛的？"大门里的保安探出脑袋喝住刚想从车杆儿旁跻身进院里的景媈。

在还在犹豫去还是不去的时候，景媈已经站到了法院门口。

"我，我来听公开庭的，我朋友……"头一次来法院，景媈被吓得支支吾吾捋不清讲话的思路来。

"那是车辆进入的地方，你到这儿来，你往那儿走，那儿有个小门儿。看见了吗？那儿！"

"哪个庭啊？"

"哦哦，我看一下，您稍等，"景媈紧着胳膊闷着脑袋找出了短信，"刑事二庭。"

"这个刑二的。"一个穿制服的冲着旁边一个坐在电脑前的女孩说道。

"身份证。"

景媈又开始慌乱地翻着包袋，红着脸掏出身份证递给他。

"自己登记一下，身份证回头你出来还在我这儿取，清楚了吗？

"清楚了。"

"哎！回来！你包过一下安检！"

景媈对着指示牌找到了刑事二庭，二庭门口的小型触摸屏上登录着即将要开庭案件的主要信息，景媈看见了方忠实和几个不认识的名字。

进了二庭，一个戴着黑色棒球帽的男人坐在最后排靠角落的位置，看见景婳，他像是被惊动了一下，压了压帽檐。

"法庭还允许戴帽子的吗？……"景婳自言自语找了个中靠后的位置坐了下来。

她看着眼前过于陌生的一切，本以为一辈子也不会同这样的地方打上交道的她，却因为一个差点用错情谊的男人，端端正正地坐在了"司法公正"的堂下。

正上方是审判席，下面左手边是被告代理人的席位，右手边是检方公诉人的位置。

"嗯，跟电视剧里一样……"

景婳不晓得自己为什么要答应方忠实来这里，可是他又为什么要让自己看见他身处囹圄的邋遢又尴尬的模样，他会不会看见自己？看见了，自己又该如何回应他的目光？

想到这里，景婳不知觉地站了起来，又往后坐了两排位置。

门开了，陆续进来了一些人，谈话里像是有人大代表，有司法系统的，还有一些不吭声的，应该是被告人的亲朋。

"四合院少爷"进来的时候先够着看了看里头，速即坐到了景婳的旁边。

"我给你发信息你怎么没回我呀？我还以为你不来了呢。""少爷"嚼着口香糖拨了拨头发。

景婳哑口，光愣愣地盯着他，"你们关系，好吗？"

"好啊！""少爷"躬着背低头擦拭着帆布鞋上的灰，转而又抬起头，"不是，好归好，他那些儿事儿我可不知道啊，你跟他也好啊，你不是也不知道么。"

"你，除了那个四合院儿，还有什么？"

"没什么了呀。"

"确实。看得出来。"

"少爷"贴近脸，带着一点儿不服的意味，"小姑娘，你知道一个四合院儿值多少钱么，我不需要其他任何东西都够养你三代。"

"我知道，所以你自己留着吧。"

"最后排那位，把帽子摘下来！"庭警身型彪硕，拿着警棍指着后排。

"我就说吧，戴什么帽子，在法庭上还要扮帅气……"景婠低着头也不敢动唤。

"不要喧闹，下面开庭。警务，把被告带上来吧。"法官是个身材矮小的相貌看着约莫五十多岁的男人，几个被告站在被告席上之后，景婠就完全望不到他了。

当那一连串"叮叮当当"的拖在地面的脚镣声缓慢进入法庭的时候，在场所有人才意识到这是个什么样的地方，法庭上方的国徽是多么庄严，多么有力量，它能让受害者宽慰，让嫌疑人怖畏，让旁听者敬畏。

……

"北京市朝阳区人民检察院起诉书，被告人，方忠实，男，1979年10月20日生，居民身份证号码……被告人方忠实因涉嫌开设赌场罪、传销罪、洗钱罪、偷税漏税罪，于2010年5月22日被北京市公安局朝阳分局刑事拘留，2010年6月20日经北京市朝阳区人民检察院批准逮捕，当日由该局进行逮捕……"

"赌场？传销？洗钱？偷税漏税？"景婠讶异地看向"少爷"，他摊开手做了一脸无辜的表情，嘴巴夸张地挤着"我不知道"的哑语。

"经依法审查查明，被告人方忠实通过洗钱的方式，将其于2004年5月至今，组织和领导地下及网络传销活动的非法所得资金转换成金融票据、有价证券及大量现金……通过被告人方忠实于 2004 年 3 月在广州注册的'利森房地产有限公司'……期间，被告人方忠实合伙黎正义经营地下赌场，同时向丁常建行贿数次，总计……数额特别巨大……具体犯罪事实分述如下：一……"

方忠实被庭一边一个警押在中间，低着头，他穿着看守所的粗布背心，上面印着"朝阳看守"几个字，橘红色，景婠记得他有一次讲过，他喜秋天，所以那是他最喜欢的颜色。

原来，他的胡子竟是络腮胡，几天不剃，跟向着阳的藤蔓一样爬满了腮部。

有些不像他了。

他应该是细细的胡茬，偶尔几日疲累，也只会浅淡地冒出一圈，景婠突然觉得，一个人平日里你看到他的样子，也许只是他想让你看到的样子罢。

"被告人，你对公诉人列举的犯罪事实有异议吗？"

"没有。"

"被告人方忠实归案后能如实供述自己的犯罪事实。认定上述事实的证据如下……上述证据收集程序合法，内容客观真实，足以认定指控事实。被告人方忠实对指控的犯罪事实和证据没有异议，并自愿认罪认罚……"

"被告人黎正义，男，1962 年 5 月 12 日生，居民身份证号码……被告人黎正义因涉嫌赌博罪、传销罪、洗钱罪、偷税漏税罪，于 2010 年 5 月 22 日被北京市公安局朝阳分局刑事拘留，被告人黎正义于 2005 年 7 月开始，用其财经大学教授的专业便利，为法人为方忠实的"利森房地产公司"伪造、变造账簿，并向税务机关进行虚假的纳税申报……"

被告席站着的几人中，有一个体态微胖的中年男人时不时回头，每次都向远处的角落望去，景婠觉得像是在哪里见过又实在想不起来。

"照片！"景媚差点呼出来，她拍了下大腿，"那张不认识却觉得眼熟的照片，可是为什么当时就觉得眼熟呢，明明没见过不是么……"

"被告人黎正义，你对公诉人列举的犯罪事实有异议吗？"

"有。"中年男人赶忙转过那臃肿的身子，"就是那个，我儿子出国的费用并不是非法所得的那一部分，出国的费用是我和我爱人早就攒好的。"

"被告人黎正义，下面由公诉人对你开始讯问，你要如实回答。听清楚没有？"

"听清楚了。"

"你说你儿子出国的全部费用是全部由你和你的妻子之前工作积蓄支付的，对吗？"

"是的。"

"你和被告人方忠实是怎么认识的？什么时间认识的？"

"我2005年的时候吧，我不是经常去他那儿赌博么，我好赌。"

"去谁那儿赌。"

"方忠实的一个赌档，一个茶座里。"

"然后是为什么开始帮他做这些事的？"

"一次一次输太多了，还不上了，他知道我是财大的教授，就帮我还了，条件就是让我帮他，帮他做这些……"

"做哪些事？"

"一开始只是让我帮他在他的传销队伍里当个骨干，兼个职盯着下面的人，后来我知道的越来越多，越卷越深，我当时对他说传销这部分钱怎么办，他就说，我有个房地产公司，你帮我洗吧。"

"那你刚才说你的钱都赌博赌光了没钱还,被胁迫才帮他做事的对吗？"

"是的。"

"那你 05 年都输光了，我看了下你儿子是 08 年去的美国，这怎么解释呢？"

"我，"男人往前冲了一步被庭警狠狠地按住了肩背，"公诉人审判长，我这，我们夫妻的积蓄都在我爱人那儿管着的呀，她不知道我赌博啊当时！我自己存了点儿私房钱都输了不敢告诉她呀！"

"你儿子叫什么名字？"

"黎吏。"

"身份证号？"

"……"

三十七、

我也还有记忆的，但是零落得很。我自己觉得我的记忆好像被刀刮过的鱼鳞，有些还留在身上，有些事掉进水里了，将水一搅，有几片还会翻腾，闪烁，然而中间混着血丝。

——《鲁迅全集》

"以后喝奶利索点儿，别跟孩子似的弄得满脸都是，我还能回回都给你舔干净啊？"

她还在吸吮他的吻，他却因为看到一早收拾在墙角的行李箱而突然想起了什么演戏式的抽离。

他转身撑着台角，克制自己发抖的身子。他咬着舌头，愤怒自己又一次情不自禁，这样的情不自禁，到底要伤害她几次。

他不该负心于她，可她更不该附心于他。

他太清楚自己现在的状况，没有能力给任何人承诺，况且还是个这么好的姑娘。

可是她却用力缠住了他，用双臂，用肉体，用精神，缠得他舍不得甩开手，舍不得走。

她说她，喜欢他。

"被告人黎正义，你跟丁常建是什么时候认识的？"

"丁常建是我的大学同学。"

"所以是你找到丁常建，带着方忠实向他行贿，让他用职务便利帮助你们税务作假，是吗？"

"是。"

"你刚找到丁常建的时候，他是什么单位？什么职务？"

"朝阳税务局，所得税科科长吧。"

"一直是科长吗？"

"07 年做了副局长。"

"除了黎吏的出国费用这一部分你有异议之外，其余部分还有异议吗？"

"没有。"

她除去了衣衫，愤恨、坚决。

他慌乱了，粗鲁地替她套上勒紧了她的肩头，他朝她发了火，厉言正词。

"丫头你干什么你！你特么知道你在干嘛么？"

他真的承受不起，一件衣服的重量，太重了。

他看到她在咬牙，她第一次这样"不乖巧"地看他，她纯粹，善良，一定，是在一个世外桃源长大，就是那个？"暧暧远人村，依依墟里烟。

狗吠深巷中，鸡鸣桑树颠"的地方。

他不敢看她的眼睛，眼睛里盛满泪，再多看一秒就能看见它决堤的样子，他怎忍心？

他扭过头，床边的月亮挂在了树上，皎洁，明亮，她家乡的星空，也是这一轮皓月，但她的头顶应当是暖的，她的月亮也应当是热情的。

"被告人丁常建，男，1962 年 5 月 12 日生，居民身份证号码……原北京市朝阳区税务局副局长，被告人丁常建因涉嫌受贿罪，于 2010 年 5 月 22 日被北京市公安局朝阳分局刑事拘留，被告人丁常建于 2005 年 7 月开始，用其北京市朝阳区税务局所得税科科长的职务便利，为方忠实、黎正义等人提供的虚假的纳税申报的行为提供帮助……"

"被告人丁常建，你对公诉人的公诉书内容存在异议吗？"

"没有异议。"

"我不碰处女，懂了么？惹不起，我怕麻烦，这回懂了么？逼我说这么明白真没劲。"

他怔住了，她也怔住了，她脑子里一定嗡嗡作响，他又何尝不是炸得粉碎。

"我送你回去吧。"

窗前的地上真的被倾泻了银雾般的月光，这个女孩穿着针织的毛衣静静地伫立在月光下，宛如初见。

"不用了。"她微笑，她竟然笑了，哭一场也好，他想哪怕不走了也好，可是她只是仔细地穿好衣裳，而他只能像个木头一样站在那里，像个畜生。

"黎吏，"她走到门口，又在按下把手的时候停了下来，他微起着下颚，想要跟她说对不起。

"王小波是不是说过一句话，你帮我想想，'我们好像在池塘的水底，从一个月亮走向另一个月亮'。是这样讲的么？"

哪有什么王小波，只是幼时无聊的他，把那个教授爸爸的书柜里的书全都翻了遍，她说她喜欢王小波，他又如何不喜欢王小波而已啊。

也好，他们之间，还剩下了这句没说出口的对不起。

"本院认为，被告人方忠实以非法获得钱财为目的，采用开设赌场、领导组织传销组织、向他人行贿、隐瞒税务真相的方法获取财富，数额特别巨大，其行为触犯了《中华人民共和国刑法》第三百零三第二款、《中华人民共和国刑法》第二百二十四条第一款、《中华人民共和国刑法》第二百零一条，应当以开设赌场罪、传销罪、偷税漏税罪追究其刑事责任……"

"被告人黎正义以非法获得钱财为目的，领导组织传销组织，以向他人行贿，隐瞒税务真相的方法获取财富，数额巨大……"

"被告人丁常建……"

"方忠实，他为什么叫我来？"

"肃静！"

旁观席的庭警疾步朝景婠走过来，"还有你，法庭上不允许拍照！给我删了！"

"少爷"吐着舌头，一副"我家有四合院你能把我怎么样"的表情，悻悻地删了照片。

方忠实回头没有看景婠，只是看了一眼他的"少爷"。

"哦，"他扭了扭身子，朝景婠靠近了点，压着喉咙说，"前几天我不是去看守所看他了么，丫跟我说啊，他其实早就知道你喜欢的男孩儿就是那，那那黎正义的儿子了，他跟黎正义这么多年关系，见过他儿子几回，只是后来说有一回，方忠实给你丫送一什么小区去了，碰着他儿子了，他才发现你喜欢的人是那黎正义儿子，总觉得对你更愧疚了吧可能就想照顾好你。他儿子后来不是出国了么，美国，哎我发现啊，为什么你们现在这些小屁孩儿都怎么爱往国外跑啊，国内不挺好的吗？"

景婠怒眼看着他，示意他别讲些旁的没用的话。

"哦哦，丫说他开庭，黎正义那儿子肯定来，他想着帮你俩缓和关系给你个机会，"他手肘顶了顶景婠，嬉笑着面皮，"毕竟方觉得挺对不住你的吧，他那儿子，来了吗？在哪儿呢？"

说着话他便伸长了脖子跟眼镜蛇一般前后转动。

"别看了。"景婠端坐着，用力地抬起眼，"我知道他在哪儿。"

庭审结束后，景婠看着冲在人群最前面的戴着鸭舌帽的男孩消失在她的眼前，方才就那一排凳椅的距离，她都没能追上他。

他不想见她，景婠知道，在法院门口，在国徽底下，他不想见她，有千百种理由，所有都成立。

"哎姑娘，哎哟我等了你好长时间，"一个挂着扫把的清洁工阿姨一路小跑到景婳跟前，十来米的距离，阿姨开始有些气喘，"上了年纪跑两步就跟要了命似的。"

"阿姨你，叫我吗？"景婳微笑的眉头还夹杂着些差异。

"对，有个小伙子，给了我一个这个，纸条吧应该是，让我给你，说你一会儿就从法院出来了。"

"拿着呀！"

"哦哦，谢谢，谢谢阿姨！"景婳没回过神。

是他吗？

"阿姨等一下，"景婳在清洁工离开的时候突然想起什么将她喊住，"你是怎么，知道是我的？"

"嘻嘻，他跟我说啊……"

"不行啊小伙子，我这不认识这姑娘，给错了怎么办啊？"

"阿姨，您保准一眼就认出她，她很漂亮，跟一般人的漂亮不一样，要是拿不准儿了，您就看她的眉毛，像古代美人画过的眉毛，却又是连古代美人都比不了的。"

景婳打开了那张看起来被握在掌心里揉了千百次的很熟悉的纸张：

遇上你
我的心便驶进了迷雾里
可到了迷雾里

我却
寻不见你

我不经意闯入你的世界
若你的世界在林雨深处
我便攀其巨树
借着阳光
找到你
照耀你

我不经意闯入你的世界
若你的世界在苍茫戈壁
我便幻作风沙
合天并地
找到你
拥抱你

我不经意闯入你的世界
若你的世界在横流沧海
我便扬风起帆
流离颠沛
找到你
亲吻你

三十八、

我想，与其被夺走或由于偶然原因消失，还不如自行扔掉为好。

——《海边的卡夫卡》

除了三两衣裳，还有几本王小波，书里夹着一张只属于记忆的字条，景婳没有从这个房间再带走任何多余的东西。

走之前景婳去了趟中关村。

中关村和记忆中没什么太大不同，这里每天都会有数百家与电子技术相关的企业成立，小到盗版光碟，大到电子仪器，全国最全的电子产品都集中在这里的电子商业楼里。楼里头的买卖人在这里待久了，大多变成了只会读数据的机器。他们能头都不用回地报出每一件商品的价格，精确到个位数，也能在最短的时间内修好一台外行人觉得要报废的电脑或手机。

这里有股子说不上来的气味。

"两台 A1252——"

"找个配件儿！"

"N97 没货了您甭找了，要没整个中关村就都没了，中关村没了那您在全国都找不着了，再等等吧。"

"让一下让一下。"几个脑袋边上扶着大纸箱的少壮碎步从景婠身边擦身而过，他们用尽气力快步流星，却不敢小步奔跑怕摔坏了肩上的机器。过道里随即被嗅出一缕汗腥气，转瞬即逝。

还是那股说不上来的味道。

景婠贴着一路的柜台，胳膊肘子压紧了包，何沐同她讲过在中关村要小心着包，因为这的人太多太杂，而且除了钱旁的都看不到。

可是景婠觉得这里头的人多是刺刺不休，怕是还真看不上这丫头兜里的二三碎银呢。

景婠拿着主编给她的信封，在每个柜台前挪步，没了主意，柜台一个挨着一个，挤挤攘攘，中关村的买卖人不同别处，竟看着倨傲，少有一两个热切摆手召唤客人的，也一定是新来的店家。老摊主们吃盒饭的吃盒饭，搬弄物件的搬弄物件，客人来了迅速招呼几句，客人走了也不愁没有下一位。

"景，景婠吗？"

正当愁着不晓得挑哪个摊位"下手"，景婠听见了背后像是试探性的问好声。

他皮肤白了一些，应是长期居处高楼少见阳光，身子又精瘦了些，怕是天天的体力活也不曾少干，笑容还是那般透彻无邪，只是多些倦怠，都说人的本性是不会变的。

哦，少了那串大银链子，竟然差些未喊出名来。

"史，毅。"

对，他叫史毅，谢天谢地，所有与泛泛之交突如其来的偶遇，能喊对对方的名字，竟是对自己品格的最好的交代。

"呃……"

见到熟识人，打招呼只是本能，然后又因为相交颇浅，本能地讲不出话来。

"你在这边工作吗？"景婠先开了口，纷杂吵嚷的中关村，只有他俩是安静的。

"啊，是的是的是的！我在那个，那个，拐角那个，看到没？祥发科技！"史毅指着远处的头顶上方，因为对方先给了话题而顿时显得放松起来，是一个努力的顺应者。

童知之讲，他一辈子也就只能给别人打打工。

"我们老板人还不错的，管三餐，在这边管饭的老板不多的，一个月我们拿到手也有三千多的，旺季的话有这个数，北京是个好地方。"

史毅推着巴掌逼近景婠的脸，满掌的老茧和错杂的纹路看得她心烦。

景婠当然晓得他讲这番话的意味，当真不是讲与她听的，只是想借她的口转达给旁人罢了，只是来人不晓得，景婠与那旁人现在也是讲不上话的关系了。

"确实不错了，这工资挺高的。"

这倒是实话，比她在杂志社的工资要高出一个头来。

"你今天来，买东西？修手机？修电脑？"

"哦，我想买一个手机，有什么推荐吗？"

"自己用？"史毅讲这话，便引着景婠向那"祥发科技"走去。

"哦不是，男士用的，我也不太懂哪种适合。"

"送给男朋友？那个，上次那个哥们是哦？帅帅的那个，叫什么的……"

"我送给我父亲的。"

"老板，老板，这是我好朋友哦，老乡，在北京上大学，才女哦，她要买个手机，一会儿看好了你给她便宜点。"史毅进了柜台，龇笑着。

"你看这个，苹果4，你别看现在都是诺基亚三星，以后的趋势还是苹果啦！你看好了喏！"

史毅双手撑着台面，语气坚定自信，仿佛走丢的狼崽又三拐两拐进了自己那片丛林，气定神闲起来。

"这个系统老人家用起来有点困难吧……"

景婠看了眼价格，又拿着样机随手操作了一番，心里似乎已经定了方向。

"这个么，也确实是。"史毅收回了那台苹果，又拿出了另一台样机，"还是这个吧，老人家还是就诺基亚吧。"

足足便宜了千把块。

景婠眼前出现了景忠国嘴上埋怨她花了不必要的钱，回头又用他的大手牢牢握在手心处处逢人炫耀自己闺女的景象。

送人礼的时候，脑子里头想着他，便晓得要送什么了哟。

"我还是要苹果吧。"

所谓的"老乡"价格，也就便宜了一百块，这对于一台外国手机来讲还真是让人会在转脸的时候撇嘴。

"史毅。"

景婠下意识又回了头，一个体型微胖矮小的女孩晃着不锈钢饭盒子微笑着进了"祥发科技"的柜门，远处看到有几分童知之的影子，只是气态差了八千里。

男孩因为来人的这顿饭欣喜起来，像孩童似的蹦了蹦，环抱住女孩，便开始享受起了今天的这份人间烟火，他边吃边比画着，手舞足蹈，同初识他的那顿饭时的神态一个样，只是这会儿他的女孩眼含春色，双手替他打开一层层饭盒。

他因为一个女孩来到了这个城市，到底因为另一个女孩留了下来。童知之的讲话总是没有错，他没有像小说电视主人公一样在故事的最后变成一掷千金的企业家让曾经唾弃他的女主人公后悔，他只是毫无意外地成为了这个城市千万外地打工仔中的一员并在现实中与那个女孩渐行渐远。

毫无意外。

一个地方存在的时间久了，空气里就会有它固定的味道，中关村有中关村的味道，火车站也有火车站的味道。这就同有人走的地方会慢慢形成路，走的人多了这条路便会被起上一个名字是一个道理罢？

但奇怪的是，所有的火车站，都是那种气味，谈不上好闻不好闻，就是那种特有的，气味。

景婠拉着一杆小箱子，对着车票找着滚动屏上的候车室，被迎面眼睛长到了脑壳顶上同样在找候车室的张成名撞了个激灵。

"景婠？！"

"张总，"景婠笑得尴尬，外头这么些年，还是没能练上交际的本事，"这是去，出差？"

"哪儿啊，回老家了。"

景婠这才看见他背后的大小行李箱，相比之下，自己倒更像是去出差。

"那你的公司……"景婠不晓得这样的问法是否唐突了，可是当下又不晓得该讲些什么让气氛松缓些。

"给丫丫了。"

"那你……"

"嗨，反正我这也回老家了，告诉你也没事儿，丫丫跟了一老头，我一开始吧，就知道这丫头心高眼也高，从来也没看得见过我，人就是乐意犯贱呗，追着根本瞅不上你的人瞎起劲儿。"

过道里来回压过火车的"轰隆轰隆"声，震得人发慌，来往路人多数走得很快，谁都听不清谁在讲什么，就算听得了，谁知道你是谁？

"其实来北京这么多年，依然觉得不习惯，吃不惯，聊不惯，连空气都不是喜欢的味道。"

"别说我了，你这，要去哪儿啊？"张成名有着东北人特有的自来熟的劲儿，这种劲儿总让南方人觉得荒唐。

"我……"

"哦对了，嗨，上次吃饭，在四合院那次，我本来想跟你说来着，丫丫那娘们劲儿大，把我桌底下摁住非不让我说。"

"什么？"

"你跟方忠实，什么关系啊，我看你真是个好姑娘，好妹妹，你太单纯了知道么，大哥好心告你啊，你可不能对他有啥那方面儿的感情……"

"景媗！"

叫声乍听一同往常地令人厌烦，可声音也如香水一般，它的后调早已熟谙，亲切得叫人心软。

何沐捭着大膀子，卷着火车站浓郁的气味一下子便跑到了景媗面前。

后面跟着严晁，那个"趣多多"山西男孩。

缘分真的有深浅。有些人跟他同课了四年，如若不是另一个人的存在，你对他竟真记忆不起来。

"您哪位啊？"何沐抄了抄头发，喘着气盯着张成名。

"这是我一个朋友。"景婳抢了前头，又转向张成名，"那个，其实……你要说的我都知道。"

"都……知道？那……"张成名在北京闯荡了这么些年，也是有眼头见识的人，同几人道了"再见"便识相地走了。

"你，走了？"

"嗯，走了。"

火车站真是个矫情的地方，连告别都要被不停地重复，景婳恐惧这种矫情。

"其实呢我是不想来的，严晁跟我说好歹也一个寝住了四年，我又一北京人，怎么着也得送送你。"

景婳向不远处的严晁挥了挥手，也不晓得是"你好"，还是"再见。"

"我让你来送了？"景婳即刻平复了嘴角的笑意，白了何沐一眼。

"你挺优秀的，真的，我是说专业。"何沐双手交叉在胸前，"做人吧，就有点儿失败，缺点儿意思。"

"你大老远过来就是为了说我做人缺点儿意思？"

"哈哈哈哈，逗你呢。"北京人的笑声穿透力很强，和"轰隆隆"的火车声不分上下，"说真的，景婳，其实吧，我挺喜欢你的，你就是太矫情了，多愁善感，学文人的臭毛病你都有。而且你总是，总是活在自己的臆想中看这个世界，不是每件事每个人都会按你的要求走的，别想那么远，生活还是轻松些好，你说呢？"

仅仅一张一合，对方嘴里头便轻巧地把她定义了具有她最恐惧的特质：同这火车站一样的，矫情。

北京人真讨厌。

反正都要走了，这样子想想也不算放肆。

"咱俩也不算太熟，你这么了解我合适吗？"

"哈哈哈哈……"

"轰隆隆……"

"那事儿……我说要帮你忙，也没帮上太多，不好意思啊。"何沐当真讲起话来，真叫旁人不惯。

"你帮了挺多的了，你明明那么讨厌我，后来还节节课坐我边上，我又不傻，要不是你，可能'老枪炮'的课我会挂掉，就毕不了业了。"

"算你是个明白人。"

景婠笑得会心，看着三步之外的严晁，"他……知道吗？"

"能让他知道么？谁都像你那么傻呢，我又不是圣人，最重要的是，他也不是圣人。"

谁都不是圣人。

"他一山西人，以后能不能留北京还没谱儿呢，哥们对我不错，就先处着吧。"

"你吧，对人也别太纯粹了，喜欢的就处，不喜欢话都不多说一句，哪儿有你这样儿的呀，哪儿那么多喜欢不喜欢啊，咱姑娘家找人，还是得对自己好的靠谱，知道么，骑驴找马，又不犯法，是不是？"

"说完了么？"

"你看，大实话听不了，就爱那些个春有百花秋有月，夏有凉风冬有雪。"

"你呢，第一次见你就觉得你高傲得要命，就因为自己皇城人吧，总喜欢习惯性纠正、批判人，你比我好到哪里去？"

"哟，说出来了？以后见不着面了，总算说出来了是不是？"

景婠倒也不恼，没好气地白了她一眼。

"是，我也承认，可能与生俱来，骨子里确实有点儿你说那意思，优越感，但这北京人都有啊，也不能怪我啊，可我们，直率啊，有什么说什么，哪儿像你，心重，累得慌。"

"小地方来的，不自信呗。"

"哟，别别别，人是小地方来的，心可不是，你傲着呢，快别谦虚，特不适合你。"

景婠故意做出胁肩谄笑的样态，俩人间突然少有地融洽起来。

她指了指墙上的挂钟，"大实话我还想听，只是到点了。"

"那，抱一个呗。"

"那就，抱一个？"

"真瘦，硌得慌，北京这么多年没把你养胖，看来你真不适合这地儿，赶紧回去吧，赶紧的。"

北京人真讨厌。

"景婠，真心祝你今后一切顺利。"何沐认真的模样确实不太适合她。

"何沐，祝你以后处处碰壁，孤家寡人。"景婠嗤笑着。

"你丫没完了是不是？赶紧走吧！"

两条正在检票的队伍一直延伸到了候车室门口，景婠站在了最后，她知道何沐他们就在自己身后的几步远，可根本不敢回头。

"何沐，也真心祝你今后，一切顺利。"她在心里讲，讲得郑重。

她跟这火车站一样，矫情。

"你告诉她了，她怎么说？还是要走？"回去的路上严晁问何沐。

"哎呀！！！我把这事儿给忘了！！"

你看，北京人真讨厌。

三十九、

所有女人都是有气的，不是魂，是一股气。

景家村的夏天很黏稠，水汽旺，在这种湿热的空气里头，每日每日像下了澡堂子蒸桑拿。

景忠国蹭了一脚"老北京布鞋"，坐在堂前咪酒。

"明年子不要再酿梅子酒了，这么多吃到哪年子，晓得哦阿娘？"讲这话又拧着眉头咂了一口，"阿娘？"

里屋过了半晌才颤颤悠悠传出了人声："活一年酿一年。"

"哎哟，这么老半天才讲句话你阿是要把我吓死。"

景老太不晓得从哪家哪户讨来了一把像模像样的小镰刀，从景忠国跟前经过，抬脚出了院子去塘边割野菜去了。

乡下人家的活计可不枯燥，一年有四季的做活，季季都不重样。

景娟在二楼窗前看准备考试的书，听见了景老太冲阿爹的回话，合上本子，也不晓得自己现在是怎么了，明明二十几岁的轻轻年纪，听到这些个"活不活"的，心里头反倒躁郁得起劲。

傍晚的村子灶香袅袅，好些个人家硬是嫌煤气烧菜到底是没有柴火烧得香，所以还留着原来的灶头，不知道是不是这样的话听得多了，但凡闻见那些酥或馅，景婠便认出这是哪家的柴火饭了。

只是柴火饭再香，哪又能比得过景忠国铲子里的野荠山羹。

阿爹已经不再上班了，这些委屈事他没讲过，景婠自然也没问过，内退之后景忠国便一门心思拿起了家里头的大勺，平日里除了弄摆弄摆鱼塘，就是潜心研究做菜了，表面上看不出他有什么喜悲哀愁，一下子变得倒像是一辈子没曾参加过工作的乡下半老头子。

景忠国讲闺女送的手机好用得很，还能学做菜。

"你吃吃这个呢，我看饭店里做的牛肉都嘎老嫩，我的牛肉怎地一下锅就容易老啊？"景忠国端了一盘刚炒好的菜上了桌。

"今天又做嗲新菜啦？"阿娘一进门便眯着眼睛看着桌前的景婠和桌边的景忠国笑。

景婠望着盘里的牛肉还没下嘴就被景老太夺了筷子，她挑起一口肉在嘴里嚼吧了几个轱辘，"哼"了一下又转身了。

"阿娘你这，嗲意思嘛？"景忠国被气得糊涂，像是个认真的厨子。

"肉买错了！"

过了好会儿工夫，景老太才粗声粗气地从厨房给出了响动。

"你老搞这么久工夫才跟我讲话是不想给好日子我过了，一天到晚吓人。"

景婠斜拧着脑袋望着这三个老大人，呆头呆脑地乐了起来，哪里有什么味道香过家里头的菜，哪里有什么东西重要过眼前的几个人。

"书看得怎么样了？"自从景婠回来之后，这句话是每天吃晚饭的时候景忠国忘不了要问的。

阿娘把红烧鱼换个位置挪到了景婳面前，"你天天问，我都听得烦了，囡囡自己会看的哇，她什么时候要你操心啊？"

"你懂嗲，现在又不像我们那个时候了，公务员都是要考试的好哦啦，其他什么门路都是行不通的，她现在刚毕业，看东西啊，记考点啊，都是最容易上手的，再往后拖么，脑子一年不如一年哦。"

"我看你脑子一年不如一年，急嗲，囡囡总归比你有出息佬。"景老太又把面前的红烧田鸡往景婳那边推去。

"奶，我不吃田鸡的……"

"哦哦哦，忘掉了忘掉了。"说着又站起来把田鸡拉了回去。

景忠国被景老太一句话憋得闷了气，仰着头吃酒。

"嗲拧要考公务员？"

夜色里的门突然被拉开了，扔进来一个红色的巨大的行李箱，紧接着景梅芳踩着高跟鞋抬脚进了屋，她穿着一条血红色真丝长裙，从一片黢黑里走来，就像拉着幕布的舞台剧，等了许久，终于开场了。

"嗲拧考公务员？"她拎着裙子，一脚跨过了条凳，坐在了桌边，"都嘎老油腻，我夜头只吃沙拉的，像这种菜一个都吃不了，哎。"

"小姑怎地现在回来，都没听忠国讲的。"

"他不晓得，我就是想回来住一光景。"

景梅芳手撑着腰板给自己拿了个酒杯拿了双筷子，"梅子酒啊？阿哥你还没吃掉啊？"

"哎哟，当真是阿娘的排骨像样子，这才叫红烧排骨嘛。"前头才讲不吃的景梅芳嚼吧着嘴，一双筷子在菜里舞个不停。她的脸很白，细纹间有明显的化妆品堆积的痕迹，稍有表情就更显年岁。两口梅酒下肚肠，面颊才略有红润。眼睛底下的妆不晓得什么原因被糊开了，被擦拭过又没擦得干净。

"不要在家里住太久，三两天差不多就回上海去。"景老太把那盘红烧田鸡又换到了景梅芳面前，收拾了自己的碗筷进了伙房。

"晓得了晓得了，还是阿娘亲，还晓得我最喜欢吃田鸡，我婆不吃田鸡的，所以家里一年到头没这个菜的。"

"你慢点吃。骁骁阿娘过去了你都没回来，现在回来做嗲？"景忠国咪了一口酒皱着眉头。

"啊呀对头！她怎回事，怎地讲走就走了，为嗲寻死啦？"

"还不就是志业，在外头有人了，那个女佬厉害的，上海宁，听讲给景志业生了个孩子，找上门来了。"阿娘接过了话茬，仔细同景梅芳絮叨起来，仿佛这些事情男人是讲不好的。

"嘎老就要寻死啦？"景梅芳拍下筷子，瞪大眸子，惊呼道，"妈妈呀！这不是便宜了景志业这个细畜生？阿真佬是太想不开了！"

"事不到自己身上也很难讲的，讲别人容易，要是囡囡阿爹做出这种事情来，我也不晓得会不会去寻死的。"阿娘撸着桌上的剩食，抹干净了给俩兄妹吃酒。

"那骁骁呢，骁骁现在做嗲，回去上学了？"

"书不念了，"阿娘边在伙房里头过着水，边朝客厅里喊着，"跟着他老子做生意去了，到北京去了哦，是吧景忠国？"

景忠国喝着酒，也不答话。

"他不恨他老子？反倒跟他做生意去了？"景梅芳晓得景忠国不会答她，便句句都朝伙房问去。

"恨的呀，恨有嗲用，毛小子一个，没钞票没工作，没他老子吃得了饭啊，还有他那个弟弟，不也跟着景志业一道去了么，没钱还谈什么理想尊严的，这道理连我都懂。"

这道理谁不懂。

景婠双腿蜷在饭桌旁的沙发上，假意低头盘弄着手机，牙齿不由得咬起下唇，大拇指一下下地掐着食指，全身都开始用力起来。

"你就同婠婠睡一道吧，婠婠床大，我再给你拿床被子。"

血缘亲情是有属性的，虽是印象里没见过几次面的嫡亲小姨，但就因为那个"嫡"字，让两个人即便是不打招呼地到了一张床上，也毫不生分。

"阿哥讲你要考公务员？"景梅芳卸了妆，换了身真丝睡衣撸着脸上了床。

景婠点了点头。在大城市待久了，景梅芳当然有股乡镇女人比不来的洋气，穿了衣裳脱了衣裳都是。

景婠心想，女人是有气的，不是魂，是一股气。

"怎么突然想进体制了，你自己要考的？"

"阿爹希望我考的。"

"那你自己呢？想当公务员？"

"不晓得。"

"辛辛苦苦考那么远，怎么了，不留北京了？"

"不留了。"

"为嗲？"

"不晓得。"

景婠讲的是实话，她自始不清楚为什么非得去北京，自然也不明白为什么非得留在那里。

"呆丫头，多少人想考去北京还考不到呢，你有这么好的机会不拼搏一下的？"

"不适合？感觉北京这个地方，不适合我。"景婠低着头，"而且……上次回来的时候我感觉，阿爹阿娘老了，他们也会老，就我一个丫头，我不能离他们太远。"

"可能……人每个阶段的想法不一样吧。"景婠想着，又补充了一句。

"公务员么，稳定，小城镇的女娃娃，当公务员确实也省心，以后你找对象也好找。"景梅芳靠着床背，双手交叉在胸面前看着景婠。

"像你阿爹一样，吃吃政府饭，也蛮好，是哦。"

"不晓得……"

"北京我不清楚，阿姨同你讲哦，在上海打拼的那些外地人哦，到三四十岁一事无成，买不起房买不起车，嫁不起娶不起，最后收东西回老家的，大把。"景梅芳撇着嘴，"婠婠你要是回来，趁现在年轻回来，是对的，北京是一样的，像这种大城市，讲起来包容性强，其实你很难融入的。"

"哼，"景梅芳鼻子里轻哧了一声，"很难的。"

景婠察觉到了她的情绪，回头看了她一眼。她不晓得要不要开口问问这个"长辈"的境况，要不要关心一下她花了十多年到底有没有融入那户上海人家。

"姑这次回来，不想回去了，回去就是受气，哪里都没得娘家好，这么多年我也受够了，婠婠你要同阿姨挤一阵子了。"

"哦，不要紧的。"

"婠婠以后你啊，还是找个本地人嫁，知根知底，最好，外头的那些人啊，看着光鲜，家里头一塌糊涂哦，不要像阿姑，年轻的时候拼了命地要往外跑，现在回来了连自己的床都没有了才后悔。"

"他们家对你不好吗？"

"说怎么怎么不好吧，也谈不上，就是那种阴阳怪气，你晓得哦，骨子里头看不上我们乡下地方来的，做什么总觉得是便宜我了。"

"人在外啊，不怕有苦吃，就怕想抱着自己爹娘咽苦水的时候，还要去买回家的车票。"

景梅芳这句话讲得景婳心软，她自然有太多次这样的时候。

"婳婳都要找工作谈对象了，阿姑要是也有个你嘎老懂事的囡囡就好了。"

"阿姑怎么没有生一个，我一直觉得像你这样的女人肯定是不愿意要孩子的，嘻嘻。"

"我是哪种女人？"

"就是，就是不愿意被传统女人路线束缚住的人。"

"只要你当了女人，哪有不传统的，年轻时走再远还是要回到这条路上去的，傻囡囡。"

"那……那你是……身体原因不能生养哦？"

"要是我不能生养，还不早就被他们家休掉啦？"

景婳侧着背躺在景梅芳身边，窗外的月亮清凉又孤寂。

"你阿爹现在厨艺不错的么。"

"嗯，阿娘讲阿爹退了之后就天天在家里头开开伙。"

"也蛮好的，"景梅芳压低了声响，"哦对了，晚上他烧的那个叫什么菜啊，肉咬不动那个，没吃过么。"

"尖椒牛柳。"

四十、

这里的等待很漫长，这里的节奏是按部就班。

都讲乡下的天亮得早，这才刚日始，整个村子便都苏醒了，老百姓们就像是世外居士，要不就是天上的神仙，只需吸食两口破晓的露气，就能有一整天的气力满满。

景婠正睡得沉，便被鸡棚里冲破天的鸣叫声刺醒了去，回来这些光景，大多时候并未曾感知自己又回到了景家村，只这日日的鸡鸣，一遍一遍地提醒着自己。

景梅芳不知什么时候就下了床，她站在窗边讲着电话，可能是年轻时在文工团练得多了，活生生站在那儿就像是只挺拔的仙鹤，气态到底是不一样的，老便老了。

她这头挂了电话，见景婠醒了，就索性拉开了窗帘。

日子在阳光下舒坦，漫长。

景老太端上了一笼鲜肉糯米烧麦上桌，正在一口口用牙齿噔着油条的景梅芳立即眼尖地挑了个最大的夹进自己碗里。

"最喜欢吃阿娘做的烧麦，哪里都没有家里头好。"景梅芳笑得油滋滋。

"阿娘嗲时候包的烧麦，我不晓得么。"景忠国也抄着筷子准备下手，"阿娘偏心，梅芳一回来就都是好吃佬。"

"吃完早饭，收收东西，回上海去。"景老太端了碗粥摇着头轱辘坐了下来，身体像是比之前晃得厉害了些，"婠婠要考试的，跟你挤一张床她怎能睡好，我这里没你睡的地方。"

景梅芳撇嘴，"晓得佬，吃完早饭我就回去。阿嫂，歇会你送我去搭车，我有事要同你讲。"

就这样，昨天夜里头还讲着自己要在娘家住很久再也不想回去的景梅芳，在箱子里的东西都没打开用过的第二个早晨，便回了上海。

阿娘回来的时候，手机头捏着一张字条，上面写了一个人的姓名、电话还有一些基本信息。

等景婠上了楼，阿娘便把纸条打开，摊在景忠国面前。

"王……嗲宁？"景忠国带上了老花眼镜，他以前讲，人都不能歇下来，一歇下来，身上的零件就要开始坏掉。这是有道理的。

"梅芳，刚才同我讲，她以前一个同学，要给囡囡介绍对象，镇上人，家里头条件么还不错，爹娘都在机关上班，小伙子自己么去年也考了公务员的，梅芳的意思，看我们，要是有想法，就带婠婠去见见。"

景忠国眼睛眯了起来，低下头双手缓缓地搓着大腿。以前在大队工作，只要遇到问题，他都会这样。

"见什么见，现在首要任务，考试！进编制！她才几岁，着什么急！"

"进编制！"

景婳穿着厚重的棉衣夹紧着身子踏实地往前走，昨天傍晚落了雪，一夜工夫便积了五六厘米，她孩子般地欣喜着，却又没闲余停下来玩耍，刚上班没几天，迟到了要叫人讲闲话的，想着便扣紧了衣帽上的系绳，低着头卷着脚趾朝单位走去，景婳的单位就在镇中学斜对过，倒是闭着眼睛都能摸到的。

政府的门面极为老旧，两面的墙垣断裂破败，连植物都不愿付之以身，光秃秃的在春夏秋冬里发酵，一旁的保卫室在这雪天里定也不是那么好过，同样上雨傍风，瑟瑟飘摇，唯独那新换的不锈钢伸缩门显得耀眼威风，镇上的人都知道，那是有一回闹事的人太多，把原先生了锈的铁门挤坏了，所以重新换了一个。

镇政府的办公楼就那么约四层高的一幢，其余两片长瓦矮房是伙堂和会议厅。办公楼里的每一层都对应地齐整，方方正正。

方正的办公室，同样方正的桌椅。每间屋子刚好放到三张桌子，每张桌子上刚好放到一盆绿植，大多绿萝，少些吊兰。

机关单位。

八点半钟的时候景婳出现在了办公室门口，她坐在三张桌子的最后一张，前面两张桌子的所有者一个是年约五十的女科长，另一个是一天下来两包烟的看不出岁数的男副科长。

其实也不能这样讲，在这幢楼里，除了每个人的私人用品，其余任何一样东西的所有者都应当是镇政府才对。

景婳捂着包袋，虽没迟到，也叫女科长那故意藏不住的眼神看得心里慌悸，她不敢做出响动，低着头悄声拉后靠背凳挨着屁股坐了下来。

"那个，景婳啊。"科长往右后方斜了脑袋，眼镜滑到了下鼻梁上，像舞台剧里上世纪逼女儿嫁给王室的滑稽的英国贵族妇人。

"是，科长叫我？"景婳忙站起了身。

"你把这份文件拿去复印，每个成员部门单位都给他们办公室一份，晓得打印室在哪里的哦？"

"知，知道。"景婳向前碎了几步，双手接过了文件，"成员，成员单位是哪几个啊……"

不晓得是不是过了半百当真退化了机能，女科长忙做了案头上的事，并没有给景婳回应，景婳说不出声，只好抿着嘴拿着文件先朝打印室走去。

走到门口发现里头有人在用着复印机，她便倚着门等，在这里工作，看不见杂志社的杂乱而有序，更看不见它的石火光阴。这里的等待很漫长，这里的节奏是按部就班。

机关单位。

"好了，景婳。"好在前头的人动作还算麻利，还没出神太久，景婳便被对方叫应着上前了。

男孩脸上挂着笑意，含蓄不外放。拉开半截拉链的刻板一色黑棉服里头是一件高领黑色毛衣。

"你认识我？"

"我叫王易水，你上面，四楼，407，经信的。"他的嘴唇弧度较刚才大了一些，能少看见一些牙齿，但依旧笑得规矩，含蓄，不外放。

他并没有回答景婳的问题。

"你刚来，有什么不熟悉的，随时找我，我先上楼了。"

他朝景婳含了含身，抱着一堆复印材料擦着身子出了门，经过景婳的时候，她的视线正好到他的鼻梁。

板滞的言语；机械的穿着；中等的身材。

机关单位。

景媋没理明白成员单位，又不好意思回头再问科长，便打算从一楼开始挨着户地问了，好在这镇政府地方不大，部门也不算多，半小时的工夫便分发得差不多。

总算也上到四楼，景媋下意识地寻了407，发现不是经信局的办公室，荒唐地松了口气，就算回到小城镇，还是怕同人交道。

办公室是405，景媋敲了门，里头坐着两位看相貌岁数同她差不多大，但看扮相又长了她不止一轮的姑娘，她们面前堆了一大摞子文件，其中一个凳子底下还有几张。

第一张位置上的姑娘嘴里应着，两只手左右乱翻，上挥下舞，明显是在找什么东西。

"呃，我是那个村镇建设办公室的，我叫景媋，这份文件我们科长让我带过来给你们成员单位，希望你们上报局里然后按照要求组织落实一下。"

"晓得了，放那边吧。"姑娘的两只手大幅度地腾空，快把桌上的文件翻遍了。

"那个，请问，您看一下您要找的是不是在那儿呢？"景媋指了指她的凳子底下。

"在这里啊！哎哟喂，谢谢你啊！"姑娘舒了口气瘫坐在靠背椅上。

"别客气，没事儿。"景媋因为帮上了一个陌生女孩的小忙而莫名欣悦，"关于文件，有事儿给我们打电话。"

"啊，"姑娘终于抬头看了景媋，顿了顿，"晓得了。"

看着手里已经送完的文件，虽然是用这种吃力笨拙的法子，但也算是有了一种使上了力的畅快感。

"你听见那丫头讲话了哦？儿化音那么重，不就是北京上的大学么，本地话不会讲啦？我才不相信，装什么装。"

这里的楼道白天同夜晚一样安静，安静到哪个屋子的门没关，里头的讲话外头也全能听得见。

景婠被流言钉在了原地，大拇指甲又习惯性地抠着食指尖，用力而不自知。

觉醒后的疼痛刺醒了脑壳里的神经，她记得了这两个姑娘的模样，最后一次见她们是在大一放假回来那一次同学聚会上，大波浪，黑皮靴。

她同她们是同一桌，她同她们是同班同学。

景忠国的厨艺越来越精湛，收拾起两大桌子人的饭是不徐不疾，得于手应于心，算个斫轮老手不为过。为了庆祝景婠考上公务员，进了"编制"，他里外忙活，都不曾空下来同这些亲戚吃一口酒，景婠坐在最靠门的凳子上，就好像又回到了庆祝考上北京的大学那一天。

乡下人的日子什么都不讲究，吃是最讲究，要讲哪家有了喜事要庆贺，邀十几二十个邻里至亲来吃上一桌子，便是最得道的方式。

"蛙蛙真是聪明佬，想考哪里就能考上哪里，不像我家里的'讨债鬼'，蛙蛙你要多讲讲你侄子，开过年就要考大学了，一点学生的样子都没的。"

讲话的胖女佬坐在男人那一桌同他们吃着酒，乡下人只喝白酒，没多会工夫便涨红了脸大吆大喝。

"一个老早我就讲我们蛙蛙要当官的，怎么样？"景忠国兜着围裙，端了一大盆子河蚌豆腐置在了桌子最中间。

"这个菜好，今年河蚌新鲜。"

"真佬，冬天么吃点河蚌汤最惬意！"

"忠国你好去开个饭店咯！"

"……"

几个垂髫小儿吃了几口已经去了院子里头玩雪，景媚看他们玩得起劲也来了兴趣，又发现景老太也在一旁陪着这几个孩子一起乐呵。

北京奥运会那年，村里也落了场大雪，大雪卷走了所有的庄稼农田，两棵长了不晓得几百年的树竟也被大雪压得倒在了田地里，就此认了命。景家村里的百姓虽也不靠农作过日子，但颗粒无收的那一年让所有人都怕了这皑皑白雪。

这才几年工夫，当天地间再次素裹清色，人们竟像是忘记了那场雪灾，依旧像欢迎远道而来的客人，人人精神矍铄，上到耄耋，下至汤饼，哪还有不喜爱这如絮银霜的。

兴许是这雪花自天而来有魔力，又或是人间凡人太健忘罢。

"快点，要迟到了。"

每天的上下班，景媚惯于一个人闷头踩步子，她享受这条一个人的路，这方便她想事情，想的事情没有具体，大多天马行空，行云流水，有时也会想起学堂里的大课本，便自顾自地笑起来。

"你怎么还会一个人偷着乐啊？"

她不再笑了，脑子里没了方才的臆想，只出现了一个不愿去回忆的面孔，她晓得讲话的人当然不会是他，便不理会，朝前走了。

"我们做科员的，每天要比科长到得早，打水拖地，上班时间说是说八点半，但那是针对中层干部的，我们八点一刻就得到了，我看你每天都是掐着点到，你们科长不给你脸色啊？"

景媚没兴趣听他的"机关论"，倒不是嫌他讲得没道理，只是他的声音一点也不好听。低哑浑厚，老道得油腻，一点也不讨人喜欢。

"这样吧，以后每天八点十分我在巷弄口等你，带你一段路，这样你能节省七八分钟。"

景婠停下了步子，他骑着自行车，背上驮着一个黑色帆布大双肩包，一只脚挂在脚踏，另一只脚在地上蹭。

他讲得恳切，倒让景婠有了厌烦情绪，"你谁啊？"

"我？"他坐直屁股刹了车，"我王易水啊！"

他充满疑虑的脸，像是"王易水"是个大家都该认识的名人。

"不认识。"景婠瞄了他，继续走路。

"你这小丫头……"

景婠顿住了步子，呼了口气转过了身子站在他面前。

"不许叫我丫头。"

她斜着眼转过头去，也不晓得这火是从哪里来，但就是不愿意这样一个乡里土气的陌生男人这样唤她。

简直没脸没皮。

四十一、

两姓婚姻，一堂缔约，良缘永结，匹配同称。

"景媢今天来得早啊，"女科长摘下丝巾挂在了一旁的衣帽架上，"哟，水也打好啦！"

景媢见她端着杯子面含笑意地沏茶，心里倒是安沉下来。

挂钟指着八点二十五。

这里的工作讲不上忙与不忙，闲杂琐碎较多，但也都是循规蹈矩不用动脑之事，多点眼力，勤于手脚，日子一天天的也快得很，只是积年累月下来，自问到底做了什么，竟也答不上来。

文章还在写，只是换成了有格有式循规蹈矩的"八股"之文，景媢自己也不晓得学了这么多年的文到底算不算荒了废，生怕懊悔，便不去想它。

"小景啊。"女科长向杯子里抖落着茶叶，茶芽肥硕，翠绿柔软，景媢一看就晓得是上好的新茶。

这新茶是景忠国上礼拜去山头茶园摘的，他包了两包放在景媢的背袋里让她带来给女科长。

"科长。"

"下午两点联席会别忘了啊，你早一些到，把席位卡摆好。"

"好。"

"你全都放错了，要出大事的。"

他一叠叠地重新收拾着席位卡，一边同景婠讲。

景婠站在会议桌边，复杂地看着他。

"我叫王易水。"

"哦，对。"

他看见她舒了一口气。

"席位卡呢是要按照职位身份由大到小往两边排的，职位最高的在最中间……"

"这我当然知道，只不过这些领导我都还没认全呢……"

"那你应该岗前培训一下。"

"岗前培训？我怎么不知道？"

景婠直愣愣地望着他，这才看清了这个叫"王易水"的长相，俊眉朗目、唇红齿白都同他站不上边，普通的眼睛，普通的鼻子，普通的嘴唇，景婠想如此一张平平的相貌也怪不得自己总是记不住他，要讲优点，唯独面庞算白净，可是扎在人堆里本就起不上眼的他，谁管他白不白净呢。

"你现在知道也不算晚，我给你培训，请我吃饭就行了。"

景婠讨嫌男孩子竟耍嘴皮子，可这个叫王易水的每回耍起嘴皮子来态度都叫人觉得诚恳得很，若拒绝了他反倒是自己小气。

大会结束后，女科长走过来拍拍景婠的肩头冲她笑了笑，她弯了弯身算是礼貌，等领导们都离了席，她便开始收拾起来。

她在这一排收拾着茶水杯，看见对面，王易水也在同她一块儿收拾。

"今天谢谢你了，这些你就放这儿吧，我自己收拾就行了，改天请你吃饭。"

"今天。"

"什么？"

"今天请我吃饭吧。"他皱着眉头，没有一点儿开玩笑的样子。

"改，改天吧。"

"今天。"

"我说，改天。"

他见景婠有了些不耐烦，便咧嘴笑了，一口整齐的白牙像在排着队向景婠致意，他的笑容同他的人一样普通。

"那，哪天？"

每天早晨的八点十分，这个叫王易水的都会撑着自行车停在路口等景婠，看见景婠来了，晓得她不会坐他身后便也不下车，只一只脚垫在地面上蹭着同她一道走。

"今天请我吃饭吗？"

这是他每天见面的第一句话，兴许是他的长相太普通，日子久了也倒不会给听的人带来负担，就像耳边的空气，谁会管它到底在不在。

"改天。"

这天回家的时候景婠一眼就瞧见了堂前桌上的喜帖子，是啊，快到五月天，哪年不是日日喜炮红绸，天底下的情人都想赶着这暖春结缔良缘。

"两姓婚姻，一堂缔约，良缘永结，匹配同称。看此日桃花灼灼，宜室宜家，卜他年瓜瓞绵绵，尔昌尔炽，谨以白头之约，书向鸿笺，好将红叶之盟，载明鸳谱，此证！"

　　婚证写得讲究，定是请了庙里哪个"高人"，花了重金求来的。喜宴定在了五月一号，农历三月二十九，新郎叫景骁，新娘叫季小菊。

　　"囡囡回啦？"阿娘端着菜从伙房里出来，滚滚的热气看不清她的脸。

　　"看到帖子了哦？骁骁要结婚了。"

　　"嗯。"

　　"还记得骁骁小时候没事就来找你玩的那阵光景，日子过得太快了，印象里那点点大的小孩都要结婚了。"

　　"亲戚都是乡下人，非要去市里头办酒，麻烦得要死。"景忠国不晓得什么时候坐在了沙发上，还是一开始就在沙发上，只是景婠没见着他。

　　"两个人家里都有钞票佬，还不能去好一点的，呃，五星级酒店啊，你看镇里头哪有什么像样的酒店。"

　　"哼，都是消费主义的陷阱。"景忠国抬了一条腿撑在沙发上看起了报纸。

　　"季小菊那个丫头，囡囡，是你们以前同学哦？是不是经常来家里头那个啊？镇上人？"

　　"嗯。"

　　"那个丫头有本事，骁骁不上学跟着景志业，她也不上学了，说退学就退学，跑去找骁骁了，有本事。"阿娘端上了最后一道菜，"娘，吃饭咯！"

　　"我第一眼见那个小姑娘就晓得她有用佬。"景老太拄着拐杖信步走了出来。

　　景婠心想，奶什么时候开始拄拐了，她怎地不晓得。

　　还没走到酒店门口，便远远地送来了扑鼻的花朵气味，红的，黄的，白的，被中间的喷泉浇灌得饱含水汽。

景婳挽着景老太，一点点地朝里头走去。

"怪西，五星级酒店就是五星级酒店，富丽堂皇。"阿娘眉眼里有笑意，人也显得兴奋。

景老太一路瘪着嘴，不多讲一句话，一步一定拐，进了酒店反倒更使力，要试试这大理石有多牢固似的。

景婳大老远便瞧见了站在厅门口的那对新人，她不想抬眼细瞧，只是如此华贵喜庆的一切，又不得不让她一样样一件件好生生看过去，看得仔细。

精致的糕点台，巨幅的新人照，满世界的张灯结彩。

新郎像是比最后一次见壮硕了些，可依旧挺拔，在新娘身边站着，方感确实已是嫁娶年岁的方正小伙子。

景骁见了她们过来，忙跨步出来，着手挽景老太进去。

没想到竟老太一棍过去敲打在景骁笔挺的西装裤上，虽没有轻重但也让景婳吓了一跳，"新郎不要瞎跑，站那里站好，老太能走能跳。"

景婳没有看他，连来宾最基本的祝福和问候都没能带给他，因为她晓得就算讲出口了的那些话，也不是真心话，讲不讲有什么区别。

临进去之前她看了眼季小菊，身态比先前更福胖了，盘着发髻更显圆润的脑袋像被人按在了身体里出不来，大码的纱裙也遮不住高耸的腹部。

新娘子怀孕了。

坐下来的时候景婳一直在想大着肚子的季小菊，没想到无论什么模样的女人，穿着婚纱依旧那样好看。

"今天是美好而神圣的一天，在这样一个大喜的日子里，我们欢聚一堂，共同见证这一对有情人一生中最重要的时刻……"

主持人的证词千篇一律的激昂慷慨，一片掌声中迎来了聚光灯下的新郎新娘后，全场的灯光暗了下来，景婳便什么也看不见了。

"今天请我吃饭吗？"在季小菊啜泣着同父母相拥的时候，一个人坐在了景媚边上，虽看不清相貌，就这普通的嗓音，景媚也能识出他来。

"好，请你吃饭。"

王易水讶异地望着景媚，景媚讶异地眺着台上的季小菊。

她竟然不口吃了。

四十二、

夕阳拖着两人的身子，像一只巨大的表盘上的时针和分针，它们一会儿交会，一会儿分离，可又始终脱不开这面盘，因为被一个螺丝钉钉在了根处。

"以前你要修路那阵光景，啊是同他阿爹打过交道的？他阿爹不是交通局副局长的嘛！"阿娘在橱柜里翻找着衣裳，一向齐齐整整的她这会儿便为了一件像样的衣裳把衣橱里翻得横七竖八。

"哎哟你别找了，随便穿一件行了哇，省得人家讲我们庸俗、花哨、资本主义！"景忠国站在一旁满嘴抱怨，但又坐不下身，因为阿娘在给他一件件比着衣裳，比着看不出样子的还要叫他套身上试。

"你讲笑了，头一回见他父母怎地能让囡囡丢了面子，听说那孩子娘也是个机关干部，不行，我要去镇上逛逛。你同我一道去，给你也买一件。"

阿娘关上橱门拽着景忠国说去就要去，也不顾一被她弃如敝屣的一屋子衣服，其中还有一些平日里都舍不得穿的好料子，今日里看看都显得那么不上档次。

这日，穿上新衣服的景忠国一遍遍用手捋着胸脯，想让这件西装更服帖一些，景婠站在门口，仿佛看见了年轻时带着大红花花的阿爹，威风挺拔，年轻哪有不合身的衣裳，他曲着眉，看着镜中的自己，又或许只是看着这件衣裳，他的腰杆子似乎没有那么直了，容貌也不再那么焕发了，人老了，仿佛始终和新衣是不配的。

"别捋了别捋了，我昨天晚上熨了一遍，今天早晨起来又熨了一遍，我不相信你那老手比我熨斗还服帖。"

阿娘笑着在梳妆镜前抹着脸，印象里这个梳妆镜阿娘是不曾用过的，里头放了几件瓶瓶罐罐，都不晓得过期没过期。

她穿了一件丝绸连衣裙，外头套了件新买的羊毛开衫，她讲是用来遮手臂上的胖肉的。

"都讲人靠衣装，还是有道理的，呵呵，忠国，你看我，好看哦？"

阿娘欣喜地抚着裙尾，头先还讲景忠国，自己倒又用手捋起了衣裳来。

"那小孩爹娘都是当大官的，不晓得会不会看不起囡囡。"

"谁敢看不起她！算什么大官，一个小镇副局长，就是大官啦？我们囡囡配谁都是他们家高攀！你个老婆娘瞎讲八道什么东西。"

阿娘明显是挑了景忠国的火气，便赶忙笑呵呵地过来拍着他的背认了错，"我们囡囡当然配谁都配得上，我的意思是不晓得那家人好不好相处，有没有官架子。"

王易水的爹娘都很客气，来去随意得很，讲话随意，穿的也不讲究，景忠国进了饭店远远望见对方两口子那身朴素的打扮，狠狠地朝景婠娘瞪了一眼。

饭桌上景忠国吃了不少酒，景婠想劝下来，又被阿娘使了眼色。

"你阿爹今天高兴，让他多吃几杯，不要紧的。"

王易水的母亲仪态大方，讲话温婉低吟，看起来许是个没脾气的妇人，听她这样讲，景婳也不便再多讲什么。

"两个孩子也处了几个月了，看到他们这样，我们做大人的实话讲也是很高兴……"

景忠国醺红着脸，脱了衣裳，给自己的杯里添了酒，举着杯子站了起来。

"你这，忠国，你先叫王局长讲两句你再讲么。"阿娘在桌子底下拽了两手，哪晓得酒精上了头的景忠国哪里还能听得进去。

"没事的没事的，今天高兴，我们是亲家，没有什么局长不局长的，随便讲！"

"亲家这句话讲得好，我们是亲家，我听亲家的，就随便讲了，两个孩子呢，都是呱呱叫的好孩子，我们囡囡，从小呢，是惯着长大的，很多小毛病，以后生活在一起，易水，一定要多包容……"

人生有太多个泪流满面的瞬间，景婳没想到，最不合时宜的，竟是在今日。

她哭了出来，毫无征兆地，难以控制地，哭了出来。

王易水在桌子底下紧紧地握着景婳的手，他一遍遍地用力，像是在一遍遍地承诺着什么。

"那时候我叫梅芳帮我儿子介绍对象，没想她还真帮上忙了，还是个这么漂亮的丫头，你看这丫头的眉毛，生得多好看。"

王易水的母亲笑语盈盈，倒讲得景婳这家一脸疑惑。

"梅芳？小姑？"阿娘放下了筷子。

"对啊，她后来告诉我帮我牵了线了，不是你家囡囡吗？"

景忠国想起了梅芳带回来的那张纸条，一时煞红了脸，抓着脑袋笑了起来，"那是易水啊？"

这下又弄得对方二人摸不到头绪了。

"我其实上学的时候就认识景婳了，她比我小一届，那个时候我就，

306

我就蛮喜欢她的，只不过她看着比较，比较，比较不太好接近。"

王易水开了口，大家伙都看着他，景婳也是头一回听他讲这些事。

"后来她考去了北京，我想她毕了业肯定要留那里了，就也没什么心思了，可是去年夏天我听以前的同学讲，婳婳回来了，就，就故意让我阿娘去跟梅芳姨讨亲事，我晓得她们是好朋友，哈哈。"

大人们听完一阵乐呵，都讲这对孩子定会长长久久，因为这看起来就是老天安排的缘分。

景婳心里头有了些波动，她开始有些相信，这个男人真会对她好，也说不定呢，毕竟这是老天安排的缘分啊。

王易水的家就在饭店不远，他爹娘便走着回去了，景忠国酒吃得多，走路晃晃悠悠，王易水的爹便安排了辆车送他们回了景家村。

王易水从吃饭的时候手一直拖着景婳，一直也不放开，他讲他要去找他几个同学玩一会游戏，问景婳要不要去，景婳看着他并不愿松开的手，便陪着他去了。

这是景婳第一次去网吧。

几个跟王易水差不多身形模样的人排坐在一列，见他们来了也没空招呼，极速地敲打着手上的键盘。

王易水问老板开了两台机，"你坐我旁边，看看电影，我跟他们玩会儿。"

他松开了手。

景婳没有开机，她想看看他们玩的什么，只是看了一阵也没明白，身边这五个人厮杀得热血沸腾，像真是前线斗敌的战士。

她看了一会儿觉得无趣，王易水又抽不开眼陪她，就起身出了网吧。

她走的时候也没能看见他的朋友到底长了几副什么面孔。

景媚在镇外绕了些脚步，慢慢悠悠地往家走去，她经过了前村小店，经过了景骁家，经过了河塘，金秋最好的时节，在夕阳下尽显光彩。

进了家门，席卷而来的疲意让景媚急急地想吃上阿爹做的饭菜，鲍汁翅肚这些个佳肴终是吃不惯的。

堂前一个男人低着头撑着双腿坐在沙发上，听见门口声响便起了身，应是坐了太久，起身的时候景媚见他一只腿抽动了一下。

"你怎么来了？"

"骁骁来家里头拿东西，顺道来看看我们。"每次回家见阿娘，她总是从伙房里端着吃食出来。

"有事吗？出去走走吗？"

"出去做嗲啊？要吃晚饭了骁骁留下来吃饭啊！"

田埂上的路来回来去不知道走了多少年，不晓得走了多少遍。

"季小菊快生养了吧？"

"嗯，快生了。"

"你回来拿什么东西？"

夕阳拖着两人的身子，像一只巨大的表盘上的时针和分针，它们一会儿交汇，一会儿分离，可又始终脱不开这面盘，因为被一个螺丝钉钉在了根处。

"就是来，看看你。"

"我有什么好看的？"

"你就是好看。"

交会的时候他们看着对方笑了笑，又望向了远处，不作声了。

"听婶讲，你想回村里当书记？"

"嗯，有个名额，可以考，我想试试。"

"你都在镇机关了，为什么还要回乡里？"

"你也知道我阿爹的事，可能，有点不服气吧。"

"景媗，阿伯的事……不是我阿爹做的……他们兄弟不会的……"

"都现在了无所谓是谁的，再说我阿爹又没怪过谁。"

平日里这个时辰应该尽是家家户户的锅铲瓢盆声，此时不晓得到了哪去，安静得荒寂。

"你有没有发现，我们小地方的孩子，从小努力考学，去了外头，但绝大多数都会回来，继续做着上一辈的行当，你进了机关，又要回来当书记，我呢，学都没上完，就去同他做生意……你讲这是为嗲……"

景媗难得一见景骁深沉的样子想同他逗趣，"因为有些人不争气，有些人想争口气呗。"

逗趣是逗趣，倒也讲的是实话。

"我马上要结婚了。"

"蛙蛙……"

"终于又叫我'蛙蛙'了，你叫我景媗我还真不习惯。"

"蛙蛙，你同他……"

"记得来吃酒，"景媗站在了他身前，"带着季小菊。"

金乌西沉，她挡住了他的影子，又或者说，他们的影子在残阳下重叠在了一起。

回到家，景媗收到了王易水的消息。

"你什么时候走的，也不同我讲一声？"

井蛙

四十三、

羁鸟恋旧林，池鱼思故渊。

——陶渊明《归园田居》

王局长讲婚礼要办得尽量低调朴实一些，不能叫有心之人拿了把柄，景婠不介意这些面子上的细琐之事，婚礼的操办全都听着男方家的意思。

景婠的朋友不多，自上学开始便未曾有心结交，有心结交的，也因为这样那样的缘故走散了，她想了很久，发了请柬给了很多人，何沐，甚至在上海实习的时候同她谈不上友好的丁瑶，还有那以姐妹相称的蒋奕娟，只是他们都意料之中地没有来，也都意料之地发来了祝福的消息。

景婠同阿娘坐在梳妆间里，真正到了自己结婚的日子，她并没有想象中的，或是文学作品里渲染的，那么激动不可自制，她知道这只是一个仪式，至于整个婚姻的内容，早就与接下来同行的那个人决定了不是吗。

这只是个仪式。

以前的婚礼是讲究，现下的婚礼也是讲究，除了新娘的梳化，还有妈妈的妆容，景婠让出位置，开玩笑地嘱咐着化妆师一定要将阿娘画得比自己好看。

"囡囡,结了婚之后踏踏实实过日子,以前的事情都不要再去想它了。"

"以前嗲事情?"

"总归,平平淡淡才最幸福,晓得哦?"

"不太热烈的感情才会久远。"景老太不晓得怎么摸到了这里,用拐杖柱开了门。

"哎哟阿娘你要吓死个人的哟!哎呀呸呸呸!大吉大利!"

"奶,你怎么还会莎士比亚啦!"景婠笑嘻嘻地抱住景老太。

站在台上的时候,景婠看到了台下的林致与和童知之,她看着她真挚的笑意,也冲她笑了起来。

新婚当夜,王易水一嘴酒气地激动地晃着景婠的胳膊,又抱得她生疼。

"我以为!我以为你……没想到……没想到!"不晓得是不是吃了太多的酒,王易水的脸像被注了热气,又红又涨。

"没想到什么?"

"我朋友他们都讲你在,你在北京那种地方,呆了那么多年,肯定不是了,没想到,你还是!哈哈,我王易水捡到宝了,景婠,你是个宝,被我捡到了……"

景婠扯开铺在自己肩头的这摊烂泥,"是什么?处女?呵呵?"

景婠躺在了垫着红枣桂圆花生米的床垫上,大红绸被子丝滑而不舒适,她清醒地在新婚夜里躺着,脑子里竟不合适宜地想起了王小波的"破鞋"理论。

"现在大家都管她叫破鞋,弄得她魂不守舍,几乎连自己是谁都不知道了,我需要有人来证明我不是破鞋,如果没人证明,那我就是破鞋。"

她想她是幸运的,最起码王易水能证明她不是"破鞋",并且他相信他一定会替她证明的。

这天夜里的后半夜,景婠睡着了,她梦见了两只青蛙,在田埂上抱对,她在一旁看着,身边还站着一个人。

雄性的青蛙用情地叫唤着，他终于打动了一只雌蛙，来到了他的繁殖地，相视片刻后，雄蛙一鼓作气跳上了雌蛙的背，爬到了稻田的浅水里，他的前躯环抱着雌蛙，雌蛙不敢动弹，任雄蛙爱抚，他们都睁大着双眼，看不见一丝舒意。

景婠看着它们痛苦，想伸手驱赶，被身边人一把拽住了胳臂，"别动，惊吓了它们，他们会死的。"

景婠想看清身边人的模样，生生地揉着眼睛，却愈发地模糊。

婚后的日子过得平实，景婠信了老太的话，也是莎翁的话，王易水有一身子景婠看不上眼的小毛病，却又对景婠使劲了心思，用尽了一个男人的柔软，他对她很好。

周末的时候下雨，景婠便在家里头做了几道下饭菜，王易水在一旁边看电视，边帮着下手。

央视新闻频道。

"从去年年初持续至今的叙利亚政府与叙利亚反对派组织、IS 之间的冲突呢一直持续，观众朋友们我现在所在的位置呢，就是……"

景婠听见了这样一个声音，她放下手中的菜刀，她告诉自己，不能过于激动，便缓着步走到客厅，看着电视里的他。

他蓄了胡茬，穿着简单的有着央视标示的汗衫，一个人站在摄影机前。

她拿出了手机，那条被她保存下来何沐发给她的看了一千次一万次的信息。

"景婠，我来其实不是来跟你道别的，只是到了火车站这种地方，我一下给忘了，别打我。那个，黎吏来学校那天，他找到我，说你妈来北京了你没方便听他说话，他让我转告你，如果你愿意，可以等他回来吗？"

"我去，这小子，可厉害了，现在很多新闻都在报道他，一个人去了叙利亚，你看你看，我找给你看，网上随便一篇关于他的新闻，《一个人就是一支队伍》，真厉害，那种地方都敢去。"

王易水看见景婳出了厨房便也跟着出来了。

"……主持人，以上就是叙利亚暂时的一些情况，央视记者，黎吏。"

景婳进屋收拾了一身的油烟气，出来关了电视，拉着王易水往门口走。

"怎么了，不做饭了？"

"不做了，出去吃。"

"怎么了？怎么突然又出去吃了？外面下雨呢？"

"我怀孕了。"

她看着在自己跟前跳了三五分钟的丈夫，扶着腰身坐了下来，"别跳了，别吓着它。"

"对对对，那我们也别出去吃了！外面下雨路太滑了！我给你做，你等着，我给你做！"

王易水不断地舔着唇，脚尖踮着在景婳身周轻跳着来回，像是个坏了的玩偶，他蹲在景婳肚子跟前，小心地抚触着。

"宝宝，咱们以后学你妈，去大北京，出人头地！"

景婳不应他，推他去做饭，"别听你爸爸瞎讲，长大就在妈妈身边待着，别跑那么远了……"

"我们宝宝，叫什么呀？"景婳斜着头朝里头喊。

哪晓得王易水抄着铲子便又冲了出来，"听，听你的，都听你的！"

景婳摸着自己的肚子，她仿佛感觉到了衣裳下面，肚皮里面，那个小东西自来的活力。

井蛙

"叫小蝌蚪吧。"

完

2020 年 1 月 18 日星期六

后

醒也无聊，醉也无聊

斜风细雨，又值江南秋。

江南的秋，微雨燕双飞。且像午后暖坐斜阳下，倏忽被几个梨花带雨的娃娃拿着糖葫芦从你身边嬉闹而过，当你被他们吵醒，却又早已没了踪影，只是叫他们带来了霏霏雨，不得不加衣罢了，竟这般短暂。

天天落雨，落得凡人好肉剜疮，文人怀古伤今，坐定想来自古江南多才俊，是不是叫这连日的点滴细雨通透了才情，延绵了壮志。

天天落雨，落得凡人饮饱，文人觅酒。江南，秋，无边落木淅沥雨下的小酒馆，怕你断然是不会拒绝的。

"醒也无聊，醉也无聊。"他有了三分酒意，便卷了七分诗意。小酒馆很有韵，主人放了一屋子的花雕和女儿红让人看了就酒意浓浓，愿从此朦胧一世不清醒。

他说这话，我想起前一阵子片片章章地看了些叶广芩，先生也说"醒也无聊，醉也无聊"。便张嘴问了，"你看叶广芩了？"

"谁是叶广芩？"他迷离着双眼，但并不望我。

突然有些说不上的自诩文人的亢心憍气，睥睨地望着他，"你不也是一大记者，大文人么，叶广芩怎么都不曾读过？”我心里开心，多年前就希望他对我另眼相看，文字也好，其他也罢。说着话被窗外偷溜进来的秋风呛了一口，又喊了一壶花雕暖暖身子。

“不知何事萦怀抱，醒也无聊，醉也无聊，梦也何曾到谢桥。”他举着壶倒灌了一口进去，“纳兰性德，《谁翻乐府凄凉曲》。”

这会儿倒轮了我有些不尴不尬，读了叶广芩，却不知其出处，心里暗道这么些年还是不如这位。

女子喝花雕两三口就上了头，小时候爱写写画画，到了大学给一家国内算是非常知名的杂志社撰过一些稿，记得第一篇文寄了过去没几天便收到了那个文学界小有名气的主编给我手写来的邀稿信，不知是不是酒意，想到这周身暖了起来，大学在北方读的，在那儿便认识了他，杂志社在南方，倒是离家乡不远，在那又再见了他。

他的长相太容易让人记住，此时的头发已经很长，又不愿意修葺似的，记忆中不戴眼镜的他此刻戴着眼镜，倒是文人应该有的样子。

文人谈“情”，不谈“爱”。他有过一些情，我看着他，也有过一些情。

记得一位冰肌玉骨的姑娘，姑娘姓“景”，他唤她“丫头”，令人好不羞，文人哪有什么羞不羞，文人落笔惊风雨，没有任何不足言。

我看着他和“丫头”比翼，看着他们如胶似漆，做足了情人们该有的模样，那时的他，文里文外都是艳阳高照，明媚的词句叫人生生看着羡慕。

他为“美人”做了诗，甚至为她在他的专栏里写过美文，写过他们的一切，本以为他能就这样高山流水地过一世，没承想“丫头”终究腻了辞藻，还是回到了盘繁复杂的人间。

丫头说凤彩鸾章在北京是买不了房的，她也曾想要和他一起曲高和寡，但慢慢地只是觉得更愿意下里巴人。

他伤情了一阵，他不怪她，他说毕竟有过情，再见他时亦酒气沾衣。“罢了罢了，”他说，“只不过悲欢离合总无情，一任阶前点滴到天明。”

再见竟已数十年光景，还是那杂乱的发，不愿打理的络腮，邪魅摄人心魄的笑，让人看不清他的眼。

除了窗外扰人的细雨，眼前的他，慵懒得像一幅画。

他的右手晃荡着酒杯，想到什么事儿了，就端着壶灌一口，若只是愣着，就这么一直晃荡着杯子。

有人说，若你将一人端在心窝上，你怕是时常想不起他的样貌来。

因为已放在心窝上的他，你断是不敢细细详详地看他。

想到这，突然自顾自地笑了起来，也像他似的灌了一口，陈酿的黄酒，佐着秋雨滴空廊，既然醒也无聊，醉也无聊，那何不醉着无聊。

"你怎么样？"酒过三巡，他竟然才开口问了我的境况，竟然还有些小恼，不愿理理他了。

我看着杯子里橙黄清亮的花雕，干香醇厚，流连唇齿。又傻傻地乐了起来。

我当然希望可以告诉他，日子哪有怎么样，时时是好时，日日亦是好日。

想来从初识十多年光景，竟没有像这样坐下三杯两盏、云卷云舒。

那又怎会有此时的这般对坐夜光杯。

你说过北京的秋太短，我说怎会有江南的秋短，现在你信了吗？深秋落数雨，转眼雪漫漫。

夜雨初歇，竟又添了凉意，酒馆主人过来冲我笑了笑，"朋友没有来吗？"

我起身也冲着主人笑了笑，挥了挥手。

出了酒馆被几片落叶撞了满怀，江南的秋风也这么袅袅凄凄。

"晚来天欲雪，能饮一杯无。"